西尾維新
NISIOISIN
Illustration
take

完全過激（上）

十三階梯

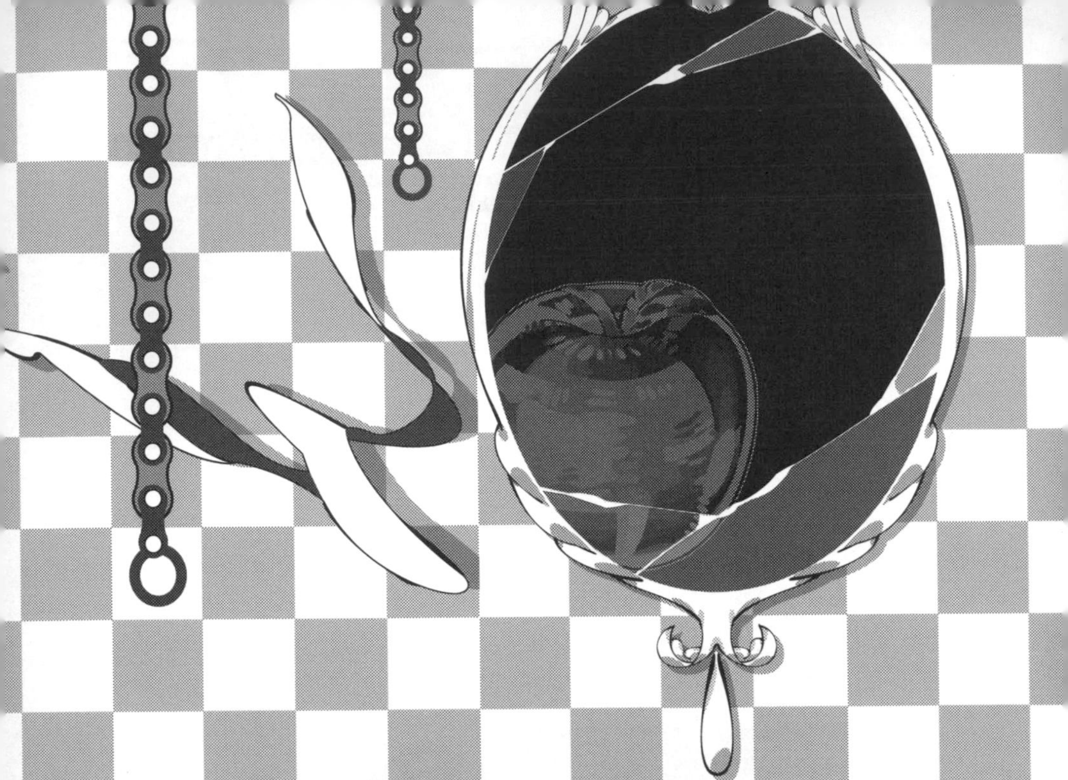

目次

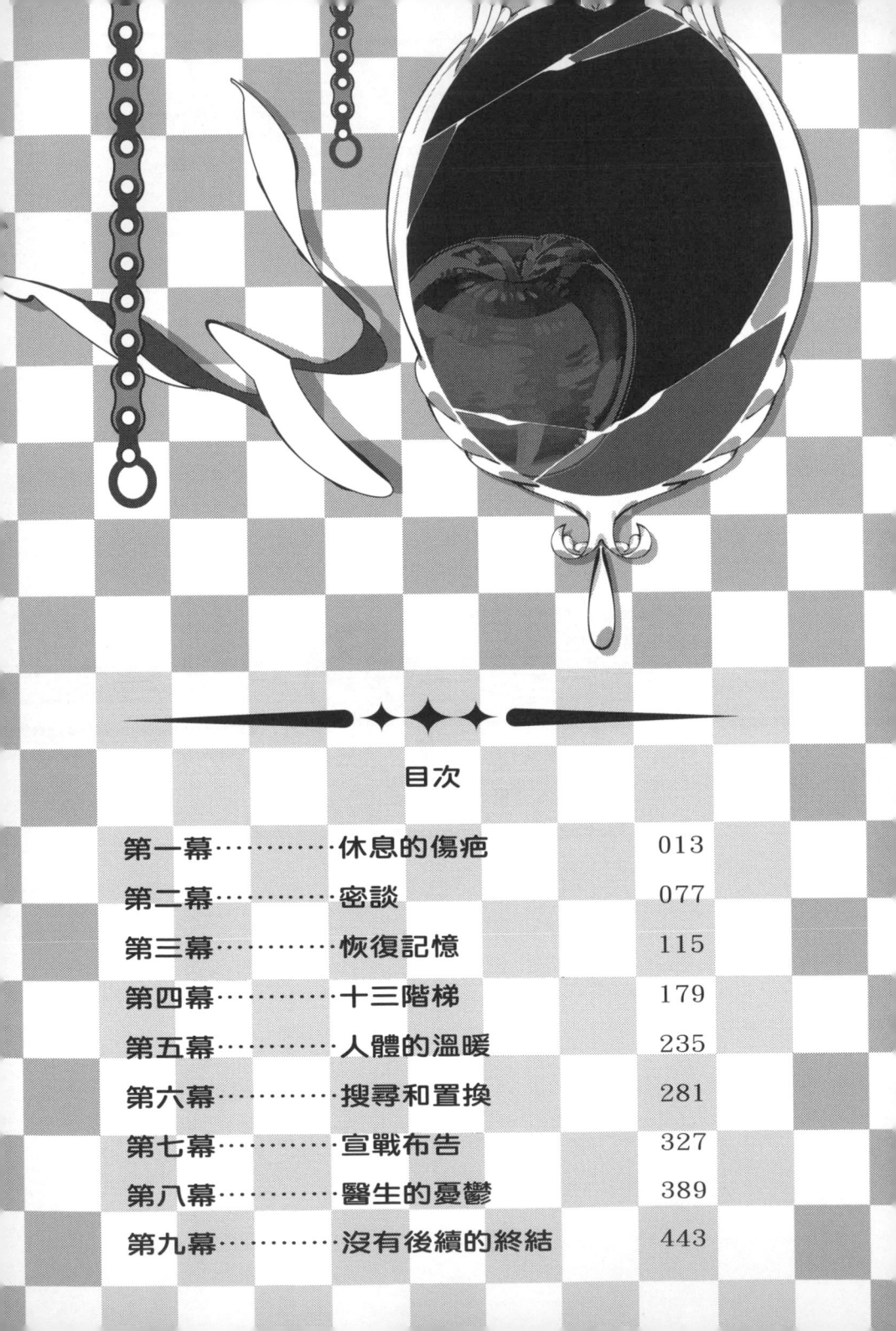

Book Design Hiroto Kumagai
Cover Design Veia
Illustration take
Nekosogi
Radical

登場人物簡介

赤神伊梨亞 (AKAGAMI IRIA)——千金小姐。
班田玲 (HANDA REI)——女僕領班。
千賀彩 (CHIGA AKARI)——三胞胎女僕・長女。
千賀光 (CHIGA HIKARI)——三胞胎女僕・次女。
千賀明子 (CHIGA TERUKO)——三胞胎女僕・三女。
伊吹佳奈美 (IBUKI KANAMI)——畫家。
佐代野彌生 (SASHIRONO YAYOI)——廚師。
姬菜真姬 (HIMENA MAKI)——占卜師。
園山赤音 (SONOYAMA AKANE)——學者。
逆木深夜 (SAKAKI SHINYA)——隨行看護。
貫宮無伊實 (ATEMIYA MUIMI)——學生。
宇佐美秋春 (USAMI AKIHARU)——學生。
江本智惠 (EMOTO TOMOE)——學生。
葵井巫女子 (AOII MIKOKO)——學生。
佐佐沙咲 (SASA SASAKI)——刑警。
斑鳩數一 (IKARUGA KAZUHITO)——刑警。
市井遊馬 (SHISEI YUMA)——病蜘蛛。
萩原子荻 (HAGIHARA SHIOGI)——軍師。
西条玉藻 (SAIJYOU TAMAMO)——黑暗突襲。
檻神諾亞 (ORIGAMI NOA)——理事長。
斜道卿壹郎 (SHADO KYOICHIRO)——研究者。
大垣志人 (OGAKI SHITO)——助手。
宇瀨美幸 (UZE MISACHI)——祕書。
神足雛善 (KOUTARI HINAYOSHI)——研究員。
根尾古新 (NEO FURUARA)——研究員。
三好心視 (MIYOSHI KOKOROMI)——研究員。
春日井春日 (KASUGAI KASUGA)——研究員。
兔吊木垓輔 (UTSURIGI GAISUKE)——害惡細菌。
日中涼 (HINEMOSU SUZU)——雙重世界。
梧轟正誤 (GOTODOROKI SEIGO)——罪惡夜行。
棟冬六月 (MUNEHUYU MUTUKI)——永久立體。
撫桐伯樂 (NADEKIRI HAKURAKU)——狂喜亂舞。
綾南豹 (AYAMINAMI HYOU)——凶獸。
式岸軋騎 (SHIKIGISHI KISHIKI)——街。
滋賀井統乃 (SHIGAI TOUNO)——屍。
木賀峰約 (KIGAMINE YAKU)——副教授。
圓朽葉 (MADOKA KUCHIKA)——實驗體。
匂宮出夢 (NIOUNOMIYA IZUMU)——殺手。
匂宮理澄 (NIOUNOMIYA RIZUMU)——名偵探。
淺野美衣子 (ASANO MIIKO)——劍客。
紫木一姬 (YUKARIKI ITICHIME)——少女。
闇口崩子 (YAMIGUCHI HOUKO)——少女。
石凪萌太 (ISHINAGI MOETA)——死神。
隼荒唐丸 (HAYABUSA KOUTOUMARU)——D J。
七七見奈波 (NANANANAMI NANAMI)——魔女。
石丸小唄 (ISHIMARU KOUTA)——超級小偷。
零崎人識 (ZEROZAKI HITOSHIKI)——殺人鬼。
架城明樂 (KAJYOU AKIRA)——第二。
一里塚木之實 (ICHIRIDUKA KONOMI) 空間製作者。
繪本園樹 (EMOTO SONOKI)——大夫。
宴九段 (UTAGE KUDAN)——架空兵器。
古槍頭巾 (FURUYARI ZUKIN)——刀匠。
時宮時刻 (TOKINOMIYA JIKOKU)——操想術師。
右下露蕾蘿 (MIGISHITA RURERO)——人偶師。
闇口濡衣 (YAMIGUCHI NUREGINU)——暗殺者。
澪標深空 (MIOTSUKUSHI MISORA)——殺手。
澪標高海 (MIOTSUKUSHI TAKAMI)——殺手。
諾衣茲 (NOIZU)——不諧和音。
奇野賴知 (KINO RAICHI)——病毒使者。
想影真心 (OMOKAGE MAGOKORO)——苦橙之種。
西東天 (SAITO TAKASHI)——最惡。
哀川潤 (AIKAWA JYUN)——紅色。
玖渚友 (KUNAGISA TOMO)——藍色。
我（旁白）——主角。

時間可以癒合一切傷口——

——夏目漱石

我（旁白）

男主角

我此刻在墓地。

墓地。
我彷彿從很久以前就待在這裡。
所以，今後想必亦將永遠待在此處。
正如我不知何時起在這裡，
恐怕永遠都無法離開此處。
墓碑環繞墓地四周。
那景象令人怵目驚心。
墓碑當然沒有個性。
墓碑只是井然排列。
我猛然間發現。
這裡是迄今——
迄今被我屠殺的那些人的墓地。
是迄今——
因我而死的那些人的墓園。

視線一黑。

我的身體失去重心。

天旋地轉。

四周墓碑開始搖晃。

是風吹所致。

四周開始刮起強風。

狂風呼嘯。

風為了某人而吹。

風為了不知名的某人而吹。

那不啻是——荒謬至極的妄想。

風是風。

石頭是石頭。

死人是死人。

死人終究只是死人。

正如第三者永遠是第三者。

思及至此，我邁開腳步。

我在道路行進。

緩緩走在墓碑和墓碑之間的石板路上。

宛如迷宮。
宛如狹路。
越是前進，就越感迷惘。
越是邁步，就越覺猶豫。
彷彿有人向我招手。
告訴我那裡的水很苦澀。
告訴我這裡的水很甘甜。
而這又是——
荒謬至極的妄想。
我一再重複。
重複著荒謬至極的妄想。
死人。
那些因我而死的人們。
然而，他們一定。
然而，她們一定。
不希望我認為——自己是因我而死。
思及至此，
前方道路豁然開朗。

迷宮的解答——一絲不苟地精密出現。

狹路的解答——一絲不苟地嚴密浮起。

他。

她。

那男孩。

那女孩。

那個人。

那個人。

那個人、那個人、那個人、那個人——

肯定是竭盡全力活過了。

絕對沒有——敷衍了事。

既然如此。

既然如此，我……既然如此，我也……

必須努力求生才行。

他。

她。

那男孩。

那女孩。

那個人。

那個人。

那個人、那個人、那個人、那個人——

即便並未如此期盼。

縱然沒有如此期盼——

我也必須按照自己的意思活下去。

不該再——

不該再要孩子氣。

應該告別昨日那個鬧彆扭、耍脾氣、搞頹廢的自己。

否則我——

一定連活下去這件事都辦不到。

就在此時——

我抵達一座墓碑。

前方已無道路。

再也無路可走。

這裡就是盡頭。

這裡就是——終點。

世界的終結。

故事的終局。

無可取代的——故事結局。

然這座墓碑上沒有墓誌銘。

沒有鐫刻任何文字。

沒有雕鑿任何話語。

沒有刻鏤任何名字。

這究竟——

是誰的墓碑呢？

是學者的藍髮聖少女？

是人類最強的紅髮承包人？

是最終存在的橙髮代理人？

抑或者——

這是我的墳？

就這樣，我自夢境醒轉。

一如往常地迎接早晨。

這裡不是墓地，

我身旁亦無墓碑。

我輕輕嘆了一口氣。

撥撥前額的頭髮，調整呼吸。

接著，我開始搜尋，

總是在我身旁的某人。

好了。

終於來到故事尾聲。

接著是最後的完結篇。

徹徹底底的狂歡胡鬧。

徹頭徹尾、徹裡徹外。

完完全全的瘋狂故事。

一如過去。

更勝往昔。

挫敗連連。

有氣無力、不負責任地講述吧。

即使可供傳誦的世界已不復存，

故事本身仍未消失。

第一幕——休息的傷疤

0

我無法愛上任何人。

1

西東天。

三十九年前的三月，父親西東賢悟和母親西東真實在京都市內某醫院產下的長子，上有兩位姊姊。父親是高都大學人類生物學系教授兼開業醫生，母親是音樂家。兩位姊姊是雙胞胎，姊弟相差十歲。

幼時由西東賢悟和相關工作人員施以英才教育，每天有大半時間在高都大學研究室度過。對於這位未曾讀過任何學術書籍，就自行於大腦建構所有理論的神童，當時媒體無不爭相報導。西東賢悟這時亦開始在學術界展露頭角，但後來經內部人員舉發，原來那些成果大多……不，幾乎全部出自其子之手。

六歲四個月，西東天正式就讀高都大學人類生物學系。同年七月畢業，同年九月進入高都大學研究所，隔年三月畢業。七歲一整年都在高都大學各學系及研究所之間學習。

八歲時，終於正式以助手身分加入父親的研究室。西東賢悟當時研究的是「集團生命的滅亡過程」這種平淡無奇、不值一哂的題目，並且非常罕見地——或者該說出乎意料地沒有任何離奇曲折、值得一提的發現，正常地進行研究。

正常地。

實在太過正常。

那簡直正常過了頭，事後回想，

反倒顯得——異常。

到了十歲。

十歲七個月時，兩位姊姊失蹤了。

年方二十的兩人，當時都是高都大學的大學生。儘管不若弟弟那般天才，但也參與父親的研究。當時的西東家，因為長子在各方面的活躍，家境可說相當富裕，是故有人認為她們的失蹤與金錢有關，然而一直沒有接獲任何來自犯人的要求。雙胞胎姊姊最後簡單、輕易地列入日本失蹤人口名單，西東家的子嗣於是只剩他一人。

十一歲，升任副教授。

十三歲——父母雙亡。

幾乎在同一時間，西東天向高都大學遞出辭呈。

接著前往美國，進入德克薩斯州的學術團體——大統合全一學研究所ＥＲ２系統（即現在的ＥＲ３）。西東天當然不是以學生身分進入，而是以研究員身分參加，據說當時是在地球上最有智慧的休萊特副教授底下鑽研學問。

然而——ＥＲ時代卻是西東天的經歷中特別值得一提的黑暗期。

ＥＲ組織的勢力範圍固然驚人，某些方面卻也異常封閉，研究成果幾乎不對外公開。一切都被視為機密，一切都被關在黑盒子裡。對於渴望這種研究環境的學者而言，對於那些厭惡世間紛擾的學者而言，那裡堪稱是最佳場所——眾人都認為這是西東天離開日本的原因。

然而，事實並非如此。

十八歲一個月——西東天獨自返國。

十九歲三個月，以教授身分重新回任高都大學人類生物學系，同時成為開業醫生，無懈可擊地繼承父親西東賢悟的事業。

當然這只是形式上。

據推測，西東天就是在此時與當時仍是高中生的木賀峰約，以及圓朽葉私下進行生命研究——就是那個「不死的研究」。

兩年之後——二十一歲四個月時，西東天再度赴美；不過，並非返回ＥＲ２，而是與兩名幫手聯袂成立獨立組織。

那兩名幫手的名字亦留在紀錄中。

其中一人是架城明樂。

另一人則是藍川純哉。

雖說是獨立組織，可是五年後又被ＥＲ２系統吸收合併，名稱亦從他與兩名幫手的日文姓名字首，改成「ＭＳ－２」這種型號名。

被ＥＲ２系統合併之後，西東天的動向再度進入黑暗期——世人完全不知道他在ＥＲ２系統內的地位。唯一可以肯定的是，相較於異質的青春期，這時的立場截然不同。

這時的他，既已完成學習。

這時的他，業已結束研究。

下一步就是實踐。

下一步就是實驗。

不久——黑暗期亦將終結。

又過了三年——二十九歲的夏天。

西東天再度返國。

但這次除了他以外，還多了架城明樂、藍川純哉兩名幫手、一名僕人，以及……一名少女。

西東天突然返國的目的至今不明——唯一可以確定的是，目的並未達成。因為該年冬天，回到日本的所有人都不幸死亡。

架城明樂死了。

藍川純哉死了。

僕人死了。

少女死了。

而他亦難逃一死。

是他殺。

很明顯是他殺。

但最後並未找到凶手——

至今仍是懸案。

西東天——享年二十九歲。

這是約莫十年前的事件。

「為了說今天的早安和明天的晚安，闇口崩子這是第七次前來醫院探望戲言大哥哥。」

帥氣的招呼聲剛響起，只見骨董公寓的鄰居——離家出走的十三歲少女闇口崩子——崩子小妹妹提著水果籃走進病房。我已經完成當天的復健課程，以及護士形梨樂芙蜜小姐猶如惡作劇的雙手地獄體檢，正閒得發慌地胡思亂想——所以崩子的出現儘管非常唐突，事前沒有任何聯繫，我還是覺得有一點點開心。

崩子穿著純白連身洋裝和涼鞋，頭戴遮陽草帽，脫下草帽則是純樸的黑色娃娃頭。不愧是第七次探病，她簡直就像回到家裡，順手將水果籃放到矮櫃上，接著逕自從置物櫃旁拉了一張鐵椅，在床邊坐下。

「剛才在一樓櫃臺附近遇見形梨小姐，聽說大哥哥快出院了，恭喜。」

「啊……原來妳遇見樂芙蜜小姐了，很辛苦吧？」

樂芙蜜小姐是精力旺盛型的護士，再上崩子甚得她喜愛，不幸被她捉住的話，恐怕很難脫身。「沒有，『我』很快就跑掉了。」崩子若無其事地應道。

嗯……雖然也不是很久沒見。

不過她這個年紀的女孩，過一陣子就像變了一個人似的。

真是越來越可愛了。

洋娃娃般的小臉蛋、白皙無瑕的肌膚、鮮紅欲滴的嘴唇。

我對少女的喜好儘管不及鈴無小姐，不過，崩子可以算是例外。

「嗯，呃……對了，我二十號出院，就跟當初的計畫一樣，不，豈止如此，傷勢恢復得非常快。原本說要兩個月才能痊癒，我看二十號大概就已經活蹦亂跳了。不過，太激烈的運動只怕還不行。」

「那真是太好了。」

「我從以前傷勢就恢復得超快。」

「看來是這樣……頭髮也是，明明前陣子剛剪，現在都已經復原了。」

「這髮型倒不是初始設定……」我一邊玩弄變長的瀏海，一邊對崩子說道：「我沒說過嗎？我以前的頭髮更長。我在妳這個年紀時，還綁過麻花辮咧。」

「我完全無法想像。」崩子聳聳肩。「下次想剪頭髮的話，請跟我說一聲。」

「好。」

「而且小姬姊姊也……不在了。」

「……是啊。」

紫木一姬死亡——今天正好滿一個月。

她被殺至今，過了一個月。

就算有人死，不論是誰死，時間依然自動、自律、一如往常地流逝。這一個月跟過去的一個月沒有任何不同，我也很明白時間不會因為我個人的意志延長或縮短……

總之，一個月過去了。

我仍然為了療傷——蹲在京都市內的醫院。為了治療上個月小姬遇害時，涉及木賀峰副教授那個「不死的研究」的駭人事件時所受的傷。

然而，我從以前就很習慣受傷（因此傷勢也恢復得特別快），從孩提時代起就經常進出醫院；反過來說，住院生活對我而言亦很無趣。因為是個人病房，聊天對象就只有偶爾來探病的客人，以及偶爾蹺班來打屁的樂芙蜜小姐——說無聊也真無聊。

因為沒事做，我也進行不少調查。

關於上個月認識的——一名男子。

「……」

他的名字是——西東天。

不，這並非他親自告訴我的。

他從頭到尾都沒有說過自己的名字。

還不到報上姓名的時候——他如是說。

話雖如此，因為我知道那個木賀峰副教授是他的學生，就循著這條線索進行祕密調查——根據本人的調查能力極限，西東天既已離開人世。

或者該說已經死亡。

這傢伙根本早就翹辮子了嘛！真教人大失所望。

拜託玖渚，或者玖渚的朋友小豹——綾南豹的話，說不定可以查到更多資訊……可是，我實在不想將她捲入這場是非。

基本上——這種行為也沒什麼意義。

充其量只是打發時間。

充其量只是消磨時光。

他——

那個狐面男子，確實跟我約好再見面，但如果能夠見面，就不必這麼辛苦了。我們根本不曉得彼此的聯絡方式，不是嗎？

無論多麼想見到對方——

倘若沒有緣分，終究只是枉然。

「對了，大哥哥，有什麼希望我做的事情嗎？」

「希望妳做的事情？」

「難得來看大哥哥，想說有什麼可以幫忙的。」

「嗯——原來如此……還真是精神可嘉，既然如此，就像上次那樣替我擦擦身體吧？老實說，因為剛才一直在睡覺，流了不少汗。」

「我知道了，毛巾一樣在矮櫃裡嗎？」

「嗯，拜託了，上半身就好。」

我解開睡衣，褪下內衣。崩子從矮櫃取出毛巾，打開病房內的水龍頭，在洗臉盆裝滿水，爬上床鋪，繞到我的背後。

「可是啊……」崩子一邊用擰乾的毛巾擦拭我的背脊，一邊喃喃自語。不知道是年紀小，還是崩子的獨特風格，有時很難從聲音判斷她的想法。我不曉得她打算說什麼，只好等她繼續開口。

「大哥哥的身體……這樣仔細端詳的話，真的是傷痕累累，到處夾雜新舊傷痕。」

「嗯啊……這倒是，女孩子看了會怕嗎？」

「我的話就還好。」

「幸好臉頰沒什麼傷痕，要是在臉上就傷腦筋了。我實在無法理解在臉上刺青的人在想什麼。」

「那種人誰都無法理解吧？」崩子這時話鋒一轉。「萌太的身體也跟大哥哥有些相似——不過，沒這麼誇張。」

萌太是比崩子年長兩歲的哥哥，兩人姓氏不同，全名是石凪萌太。

「太概是因為虛弱，所以才容易受傷，至少我是這樣。」

「或許是這樣。」崩子毫不留情地說：「可是，大哥哥。」

「什麼？」

「大哥哥的身體是、大哥哥的身體是……無可取代的，請多多愛惜自己。」

「……」

無可取代的嗎？

聽見那句話，我不禁開始聯想。

「替代可能」（Jail Alternative）。

任何事物皆能被取代，即使某人不做某事，亦會有其他某人做那件事——即世上沒有什麼是不可取代的。

以及「時間收斂」（Back Nozzle）。

就算目前毫無徵兆、尚未發生，倘若那是應該發生的事情，就避無可避，一定會在某時某地發生；如果沒有發生的話，就是早在遙遠的過去發生了——即世上沒有什麼是可以避免的。

「替代可能」和「時間收斂」。

替上個月的事件增添色彩的兩個概念。

兩者皆是肯定命運——肯定故事。

同時——

否定個人。

否定個人的世界。

「要是讓我耍帥一下的話——我不受傷，也只是換別人受傷而已。既然如此，由我受傷不是最好嗎？」

「何必想得那麼殘酷呢？」崩子說道：「大哥哥有點卑鄙。」

「卑鄙？」

「姑息。」

「姑息……」

「或者該說是狡猾呢？」

「……狡猾……」

我為何非得被她如此攻訐？

「仔細一想，大哥哥老是這樣。這或許是我多管閒事，但是你應該多關心一下周圍的人。」

「別看我這樣，其實也是相當關心別人的。」

「自己的痛楚可以忍耐；可是，因為無法感受他人的痛楚——所以無法忍耐，我是指這件事。戲言大哥哥，你懂嗎？」崩子說道：「總之，請替在旁邊擔心的人想想。」

「……崩子小妹妹在擔心我啊。」

「當然會擔心了。」崩子傻眼嘆息。

那舉止一點都不適合少女。

尤其是美少女，更加不適合。

「我實在看不下去了。就像從下方觀看他人在沒有平衡桿、沒有安全網的狀態下走鋼索。在鋼索上踩空的人或許是大哥哥……可是被迫目睹砸得稀爛的屍體的人卻是我。」

「還真是血淋淋又討人厭的比喻……」

「那個時候……話說回來，戲言大哥哥。」

「什麼事？」

「大哥哥好像對美衣姊姊告白了？」

「…………」

哎喲！

怎麼會被發現咧？

「呃……沒有告白那麼具體啦！只是美衣子小姐一直很照顧我，而且上個月她……又替我打氣。」

美衣子小姐——淺野美衣子小姐。

跟崩子一樣是我的鄰居，二十二歲的打工族，紮著武士般的馬尾，帶著一股凜然氛圍。平常嗜穿日本和服「甚平」的劍術家。她是骨董公寓最資深的房客，廣受眾人喜愛。荒唐丸老爺爺是唯一例外，不過兩人每天都很愉快地鬥嘴。

美衣子小姐……

美衣子小姐啊。

最近都沒見面哪。

因為到目前為止，她都沒來醫院探病，所以差不多有一個月沒見了。

……

那其實並不是……告白。

不過，確實很類似告白。

而既然對方不肯來探病……

總覺得結果非常不樂觀。

真令人失望。

不可否認我多多少少有鬆一口氣的感覺，然而沒有任何反應的「毫無反應」，確實非常令人失望。

「照你的反應看來，八成對方還沒回應吧，戲言大哥哥？」

「是啊……」

「我從來沒想過大哥哥會有喜歡人的感性。」

「是嗎？我可是很容易愛上人的喔。」

「這沒什麼好得意的吧？」

「……真是不給面子。」

「因為如果真的能夠喜歡人的話……應該就知道吧？」

「就知道什麼？」

「請舉起雙手。」

「好好好。」

我乖乖地舉起雙手。崩子在洗臉盆重新擰乾毛巾，開始擦拭我的側腹，那細膩的動作讓我有些發癢。

「小姬姊姊死的時候。」

「咦？」

「大哥哥很傷心吧？」

「那是……免不了的嘛。」

紫木一姬——小姬。

雖然只認識短短兩個月。

她的消失所產生的空白——

無法掩埋。

而我亦無意掩埋。

「既然如此，大哥哥今後該想的就不是贖罪、後悔，或自我犧牲——而是如何不讓周圍的人傷心。」

「……」

「這也是我強迫我自己做的事……我不想讓我喜歡的人傷心，也不想讓對方替我擔心。」崩子這丫頭的聲音罕見地帶著一股堅決——宣言般地說：「如果我受傷會讓某人傷心，我將以鋼鐵般的精神拒絕一切傷口。為了不讓我喜歡的人傷心——我絕對不要受傷。」

「……」

「我希望大哥哥也是如此。」

崩子替我擦完另一邊之後，我放下雙手，嘆了一口氣，反芻剛才那席話的箇中含意。

嗯——正如她所言。

雖然被人完全說中有點難受。

這丫頭……果真是毫不留情。

「……謝了，前面我自己擦。」

「那還用說？難道大哥哥要我犧牲到那種地步？」

「毛巾給我。」

「好。」崩子嘴裡應道，卻不肯將毛巾遞給我。滿腹狐疑的我正要回頭，行為卻被背脊傳來的重量打斷。

「……崩子？」

「一下子。」崩子從後方輕輕摟著我——柔軟的雙臂輕輕環住我的頸部，用幾不可聞的聲音說：「一下子就好，像現在這樣。」

「……崩子……小妹妹？」

「再五秒鐘，就這樣別動。」

「……」

我聽見心臟跳動的聲音。

自己的心跳聲和……崩子的心跳聲。

兩人心臟都猶如打鼓似的砰砰直跳。

我啞口無言。

我張口結舌。

甚至無法回頭。

就這樣，任由時間流逝。

一秒。

兩秒。

三秒。

四秒。

然後五秒……

「……打擾兩位了嗎？」

美衣子小姐開門進入病房。

我的心臟停止跳動。

不，停止的話就沒命了。

我還以為自己死定了。

「…………………」

情況解說。

單人房。

床舖上。

上半身赤裸的十九歲。

從後方環抱的十三歲（美少女）。

兩個人緊密貼合的肉體。

美衣子小姐冰冷的視線。

……

我們之間，無須言語。

即使沒有那種東西，我們亦能溝通。

「那麼……」崩子鬆開摟著我脖子的藕臂，離開床舖，穿好涼鞋。「戲言大哥哥，雖然剛來沒多久，可是我現在必須去圖書館，美衣姊姊，接下來就交給妳了。」

「……好。」

「……」

崩子穿過美衣子小姐身旁準備離開病房，我向她睇了一個求救眼神，崩子卻只是用食指戳著臉頰，擺出跟冷酷態度毫不相稱的俏皮姿勢。

「戲言大哥哥，」崩子說道：「我也是有『嫉妒心』的。」

「……」

「恭祝健康、友誼、重逢。」

房門在告別聲中關閉。

病房裡剩下兩個人。

我和美衣子小姐。

一個月沒見的美衣子小姐。

冷颼颼的空氣在室內飄盪。

美衣子小姐不知作何感想，只見她默默眺望著矮櫃上的水果。

神情有些昏昏欲睡，但這個人平常就是這副模樣。猜不透她在想什麼，木訥寡言、面無表情。就這個意義而言，她和崩子有些相似。

我只好先穿上內衣，整理睡衣前襟。

「伊字訣。」

「……嗯。」

「十三歲不太妙吧？」

「不……這是誤會……」聽見那隱約帶著批判的語氣，我極力否定。「剛才是……請她幫我擦汗……」

「喔～～無所謂，反正跟我一點關係也沒有。」

「……」

大小姐生氣了。

對於直性子的美衣子小姐而言，這是頗為罕見的生氣法。

我不知該如何應付。

「呃……妳是跟她一起來的嗎？」

「嗯，不過我在櫃臺被一個怪護士捉住了。只有崩妹順利脫身，我沒辦法。」美衣子小姐道。

原來如此……

「『我』很快就跑掉了」就是這個意思啊。

這麼說來，崩子她……果然是故意的嗎？這次也應該不是七七見的訓練才對……嗯，相較於那個魔女的手法，確實有些毒性不足。既然如此，看來這是崩子的個人行為。

她剛才提到「嫉妒心」。

嫉妒啊……

嫉妒、妒忌。

唉～～美衣子小姐畢竟是公寓的人氣房客，崩子確實很黏她。我那個類似告白的行為，在崩子眼裡像是爭先也不奇怪。

「伊字訣還真是受歡迎啊～～」

「……」

「剛才的護士好像也非常中意伊字訣、藍髮丫頭又常常跟伊字訣充電、還把大學同學帶進公寓。」

「…………」

奚落攻擊開始。

我只能默默承受。

「打工也是當高中女生的家教。」

「那個已經被革職了……」

住院一個月，這也是理所當然的下場。

不過小姬去世之後，大部分的學費都匯回我的銀行戶頭，生活倒是恢復寬裕。

「又常常跟打扮怪異的紅髮女子出遊。」

美衣子小姐繼續奚落攻擊，完全沒發現崩子剛才的行為並非針對我，而是為了她。真希望她快點發現，可惜美衣子小姐非常遲鈍。雖然對別人的事情異常敏銳，一換成她自己卻又格外遲鈍，實在教人難以理解。

「三天兩頭就跟女刑警聯絡，上個月又跟花痴同居，結果那個花痴又撿了個女生回來。」

「花痴是指……」

春日井小姐嗎？

原來這是美衣子小姐對她的印象……

「而且……而且……」

「唉，已經夠了吧——」

「而且又跟我告白。」

「……」

「告白之後，又一直不回來。」

我看著美衣子小姐的臉孔。

無法看出她在想什麼。

一如平時的面無表情。

「……如妳所見，我在住院嘛。」

「嗯。」

「呃……不過，再四天就可以出院了。」

「嗯，我剛才聽說了。」美衣子小姐頷首。「幸好傷勢不嚴重。」

「一開始倒是挺危險的……」

聽說——真的相當危險。
徘徊生死關口。
絕非比喻。
一如文字。
這亦顯示上個月的事件是何等異常。
「可是，美衣子小姐，我早就恢復意識了……妳為什麼不來看我呢？真令我失望。」
「這是我不對。」沒想到美衣子小姐老實低頭道歉。「不過，套句崩妹的臺詞——我也是有『猶豫』的。」
「猶豫？」
「該怎麼回答你。」
「……」
告白……嗎？
正如我對崩子所言——我不知道那到底算不算是告白。並非像平常那樣用戲言模糊焦點、逃避現實，是我真的不知道。
那種狀況。
那種地點。
那種時間。
我說了什麼？

我說的那些話又代表什麼意思？

基本上，當時情況非常特殊。

一旦從日常生活的角度回顧。

果然令人畏怯。

就這個意義而言，或許的確是逃避。

害怕聽見解答。

不願看見結果。

永遠都是這樣。

一如往常的我。

跟小姬死亡以前相比——

我沒有任何改變。

「請妳，先好好考慮一下答案。」

我那時是這麼說的。

到底要考慮什麼？

是不想受傷嗎？

這副已經傷痕累累的肉體。

這個已經傷痕累累是精神。

傷痕累累的心靈。

那真是一大戲言。

我受傷的話——

真的會有人悲傷嗎？

「我啊……伊字訣，」美衣子小姐道：「是個很沒用的人。」

「……嗄？」聽見那句實在不像美衣子小姐的發言，我脖子一歪。「妳說什麼？那是什麼意思？」

「我除了舞刀弄劍之外別無所能。」

「這句話——以前好像聽過。」

「尤其對愛情這檔事很沒轍。」

「……」

「非常遲鈍。」

「這我知道……」

「唉——這也沒什麼好隱瞞的，我就告訴你吧。」美衣子小姐神色木然地續道：「我至今跟四個人交往過。」

「喔。」

意料之中。

嗯，畢竟是大我三歲的女性。

這點覺悟當然有。

「其中三個都是女的。」

……意料之外。

呃……

「……最後一個是男性吧？」

「正確來說，是第一個。」美衣子小姐道：「因為是小學時代的事，應該說是男生，不是男性。」

「……」

居然計算到小學時代，有夠認真啊。

「那個男生常常被同學欺負。」

「……」

「接著中學時代有一個，高中時代有兩個，全部是女生，而且都被同學欺負。」

「……」

「我當時很喜歡被人欺負的傢伙，不，不是這樣……我應該是喜歡弱者、軟弱的人。」

「真是令人不快的分析——」

「不，我不是在說笑，我是認真的。」美衣子小姐又說：「總之，我想……我這個人大概天生就愛助人。『見義不為，無勇也』這句話是很好聽，但其實並不是好事吧？」

「啊……」

「因為太過見義勇為，我高中才會輟學……這件事我說過了嗎？」

「嗯……雖然沒說過詳情，總之——是為了保護那個被欺負的同學吧？先不管是哪一個。」

「哪一個？是兩個。」

「兩個？」

「因為我腳踏兩條船。」

「……………」

沒轍。

沒轍、沒轍。

這個人——真的對愛情這檔事很沒轍。

該說她是戀愛白痴嗎……

「如果只是這樣，倒也還好。」

「不，已經非常不好了。」

「跟我交往的那四個人，不但沒有因此成長——反而越來越軟弱。」

「原來如此。」

「越來越軟弱。」

「嚴重到要連說兩次啊……」

……嗯，溺愛被人欺負的孩子，結果多半會變成那樣。說來可惜，但這就是現實。因為我自己有這種傾向，所以十分明白，非常理解。

我自己？

原來如此……

對了，這是跟我有關的話題。美衣子小姐在講自己的同時，亦是在講我。

「換句話說，我——」美衣子小姐轉向我，「是把沒用的傢伙變得更加沒用的專家。」

「這也是令人不快的專家。」

「所以我才猶豫。」

「……」

「你跟我交往的話，會不會出事呢？」

「出事——」

「你覺得不會出事嗎？」美衣子小姐直截了當地問。

視線筆直射入我的雙眸。

我有點後悔讓崩子離開。這種緊張的氣氛，甚至比剛才的局勢更可怕，我和美衣子小姐中間迸射某種火花似的東西。

「……美衣子小姐。」

「我知道自己的弱點。鈴無也說過無數次了——嗯，我的確是個爛好人，天生就愛……多管閒事。明明只要撒手不管，對方也許可以自己站起來，我就是忍不住要出手相助。」

「……」

「我的弱點就是無法袖手旁觀。」

「可是，美衣子小姐——」

「所以，我很注意自己跟他人的距離。」美衣子小姐無視我的發言，自顧自地續道：

「不即不離——保持距離。」

美衣子小姐的這種距離感非常舒適。

既沒有多餘的干涉。

亦沒有無謂的關心。

不過，既非徹底不干涉。

然而，亦非完全不關心。

這想必就是美衣子小姐在那棟怪人群集的公寓受人欽慕的最大理由——她總是能夠跟身旁的人保持自然而舒暢的獨特距離。

簡單說，美衣子小姐是讓人感到舒適的人。

「可是……一旦開始交往，恐怕就會失去這種距離，我會無法控制自己。」

「……」

「我肯定會疼你疼得要死，把你的工作全部搶過來自己做。老實說，你——是我非常中意的類型。」

「妳的意思就是我是被人欺負的沒用傢伙？」

「嗯。」

居然給我點頭咧！

「話雖如此，」美衣子小姐說道：「你倒是非常努力。」

「……」

「姑且不論你有沒有自覺……」美衣子小姐雙手抱胸，似乎在考慮該怎麼說才好。她本來就不是多話之人，不過與其說她沉默寡言，不如說是拙於言詞。「嗯，上個月雖然受了點挫折……但你還是很努力。」

「努力歸努力，可是搞成這副德性實在超沒面子。就像崩子之前說的，最近簡直把醫院當自己家了。」

「……我不想扯你的後腿。」美衣子小姐不理會我的打趣，說完這句話就沉默不語。

沒有再說什麼。

話題就此結束。

不想扯你的後腿——然後就結束了。

我感到有點頭疼。

「那個……換句話說……」

「咦？」

「只說結論的話，是什麼意思呢？」

「嗯。」美衣子小姐點了點頭，接著就只說結論。「你和我沒辦法交往。」

「……………」

嗚哇啊。

百分之一百被甩了。

迎面而來，

不閃不避，

堂堂正正、沒有賣弄玄虛——

把我甩了。

這個打擊讓我微感暈眩。

……上個月的那種態度到底又算什麼……

「雖然曾經猶豫，但我認為我們不可以交往。」

「不可以嗎……」

「否則會拖累彼此。」

還沒交往就用這種理由……

實在太悽慘了。

「我不想變成沒用的人，而且也不想把你變成沒用的人，所以這是絕對行不通的。」

「……」

「我有保護過度的傾向，肯定會容忍你的一切。我覺得這是不對的。嗯，崩妹剛才從背後抱你也許是開玩笑，但除非是她那種嚴苛、不留情面的人，否則也沒辦法讓你

活下去。我是不成的，我和你是行不通的。」

「我……」

我略感吃驚。

對於不肯罷休的自己。

對於垂死掙扎的自己。

對於被甩並未感到悲傷、痛苦、可惜，卻仍不願放手、糾纏不清的自己，我略感吃驚。

此刻我終於察覺。

啊啊，原來如此。

我是真的喜歡美衣子小姐。

我是真的想要待在她身邊。

無論那將帶來多少痛楚。

「因為我想跟美衣子小姐交往，這個理由不行嗎？」

「——我也覺得我們倆很合。」

「何必……」

既然要拒絕，又何必說這種引人遐思的言論？

這根本沒有任何安慰效果。

「**希望受人喜愛的你——想要喜愛他人的我**，我也覺得我們倆很合，但是正因為很合，所以才不成。當朋友也許行得通，超友誼的話就……沒辦法保持……平衡……」

「平衡？」

「不……該說是距離嗎？沒辦法保持原本那種舒適的距離。我們一定會變得如膠似漆、二十四小時都黏在一起，我現在就能想像那個畫面。」

「……」

我倒是完全無法想像。

不過……真的會變成那樣嗎？

男女交往，就是那麼一回事嗎？

我——

其實並不渴望那些。

純粹只是想跟她在一起。

「那或許也是一種幸福……可是，我不喜歡你濃我濃的人際關係。因為過去的經驗，所以不喜歡。」

「我……」

我也不喜歡。

然而，我們倆並不是這種關係。

不……不一樣嗎？

不一樣！不一樣！不是這種關係。

對，這是很容易理解的事情。

想要喜愛他人。

希望受人喜愛。

那句話——那種形容恰如其分。

非常正確。

儘管崩子認為我沒有會喜歡人的感性，但事實並非如此。我不是無法喜歡人——而是無法讓人喜歡。

無法讓人產生好感。

那是完全相反。

那是完全相反的。

我們經常聽見愛情的反義詞或是好感的反義詞，愛情的反面是憎惡，好感的反面是厭惡，這絕對不會錯。

如果我希望受人喜愛，而且選擇的對象是美衣子小姐——**如果我渴望美衣子小姐喜歡我**——

「那麼……美衣子小姐。」

「咦？」

「如果說，我……」

如果說，我不是現在這個樣子。

而是腳踏實地的人，

如果我變成那種人，

那時，妳——

房門喀啦一聲開啟。

我以為是崩子半途折返。

因為實在太巧了。

我以為崩子躲在門後偷聽。

可是，並非如此。

完全不是這樣。

我剎時湧起一股戒心。

站在那裡的是——陌生男子。

素昧平生的男子。

「這是本爺的帥氣登場情時刻咧……下一句臺詞的前後給本爺各留一行空白！兩位仔細聽了～～」

男子——指著我和美衣子小姐。

右手指著美衣子小姐。

右手指著我。

「本爺名叫奇野賴知——是『十三階梯』的第十二階，請拿出全副親切感，叫本爺一聲奇野荔枝！」

男子的背後——

房門緩緩闔上。

彷彿要將我們幽禁。

我不禁倒抽一口涼氣。

十三階梯。

那是——開始的暗號。

2

十三階梯。

這四個字除了單純代表十三個階梯之外，對我以及少部分的人而言，還有某種特殊含意。

例如——上個月。

造成本人今天仍躺在這間醫院的原因——那「兩個人」都是「十三階梯」的成員。

匂宮理澄。

匂宮出夢。

「漢尼拔」（Carnival）理澄和「食人魔」（Maneater）——出夢。

人稱「殺戮奇術」——匂宮兄妹。

我已親身體會他們的可怕。

然而，**原因**並非如此。

並不是因為這樣——我才對「十三階梯」這四個字不寒而慄。並不是這個原因，而是因為一般來說，它有更直接的意義。

「十三階梯」雖然有許多意思，但歸根究柢，就是跟我約好再見面的那個**狐面男子**——西東天的直轄部隊。

一如文字，就是他的「階梯」。

而這個「階梯」如今出現在我的病房、出現在戲言玩家本人存在的這個座標——這些層層相疊的事實。

該來臨的時刻終於來臨。

該發生的事情終於發生——

這種戰慄襲擊我。

終於……終於要開始了嗎？

上個月的繼續……不。

是一**切的終結**。

「奇野……賴知。」

身材結實的男子。平常大概有鍛鍊身體，但絕非肌肉賁張，單純只是結實——就只是這樣。因為衣物單薄之故，加上相隔一段距離，看起來十分瘦削——不過，完全沒有不堪一擊的虛弱感。

長長的黑髮上戴著髮箍。

雙眼被自行車選手那種誇張的太陽眼鏡遮住，因此無法解讀對方神情——不過，嘴角倒是吊兒郎當地歪起。寬鬆的五分褲用自行車的鎖鏈充當皮帶。雙腳——穿著跟醫院亞麻地板極不搭調的木屐。

「呃……那個……」

奇野賴知——奇野先生看看我，又看看美衣子小姐。

「因為狐狸先生老是跟本爺說您老的事蹟——這樣面對面，就有一種『**終於見到本人**』的感覺……不過，對您老而言，或許不是這樣——這次邂逅肯定非常唐突。話雖如此，您老的表情毫無變化，眉頭連皺都不皺一下，真是了不起，本爺說得是吧？」

「……」

奇野先生的言論——並不正確。

我從很久以前開始，從上個月在醫院恢復意識的那一瞬間開始——就準備迎接這場邂逅。

所以，沒有值得驚訝的驚訝。

若說有什麼疑問⋯⋯

狐面男子為何不親自前來這間病房？為何先派手下的「十三階梯」前來——頂多只有這樣。

換句話說⋯⋯就代表目前還不到「時候」？還不到對我**報上姓名**的時候嗎？

既然如此——這個自稱奇野賴知的男子。

究竟是來做什麼的呢？

視情況發展——事情可能變得非常棘手。

但最麻煩的是，比任何事情都麻煩的是——美衣子小姐在場。

美衣子小姐完完全全是局外人，是徹頭徹尾的正經人；照玖渚的說法，就是表面世界、普通世界的居民——不能將她捲入。別說是「十三階梯」，她搞不好連西東天的名字都沒聽過。

絕對——不能將她捲入。

必須助她逃離病房。

然而⋯⋯可是，這可沒有想像得那麼簡單。

「十三階梯」的第十二階嗎？

上個月聽說連一半都沒湊齊⋯⋯既然如此，對狐面男子而言，也許已經「萬事俱備」。

第十二階嗎？

應該不至於是出夢那種水準的勁敵——出夢和奇野先生不可能擁有同等級的能力。

因為出夢……那個「食人魔」出夢……

甚至足以與哀川潤匹敵。

「您老是在想本爺到底是來幹什麼的吧？阿伊～～」奇野先生背脊靠著房門，沒有走近我的意思，繼續說道：「不過呢，您老暫且放心，不是什麼大不了的事，我只是來探病——算是狐狸先生的使者。」

使者……

奇野先生咧嘴一笑。

「原來如此——您老就是狐狸先生的『敵人』嗎？」

「……」

「本爺一直很想瞻仰狐狸先生親自挑選的敵人，這一星期以來都期待萬分……不過，本爺真是大吃一驚哪。不愧是狐狸先生，連挑選敵人的方式都獨具一格。」奇野先生說完，摘下太陽眼鏡。接著，雙眼朝我們一瞪。「沒想到『阿伊』居然是個娘們！」

「……………」

「……………」

我斜眼朝美衣子小姐一瞥。

美衣子小姐斜眼朝我一瞄。

——咦？

咦？咦？

好像有什麼誤解？

我的頭髮雖然變長了，可是並沒有比以前長啊，睡衣或許讓身材線條顯得圓潤——

但我想應該不是**這種誤會**。

可是，既然如此，換句話說。

「不過，雖然是個娘們，長相倒是挺驃悍的——即使是在咱們那個世界，這種視死如歸的眼神也很少見。好一雙眼睛啊，阿伊。」

「……」

「相較之下，旁邊這位小鬼的照子就差多了。本爺一登場，就一副要飆淚的模樣。別擔心，本爺不會欺負你啦！本爺不知道你是誰，也不想知道，我今天只是來找你旁邊這位阿伊。」

「……」

「……」

不妙……

又是一個呆子。

這傢伙……到底聽狐面男子說了什麼？

不管怎麼看，應該都是我比較像住院病人吧？

而且我還躺在床上咧！

美衣子小姐不是坐在椅子上嗎？

為什麼會有這麼扯的誤會——

…………

啊啊！

我懂了，是以貌取人嗎？

「咦？」不過，也許是沒有蠢到那種地步，奇野先生從我的態度察覺事情有異，朝我和美衣子小姐露出狐疑的神情。「怎麼了？從剛才開始就悶不吭聲的……莫非妳……不是阿伊？」

「不。」回答的是——美衣子小姐。「我的確是『阿伊』。」

「……美衣子小姐？」

「我叫美伊子，所以大家叫我『阿伊』。」美衣子小姐說到這裡——冷不防從椅子上無聲站起。「你給我閉嘴看著，鈴木太郎。」

「……」

又是這種假得不能再假的名字……

不對！這不是重點，美衣子小姐在搞什麼鬼？

「所以呢？呃……奇野……這位奇野是有什麼事要找我這個『阿伊』？不可能只是來探病吧？故作謙虛說『不是什麼大不了的事』的傢伙，通常都是來找碴的。」

「嗯～～這種目中無人的態度，看來妳真的就是阿伊。」

「沒錯，我就是目中無人。」美衣子小姐挺胸吹噓道。

……我是給人這種印象嗎？

可是……不妙。

我最害怕的情況居然就這樣輕易化為現實。

從美衣子小姐的性格考量，我也猜到她會庇護我，但萬萬想不到是由對方主動布置一切。簡直就像軍師子荻小妹妹一樣神通廣大，不過奇野先生看起來不像智慧型的人物，這一切只能說是運氣不好。

運氣……不，是命運嗎？

總之就是「避無可避」嗎？

可是……對象不能是美衣子小姐。

我不能將她捲入。

向外求援嗎？

我馬上想起呼叫護士的按鈕就在背後；可是，就算向外求援，終究無法應付「十三階梯」及其幕後主使狐面男子。

「嘿、嘿、嘿……不過，妳的問題也很愚蠢耶，阿伊。有什麼事？這種話即使浮現腦海，也絕對不能說出口——至少對一名專業玩家而言。哎喲！妳好像是業餘的嘛。」奇野先生說道：「先不管本爺有什麼事——阿伊，先不管本爺有什麼事，可是接下來要做的事，不是已經昭然若揭了嗎？妳既然是女人，又何必多此一問？咱們現在可是男人對女人哪。」

「……」

奇野先生重新戴上太陽眼鏡，接著大聲嘶吼：「**除了殺死對方，還有什麼事——**」

「殺死對方嗎？原來如此。」

咚的一聲。

就只有聽見那一個聲音。

下一瞬間，美衣子小姐業已站在奇野先生眼前。

從床鋪旁邊——到房門前面。

猶如瞬間移動般滑動雙腿。

「咦……哦？哦喲？」慌張的奇野先生正想後退，但背後就是房門，無路可退。左手邊則是牆壁，所以美衣子小姐事實上已將他逼入病房角落。「妳、妳——」

「沒想到這種距離下什麼都不能做吧？」

奇野先生與美衣子小姐之間——只剩下數公分的距離。這個距離——因為過於接近，反而什麼都不能做；話雖如此，即使想拉開彼此間距，亦被牆壁和房門阻擋。

「嗚……搞、搞什麼？剛才的古怪動作——」

「一點都不古怪，是劍道的普通步伐。」

美衣子小姐說完，主動向後退開——她釋放了奇野先生，可是並未給對方喘息的時間——

她颼的一聲揮動右手。

噹啷噹啷噹啷！

這次是清脆而響亮的連續聲音。

只見她右手握著綻放黑色光芒的五節鐵棒，那是她平時隨身攜帶的護身武器。似乎是剛才趁奇野先生滔滔不絕的時候，暗中從包包取出來的。

真是不能小看這個人。

面對這種情況——居然早就有所準備。

「你最好先拿下太陽眼鏡，還有髮箍。」美衣子小姐擺好架式——將鐵棒高舉過頂。

「正面受擊的話——難保不會失明。」

「本爺明明聽說妳對戰鬥意興闌珊、分薄緣慳……」奇野先生連忙離開牆壁和房門，找尋時機似的面對美衣子小姐。「劍道嗄？喔～～劍道啊～～」

「……」

完全……把我丟在一旁。

好像……沒有我出場的空間。

沒錯——

美衣子小姐相當厲害。

至少不是我能應付的角色。

不但厲害……而且……

很容易跟人起爭執。

血氣方剛。

又不是十來歲的小丫頭，平時沉默寡言的她，骨子裡卻是魯莽暴躁的人。就連那位鈴無小姐——人稱暴力音音的鈴無小姐，跟她在一起時也經常被迫扮演調解人，美衣子小姐的暴戾程度可見一斑。

一聽見「劍道」這個單字，奇野先生就謹慎停止之前的輕佻語氣。

他大概察覺到了。

劍道。

因為這個單字太過平凡，不但常常聽見，又是國中和高中課程裡的「競技」，有時反而很容易忽略，然而……

劍道和一般格鬥技截然不同。

七月的事件之後，我陪美衣子小姐進行早晨的體能訓練時，曾經央求她教我一點皮毛。我知道她偶爾會教附近小朋友劍道，所以才有此一求，當時她的回答是：「小朋友那種強身健體的劍道就算了——如果是想當護身術的話，千萬別學劍道。」

沒錯。

劍道並不是護身術。

何止如此，它甚至不是格鬥技。

劍道是**殺人的手段**。

以銳利的劍，斬殺敵人的手腕、咽喉、軀體，以及額頭。

當然亦是為了鍛鍊高尚的精神。

然而，依舊無法抹殺它最基本的目的。

斬殺。

斬殺。

斬殺——人類。

斬殺生命。

美衣子小姐表示：「就覺悟層面的問題而言，只要是將人生獻給劍道的人，都有這種程度的覺悟。」

斬殺人類的——覺悟。

這種程度的覺悟。

是的。

劍道——是用來殺人的技術。

即使道具從長劍換成鐵棒，事實亦不會改變——

「……」

然而——對方也不是好惹的人物。

就算美衣子小姐再強，就算是日本頂級的劍道高手，就算劍道是殺人的手段——十三階梯。

縱使不及出夢，這位奇野先生也絕對是超凡入聖的人物。

「……嘿、嘿、嘿！」

奇野先生——抽出充當五分褲皮帶的鎖鏈，捲在手臂上。一副老派壞學生的模樣——是打算把那條鎖鏈當成鞭子應戰嗎？是看見美衣子小姐的鐵棒，才選擇那個最好應付的武器嗎？

無論如何……情況都很不利。

這種發展——非常不利。

既然如此，只能由我出面了。只要我表明身分，應該可以暫時轉移奇野先生對美衣子小姐的注意力。除此之外，別無他法。假如只有一個人，我當然選擇逃亡；但現在這個情況，我也沒得選擇。如果奇野先生真是狐面男子的部下，至少在他跟我還沒重逢以前，不可能下手殺我。

畢竟——這個情況。

跟上個月相比，實在稱不上極惡——

「你別多嘴啊，鈴木太郎。」我正想呼喚奇野先生時——只聽見目光盯著對方的美衣子小姐，宛如要斬殺我似的厲聲道：「我也不是呆子——從殺氣也曉得這傢伙來者不善，可是……要說的話，這就是我的弱點。」

「美衣子小姐——」

「我就是忍不住——想保護別人。」她朝奇野先生跨進一步。「除了舞刀弄劍之外別無所能，卻老愛多管閒事。我無法袖手旁觀，就是受不了別人在自己眼前受傷。」

對於別人受傷——無法袖手旁觀。

我的肉體。

我的精神。

無以數計的累累傷痕。

「所以……我和你是行不通的。」美衣子小姐說道：「我看著你，就深切感受自己的弱點——因為你和我在某方面極度相似。」

極度相似。

我和任何人都很相似。

因為我沒有個性。

而且擁有一切缺點。

具備所有人的缺點。

這種情況。

淺野美衣子的缺點則是——

「**與其有人在自己眼前受傷，不如自己先受傷而死。**」美衣子小姐又向前跨進一步。

「我只是想要喜愛他人罷了。」

「……」

「那麼，可以開始了吧——……！」

美衣子小姐——猛然前進。
用剛才那種「劍道的普通步伐」。
這次在咆哮聲中揮起鐵棒。
撕裂空氣般地迅捷。
可是，動作卻出奇順暢。
她將揮起的鐵棒——
朝下一甩！
「嗚、嗚哇哇哇哇哇！」
至於奇野先生的應對——
不知該如何形容，總之非常拙劣。
只見他用力扔出鎖鏈，笨拙地朝旁邊躍開，躲避美衣子小姐的斬擊。不，並不像「躲避」一詞那般嚴謹，從旁人的眼中看來，根本就跟跌倒沒兩樣。而且腦袋還重重撞上一旁的置物櫃，更加顯得魯鈍。
「妳……喂喂喂，妳來真的？還真的用那種金屬棒打別人的腦袋嗄？妳是白痴嗎？那種玩意兒隨隨便便就能打死人耶？就算是『殺之名』的傢伙呀～～也不可能毫不猶豫地幹這種事！妳這人是腦袋有毛病嗎？」
「……」
面對奇野先生那種狼狽不堪、倉皇失措的喊叫模樣，美衣子小姐只有一瞬間，一瞬間投以冷峻目光——

就展開第二波攻擊。

劍道本身並無針對跌倒對手的攻擊——不過，劍術就另當別論。而美衣子小姐不但是劍道家，更是一名劍術家。

「咦、咦咿咿咿咿！」

慘絕人寰的哀號聲響起。

奇野先生再度狼狽跌倒。

鐵棒尖端擊中置物櫃。

鐵製的置物櫃——

沿著美衣子小姐的攻擊軌道裂開。

「……等……喂！這可不是開玩笑呀！」奇野先生扯開嗓子大呼小叫。「本爺要死啦！本爺完蛋啦！狐、狐狸先生那混帳還說什麼『絕對不會死』，這樣有幾條命都不夠賠啦！」

絕對不會死……？

那是什麼？

是什麼意思？

但奇野先生已無餘力多言，像要翻筋斗似地彎下身子，在不算寬敞的室內爬行逃竄。好不容易抵達房門，正想站起來時，雙腿一軟，再度倒下。美衣子小姐追上前，正準備將鐵棒朝他腦門揮下，「等等、等等、等等！」奇野先生連忙高舉雙手，表達投降之意。那不是演技，而是打從心裡恐懼，就連雙眼亦浮起晶瑩淚珠。

「騙、騙妳的！」

「……」

「騙妳的、騙妳的啦！殺死對方那只是虛張聲勢！故弄玄虛啦！只是想耍帥而已嘛！本爺雖然是『十三階梯』，不過不是格鬥用的！不是武鬥派啦！別把本爺跟妳上次交手的『匂宮兄妹』混為一談呀！」

「不……」美衣子小姐仍舊嚴陣以待。「你搞不好是想用這種說法誆我。」

「啥？嗄？」

「我很容易受騙，所以要特別小心。」

「這種狀況下，本爺哪有閒工夫騙妳呀？啊！不……小弟我怎麼可能騙大姊您老嘛。」

奇野先生的用語變得非常客氣。

那副模樣實在慘不忍睹。

我也並非不瞭解他的心情……嗯，就算是「劍道」，老實說，我也沒想到她會如此冷血無情地攻擊對方要害。美衣子小姐的直性子……我也好久沒親眼目睹了，總覺得非常能夠體會鈴無小姐平日的辛勞。

不過，話說回來……

這就是「十三階梯」？

他真是打算結束世界的集團成員？

「喂、喂！那個小鬼，你別站在那裡看戲，替我說說話呀！這位大姊真的很不妙，你也看得出來吧？你是想對殺人現場冷眼旁觀嗎？」

「你到底是來做什麼的？」我看見他這副狼狽模樣，忍不住吐槽。他聞言像是終於想起什麼，伸手入懷，取出一個信封。

一個白色的信封。

奇野先生將信封遞向美衣子小姐。

「小……小弟只是來……送這個的。」

「……」

「狐、狐狸先生……給大姊的信。」

「……」

「唉，是狐狸先生說可以順便**玩玩看**，小弟才忍不住出手……這、這是小弟不對，慎重向大姊道歉，對不起，小弟沒有跟大姊硬拚的意思。開玩笑的啦！開開玩笑而已嘛！這、這當然是開玩笑的，阿伊！您老一定被小弟嚇一跳了吧？對不對？」

「……」美衣子小姐沉默片刻，接著輕輕吁了一口氣，終於接過他遞來的信封，說道：「還不快走？」

「嗄……？」

「我放你一馬，還不快走？」

「大、大姊真是胸襟開闊！」奇野先生膜拜似的雙手合十，單膝跪地。「大姊簡直猶如女神！飄若神仙！那、那小弟奇野賴知就恭敬不如從命——」

「奇野先生。」

「啊、嗄？不知有何貴幹？」

奇野先生甚至對我客氣起來。

真是可悲的蝦兵蟹將。

本人儘管不是什麼東海龍王，不過真的好久沒見過如此沒用的蝦兵蟹將了……至少這數個月以來緣慳一面。假如將這一瞬間寫入輕小說，他鐵定是那種沒有圖像化的角色。

「你……是狐狸先生的同夥吧？」

「……」

對於不是「阿伊」的我提起狐面男子，奇野先生也不禁面露詫色。我無視他的訝異，咄咄逼人地質問：「為什麼呢？」

「……什麼為什麼？」

或許是因為話題轉至狐面男子，奇野先生的聲音少了原先的狼狽，多了一股沉重的氛圍。我心頭一凜，但仍強自按捺。

「那個人說——想要目睹世界的終結。」

「……」

「對於抱持那種危險思想、那種逾矩極惡思想的人——你為什麼要跟隨他呢？」

我沒有問過出夢，亦沒有問過理澄。

甚至沒有問過木賀峰副教授或朽葉。

我不敢問他們。

為什麼呢？

為什麼要跟隨——那種男人呢？

為什麼想跟種男人命運與共呢？

「世界一旦終結，**你們**也將失去立足之處喔？也許可以親眼目睹終結，但你們也將同時結束。我不是不能理解你們想看世界終結瞬間的心情……可是，結束就等於**沒有未來**，你不可能不知道吧？」

「……嘿、嘿、嘿！」

奇野賴知——站起來。

從地板拾起跌倒時掉落的太陽眼鏡，重新戴上。這麼一來，又無法判讀他的表情了。他接著拾起鎖鏈，在五分褲的腰際重新捲好。

「對於世界的終結，本爺其實半點興趣也沒有哪～～完全不想去看什麼結束。那種事啊，怎樣都無所謂。世界？那種事交給美國總統不就得了？」

「……」

「不過呢，本爺對狐狸先生——倒是挺有興趣。」奇野先生推開房門，跨入走廊，回頭看著我和阿伊——美衣子小姐說：「沒有為什麼。我不知道『十三階梯』的其他成員是怎麼想的，就本爺來說的話……純粹只是愛上狐狸先生而已。」

奇野先生的嘴角露出羞澀的笑意。

「就這樣囉——**有緣再見吧**，阿伊……還有另一個小鬼。」

房門自動闔上——

奇野先生的身影消失。

彷彿再度被幽禁，室內剩下我和美衣子小姐。

「……唉。」美衣子小姐嘆氣似的吁了一口氣，收起鐵棒，接著叼在嘴裡，將奇野先生遞給她的信封——毫不猶豫地撕破。

「等……美衣子小姐！」

「什麼事？」

「那是給我的信吧？」

「是我接到的。」

「話是這麼說沒錯——」

「我的東西要怎麼處理是我的自由。」

「……」

「嗯，嗳！不過這也是……多管閒事。」美衣子小姐說是這麼說，卻沒有直接扔進垃圾桶，反而特地打開窗戶，將碎紙拋出窗外，根本不讓我有回收的機會。

不過，唉～～就算奇野先生是遞給我，她肯定也是這樣處理。

狐面男子給我的——信嗎？

還有「十三階梯」。

奇野先生……

不是武鬥派嗎？

仔細一想，「匂宮兄妹」的妹妹理澄亦不具任何戰鬥能力——話雖如此，她依舊成為「十三階梯」的成員。原來如此，由於出夢給我的印象太過鮮明，才誤以為其他成員都是那種可怕類型，實則不然。

不過……

話說回來，奇野賴知。

那傢伙到底是怎麼一回事……

如果只是來送信的信差、傳訊者，也未免太不務正業，而那種蹩腳模樣，幾乎可以稱為異常。

那根本就像是跑龍套的小腳色。

就算美衣子小姐不在，只有我一個人對付他——就連我這種住院療養、傷勢離痊癒還有好一段距離的人，搞不好都能打發對方，真是了不起的龍套。

然而……

話雖如此，然而……

儘管如此，然而……

即使如此——**奇野賴知**。

「他恐怕不是尋常角色。」美衣子小姐道。

對——確實如此。

就算目睹他在病房裡連滾帶爬的狼狽姿態、向揮棒攻擊的美衣子小姐拚命求饒的那副模樣，終究——

無法小覷他。

並非因為他是「十三階梯」的成員，兩者間毫無關聯。

而是由於在最後的最後——

當我提起狐面男子時。

他所回應我的**那番話**。

正是奇野先生絕非尋常角色的證明。

我環顧室內的損毀情況。

除了奇野先生翻滾時造成的物體散落，可以稱為被害的被害，大概就只有被美衣子小姐一棒劈裂的置物櫃。

只有這點損害真是幸運，不過……

事情當然不可能就此結束。

一切的終結——才剛剛開始。

「……美衣子小姐。」

「嗯？」美衣子小姐關好窗戶，回頭。

我們視線相交。

那純真的表情——令我一時語塞。

「呃、那個……因為打鬥聲滿大的——趁護士還沒來，妳先離開比較好，免得被禁止探病。」

「是嗎？也對。至於詳細情形，嗯，我就不問你了。問了我說不定又忍不住多管閒事……那……雖然話好像還沒說完，總之就是這樣。等你要出院的時候，我再跟崩妹一起過來幫忙。」

「那真是太好了。」

「嗯。」美衣子小姐提起包包。「再見。」

「那個……美衣子小姐。」

「什麼事？」

「無論如何都不行嗎？」

我也曉得這是垂死掙扎。

明明已經結束。

她已經說得非常明白。

我還是——害怕結論。

「這個嘛……」美衣子小姐對我淡淡一笑。「假如你變得更正經——再也不用我多管閒事的話，或許不是不可能。因為那時我們就能相互支援——而不會拖累彼此；不是依賴對方，而是互相幫助。」

「還真是曖昧，什麼叫**更正經**？具體來說呢？」

「說的也是，具體來說嗎……嗯……」美衣子小姐移開目光，仰望天花板。「比如說，就像剛才那小子——假如你可以抬頭挺胸、志得意滿地說自己喜愛某人吧？」

「……」

不是受人喜愛——

而是可以說出自己喜愛某人。

如果可以愛上某人。

這就叫更正經嗎？

喜愛某人。

到頭來那似乎就是受人喜愛的相反。

倘若對方喜愛自己——自己就能喜愛對方。

只要對方喜歡自己，就覺得開心。

因為開心，所以喜愛對方。

那麼——

喜愛某人和被某人喜愛，其實就是同一件事嗎？

既然如此，假如可以——

假如可以說出自己喜愛某人。

志得意滿、抬頭挺胸——

假如可以這樣說出愛的宣言。

我……

我究竟會變成怎樣？

「那你多保重。」美衣子小姐說完，轉過身。

房門開啟，關閉。

從一個人變成兩個，兩個變成三個，接著減少一個變成兩個，然後增加成三個，再減少成兩個，最後剩下……一個人嗎？

今天還真是有夠忙的。

而且又發生一堆事。

崩子替我擦汗彷彿是三天前的事……啊，不，或許是因為她常常來探病，才造成記憶重疊。

崩子小妹妹。

美衣子小姐。

奇野賴知。

以及——狐面男子嗎？

今天的事情雖然出乎意料、非常突然，同時儘管並未釀成大禍——不過將美衣子小姐捲入其中，搞不好可以視為一個契機。

今天的事情最令我感到不妙的——最覺得意外的地方，就是那個自稱奇野賴知的男子居然叫我「阿伊」。

阿伊。

乍聽起來沒什麼——卻很異常。

因為在上個月我和狐面男子的對話之中——以及在出夢、理澄、木賀峰副教授、朽葉面前，既沒有人用那個綽號叫我，而我亦未曾那樣自稱。

用那個名字呼喚我的，從頭到尾就只有三個人——只有三個人。

一是我那過世的妹妹。

一是我那死亡的好友。

以及——

玖渚友。

狐面男子已經——

找到玖渚友了。

「……」

差不多——

應該認真面對了。

抉擇時刻恐怕業已到來。

不應再吊兒郎當。

不該再說三道四……

「……伊伊！你不給我一個合理的解釋，我可不能讓你活著出院！」

不知是估計崩子和美衣子小姐還在，才故意跑來取笑我？或者只是單純聽見打鬥聲才趕來？門也沒敲就逕自鑽入室內的護士形梨樂芙蜜小姐，臉上掛著前所未見的苦澀笑容，指著慘遭破壞的置物櫃。

那影子猶如惡魔。

「……比如說將長期住院累積的青春情慾朝置物櫃發洩。」

「給我去死！」

「那個……呃……樂芙蜜小姐。」

「幹麼？」

「我愛妳。」

「那就拿錢來。」

唔～～

原來如此。

這確實很不容易。

第二幕——密談

千賀光

CHIGA HIKARI

三胞胎女僕・次女。

0

願地獄常在你心。

1

九月二十一日——

平安出院的隔天。

我和老朋友約好見面。

其實是想更早見面，但我住院無法抽身，對方亦有許多事要做（相當忙碌的人），是故一直拖延至今。

約定時間是上午十點。

約定地點是京都車站的階梯。

階梯聽來非常含糊，不過京都車站有一條筆直延伸到屋頂的超長階梯。階梯最下方有一座舞臺，因此那條階梯亦可充當觀眾席。正式的名稱是「大階梯」，非常直接的名稱，不過這樣有時不易理解，我的朋友們便自行替它取了個「萬里階梯」的別名。

從下方數來第十三階梯。

指定那裡當重逢地點的當然是我。

「……大哥哥，你好像心情很好。」

「咦？」

「一副心花怒放的樣子。」

結束跟美衣子小姐重新開始的早晨的體能訓練，我到附近澡堂（二十四小時營業）洗去汗水，換上乾淨衣物之後，時間是上午九點。搭公車的話，中立賣到京都車站約莫三十分鐘，似乎有點早，不過早到也無所謂，我於是離開公寓，結果在門口被戴著遮陽草帽的崩子逮住。

話說回來，心花怒放是什麼意思？

「……嗯，總之早安，崩子小妹妹。」

「總之您也早安，大哥哥。」

「妳在做什麼？」

「我在殺蟲子。」

「……」

我說妳呀……

其他還有驅除害蟲之類的說法吧？

「大哥哥要出去嗎？」

「嗯，我跟人約好了。」

「約會喔？」

「才不是。」

「可是你一副心花怒放的樣子。」

「才沒有。」

「喝！」崩子一個掃腿飛來。

漂亮命中我的腳踝，身受重傷。

「……崩子妳這是幹什麼？」

「大哥哥心花怒放的話，我的精神深處就不由得湧起一股超出容許範圍的壓力，判斷這是緊急情況，所以立刻執行解壓行為。」

「何必解釋得這麼仔細——」

「大哥哥還是快走吧。」崩子鮮紅欲滴的嘴脣微微一歪。「你我各有兩條腿，而我的壓力又還沒釋放完畢。」

「……」聽從崩子的貼心忠告，我快步離開公寓，前往附近的公車站。

是怎麼一回事呢？

姑且不管本人心情如何，崩子看起來似乎不太開心。昨天我們倆一起到新京極吃飯時她還很高興……莫非是跟萌太小弟吵架了？

總之，那個年紀的女孩子就是莫名其妙。

當家庭教師的時候，我也有這種感覺。

小姬也是相當難以捉摸的女生，不過從這個觀點來看，那說不定並非小姬特有的性格。

唉，過了那個年紀依然莫名其妙的也大有人在……

年齡。

時間。

停滯。

停止。

加速……嗎？

「真是戲言哪……」

我等待數分就搭上公車，朝京都車站前進。因為是非假日的白天，公車內空盪盪的，我選擇最前面的單人座。

公車的引擎。

重低音。

京都市內的道路依舊到處都是紅綠燈，儘管沒有塞車，公車速度有如老牛拖車——以市內而言，自行車多半是優於汽車的交通工具——不過，我最後還是按預定時刻抵達目的地。

九點半。

因為還沒吃早餐，原本想先吃點東西再去「萬里階梯」，但即使只是幾分鐘我也不願遲到，所以決定暫時忍一忍。

接下來……

我開始思考。

問題——眼前最大的問題。

就是來者何人。

我並未問對方這個問題。

雖然跟對方約好見面，雖然見面的時間和地點都很明確，可是關於**對方是誰**，卻是極不明朗。

就我的立場而言，無論來者何人，我當然都準備好以一種寬宏、豁達的胸襟接納，然而……

然而，我也並非毫無期待。

可以的話，最好是她。

嗯～～她也相當不錯。

不過，她又難以割捨……

「……」

不，其實誰都無所謂。

我對自己那種無謂的思考吐槽，走進京都車站，搭乘兩段手扶梯，朝「萬里階梯」前進。

這時是九點四十分。

等待之人已經抵達。

細肩帶上衣、迷你裙、白色休閒鞋。

雙手提著一只大皮箱。

這座樓梯有椅子的功能，其實坐著等也無所謂，不過迷你裙確實不太方便。只見她端正有禮、不妨礙他人地站在下方數來第十三階梯——比第一個平臺高一階的位置。

髮型有些改變。

大概是夏季專用。

「嗯……」

既然沒戴眼鏡——那肯定不是她。

至於剩下的兩種可能，沒交談過就無法判斷，意思就是「薛丁格的貓」嗎？可是，另一方面，揭曉答案又有點可惜……我也許是想再享受一下這種有兩種可能的不確定情況。

我正猶豫是否要呼喚對方時——

「啊！」

她也發現我了。

「原來您已經到了，怎麼不快點叫我呢？真是壞心眼。」她走下樓梯，在我前面站好，深深一鞠躬。「好久不見，您看起來很有精神，真是太好了。」

「……妳好。」

嗯～～總之就是這麼一回事。

跟我約好的人是千賀光小姐。

千賀光——

鴉濡羽島的主人赤神伊梨亞的專用女僕之一。除了她以外，還有女僕領班班田玲（換言之就是光小姐的上司），以及光小姐的三胞胎姊妹千賀彩和千賀明子。

四月。

約莫半年前——我和玖渚友一起造訪那座島，被捲入駭人聽聞的殺人事件。儘管我和玖渚並未陷入直接性的危機，可是……那座島的事件，從我離開ER計畫返日迄今，仍是令我記憶猶新的事件。

記憶猶新。

總而言之——記憶猶新。

到現在——還是無法理出一個頭緒。

或許是因為那是不易理解的事件。

並未出現任何殺人鬼或殺手那種簡單明瞭的角色，話雖如此，亦沒有青春女高中生那麼不可理喻，莫名其妙。

不易理解。

但亦非無法理解。

就是那種難以理解。

歸根究柢，問題就是——那位犯人。

她。

沒有名字的——她。

沒有名字的——她。

誰也不是、無名無姓的她。

那個人的想法是——最大的問題點。

可是，嗯……正因為發生那起事件，我和玖渚才跟哀川潤有了直接接觸，倒不至於後悔當初去那座孤島。

雖然不至於後悔。

可是。

話雖如此。

閒話休題——

總之，我原本就料到來的絕對不會是玲小姐，今天見到的大概是光小姐、彩小姐或明子小姐之一，其中可能性最高的則是光小姐，而結果也被我猜中了。

「……」

不過，這種結果任何人都猜得到吧？

因為彩小姐視我如蛇蠍，明子小姐又徹底放棄跟他人溝通。

「這是我第一次看見光小姐穿便服。」

「咦？啊啊，對呀。」光小姐頷首。「那種打扮在市區終究太顯眼了，所以離開鴉濡羽島時都穿便服。」

「喔——原來是這樣。」

「啊！不過這樣是不是不好呢？」

「咦？為什麼？」

「呃……上次聽友小姐說……」光小姐臉頰微紅，難以啟齒地道：「您很喜歡女僕裝——」

「這是誤會！」

「是誤會嗎？」

「現今社會或許有很多這種怪人……但本人絕非此類，請放心。」

呿！玖渚那丫頭就愛給我亂說話。我才不是喜歡女僕裝，我是尊敬女僕這個職業。服裝那些不過是細微末節，用心與否才是重點。

……

呃……這也是戲言。

「那接下來要怎麼辦，光小姐？」

「啊，是，總之先換一個可以好好說話的地方吧。這種人來人往的地點，也談不出什麼結果。」

「好好說話嗎……嗯，哪裡好呢？現在吃午餐是有點早，要不然到附近的咖啡廳喝杯飲料？」

「啊，不。」光小姐轉到我的左側。「地點我已經準備好了。」

「哦！還真是準備周到，不愧是光小姐……」我點點頭。「那接下來要去哪裡？」

「飯店。」

「啥？」

「我已經訂好飯店房間了。」

2

那當然是健全的飯店。

位於烏丸通與高辻通交叉口的大型國際飯店。聽光小姐說，這間飯店是赤神財團的旗下企業，最適合進行不想被他人偷聽的密談。

話雖如此，伊梨亞小姐業已脫離赤神家族，行事不能太引人注目，光小姐這次亦屬祕密行動，是故並未預訂最頂樓的總統套房，而是普通雙人房。

光小姐撥電話叫了簡單的餐點，待食物送達，鎖好房門，她終於坐下。我隔著茶几，在占據大半房間的雙人床坐下。

「嗯……日本本島的陽光果然很強。」

「是嗎？」

「才幾個小時，皮膚就曬得好痛呢。」

「去買件外套比較好吧？」

「說的也是——我也已經過了靠清涼裝扮服務大眾的年紀。」

儘管對她的言論頗有異議，但我今天不是為了說這些才約她出來的。

而且也絕對不是崩子所講的那種約會，非常可惜。

我有目的。

因為有目的才到這裡。

而且是雙方都有目的。

「那麼——就請光小姐先說好了。」

「啊，好，說得也是。」光小姐重新坐正。「呃……我有許多事得向您報告，那麼……嗯，首先是客套話，這是小姐的傳言——『要不要跟玖渚再來本島一次？』就是這件事。」

「我不要。」

「呵……」光小姐苦笑。「我就猜到您會這樣說，這也算是客套話嗎？」

「正是，哎，就算不管我的想法……這種說法可能有些失禮，不過玖渚對那座島已經失去興趣了……要把那個家裡蹲的傢伙拐出公寓就是一件大工程，除非發生什麼大事件，否則那丫頭是不會出動的。」

「大事件嗎？真是傷腦筋。」

光小姐玉首微偏。

真可愛。

「不過即使是您獨自光臨，我想小姐她——應該也很開心。」

「嗯——」

呃……嗯——

聽起來滿有吸引力的。

對隱居而言，那裡是最佳聖地。

料理美味，房間潔淨。

而且又有女僕相伴。

我看著眼前的光小姐，沉思片刻。

「還是不行。」

「不行嗎？」

即使是故意隱藏，說「客套話」時並未露出沮喪神情，真不愧是專家。

「其實……我有件事一直煩惱該不該講……」光小姐冷不防改變話題。「可是，姑且向您報告一聲好了。」

「報告？『姑且』這種說法也怪怪的。」

「因為小姐要我自己決定。」

「喔……那個人啊～～既然如此，『姑且』確實是最恰當的說法，不可能有其他形容詞。所以是什麼事呢？跟剛才的話題有關嗎？」

「嗯。」光小姐老實點頭。「您記得姬菜真姬小姐嗎？」

「那種人要忘也很難吧？」

「她被殺死了。」

「……」

我頓時——啞口無言。

雙脣欲言又止地半張。

「您果然不知道，原本想說友小姐可能已經調查過了……」

「……妳在開玩笑吧？」

姬菜——真姬。

那個人，被殺死了？

姬菜真姬。

空前絕後的占卜師。

過去、現在、未來，一切都盡其掌握。

沒有她不知悉的事情。

沒有她看不見的東西。

沒有她聽不見的聲音。

在鴉濡羽島的時候，把原本就很麻煩的事件搞得更加麻煩，看透一切真實，依舊笑嘻嘻地耽溺於酒精中的那個人——

怎麼可能會死？

實在太過荒謬。

就算是笑話——我也笑不出來。

如果是事實，我更加笑不出來。

「這件事發生好一陣子了……」不知她如何看待我的震驚，自顧自地靜靜解釋道：「差不多是……一個月以前吧。」

「我還在……住院的時候嗎？」

「是的，是密室殺人事件。」

「又是——密室殺人嗎？」

「是啊，不知道是第幾次，我都不想去算了。」

「……那位煮菜的廚師……還好嗎？」畢竟她上次慌亂成那樣。原以為已經落幕的事件，居然再度爆發……她的神經應該沒有堅強到足以承受這種結果。「死因是？」

「聽說是——撲殺。」光小姐說道：「具體來說是腦挫傷和失血過多。死狀太過悽慘……我甚至不願回想。」

「內臟碎裂，腦漿四散——嗎？」

「……您知道得真清楚。」

「因為我聽她自己講過。」

離開時——聽她講的。

從她自己的口中，聽她講述她自己的死亡。

伴隨著大徹大悟的微笑。

伴隨著放棄一切的微笑。

可是……還有一個疑問。

當時她說過——那個「死亡」造訪的時間是兩年後。兩年後的三月二十一日，下午三點二十三分——她是這麼說的。

不是還有很久嗎？

居然被殺死了……

這再怎麼說都叫人難以接受。

「如果告訴玖渚這件事——她搞不好會答應再回鴉濡羽島一次，不過這是假設她不知道的情況。」我說道：「畢竟遇害的是姬菜小姐——而且又是密室殺人事件。」

「我也是這麼想，可是關於這件事，小姐想招聘的反而是哀川大師。」

「……哀川小姐嗎……她也是一大問題啊。」

哀川潤。

人類最強的承包人。

紅髮、時尚套裝。

嘲諷狂妄的語氣，殺氣騰騰的雙眸。

因鴉濡羽島事件相識，至今受她無數關照、為她招來莫大困擾，相交匪淺，可是……

目前下落不明。

來無影，去無蹤的人物。

「……赤神財團正全力追查她的下落……但老實說，目前沒有任何音訊。」

「妳們……好像挺擔心的？」

「嗯，小姐就不用說了，當然非常痛心——我儘管不及小姐，但也心神難安。事實上，調查結果裡不乏死亡傳聞……就絕大多數的情況而言，大師無須我們這些凡人替她擔心，但這次畢竟情況不同……」

「……」

我住院時亦聽說哀川潤失蹤一事。

八月二十日——星期六，天亮前的清水寺本堂是哀川潤所留下的最後足跡。雖然說是足跡，但現場被破壞殆盡，一個月後的現在仍未修復完畢，目前該建築依然禁止遊客參觀……

當時在那裡進行戰鬥的兩人。

哀川潤和匂宮出夢消失了。

「『殺之名』嗎……」光小姐低語般地道：「我自幼就是赤神家的女僕，所以也聽過傳聞……但一直以為那肯定是某種童話。」

「……我親眼見過兩個……不，是三個人，或許該說認識對方。那與其說是童話，應該比較類似科幻小說。」

科幻小說——而且是恐怖科幻。

匂宮出夢、匂宮理澄，以及另一個人物。

零崎……人識。

零崎人識。

那傢伙如今也下落不明，死亡機率甚大。

可是……話雖如此。

出夢也好，零崎也罷，哀川小姐亦然。

「他們是殺不死的人……擔心也是多餘的。這聽起來也許像是鼓勵或安慰……但有一半以上是我的真心話。」

「就像異形那種非人類嗎？」

「正是。」我對難以苟同的光小姐意味深長地頷首。「哎，不過，說正經的——我對哀川小姐下落不明也感到很煩惱，因為我有件事想找她商量……不對，是非得找她商量不可。」

「非得找她商量不可的事？」

「嗯啊，反正就是一定得告訴她的事……唉，就是因為這樣，我也在想辦法聯絡她……

「喔……」

「話說回來……那個真姬小姐被殺的事件……呃，既然妳們知道哀川小姐失蹤——那個事件最後是怎麼解決的？少了哀川小姐，有找到犯人嗎？」

「不……關於這件事……」光小姐沉吟半晌。「跟四月的時候不同，這次似乎是外部犯。」

「外部犯？」

「我們調查過目擊者證詞、現場物品和不在場證明之後，歸納出這個結論。那個……因為我們也算是經驗豐富。」

「……也對。」

四月的事件爆發前——就已歷經波折。

經驗豐富。

雖然刺耳，但確實如此。

「不過，有沒有可能是偽裝？」

「不是沒有可能……可是事發當時，島上幾乎沒什麼嫌犯。除了小姐和我們女僕，扣掉姬菜小姐的話，其他就只剩兩位客人。」

「兩位……」

其中一位應該是那位廚師。

那個人絕對不可能是犯人……因此有嫌疑的只剩另一位「客人」。既然如此，只要那個人能夠證明自己的清白，就能判定是外部犯所為。

唔……

還是令人難以接受。

或者該說太唐突嗎？

就算告訴我那個可恨的毒舌占卜師突然暴斃，我心裡恐怕還是有一種難以接受的抗拒感。

嗯——

密室殺人事件嗎……

「這件事——待會再詳細聽妳說，視情況我和玖渚有可能再度前往鴉濡羽島。」

「小姐正希望如此。」

「不過決定者還是玖渚……」我說完，停頓一會。「那麼，接下來就輪到我了——可以嗎，光小姐？」

「好的。」光小姐點頭，等我提問。

一副準備面對任何質詢的態度。

嗯，這也很正常。

這次的密談——其實是由我主動提議。光小姐固然有那種包含客套性質的目的……但剛才那些對話用電話一樣可以解決。

然而，我的事就沒辦法用電話解決。

若非在這種飯店——就無法討論。

「我目前正在調查——某位男性。」

「……男性……嗎？」

「他的名字叫西東天，聽說是哀川潤的父親。」

「……」

光小姐一副「被戳到痛處」的表情。

但此刻我已無法退縮。

「我是從住院時開始調查的，該怎麼說呢？我一個人的力量畢竟有限，目前只曉得家族成員、個人經歷這些。而且紀錄只到十年前為止，最近十年都是一片空白。」

因為西東天既已撒手人寰。

可是……

那不是真的。

假如西東天真的死了——

上個月的事件就不可能發生。

小姬亦不會喪命。

「話說回來，光小姐，我目前查到的那些關於西東天的經歷——倒也並非跟妳主人伊梨亞小姐的家族毫無關聯。再加上伊梨亞小姐和哀川小姐關係匪淺……『因緣』頗深。如果妳知道什麼——能不能告訴我呢？」

光小姐鬱鬱寡歡地嘆了一口氣。

「……調查的話，請友小姐不是更好嗎？友小姐和她提過的那位朋友，一定輕輕鬆鬆就能查出來。」

「我也考慮過。」

因為遭受奇野先生的襲擊——

我也無法繼續悠哉度日。

不能再這樣渾渾噩噩，虛擲光陰。

這次還好只是差點被樂芙蜜小姐絞殺，下次未必還能這般幸運。

那個狐面男子——

倘若真的將我視為敵人，我就必須有相當的覺悟和應對之策。

獨自行動業已瀕臨極限。

「可是……我還是沒辦法將玖渚捲入這場風波。也不是沒辦法，而是不願意。因為這次真的非常不妙——不是開玩笑的。」

「哦～～」光小姐似乎不太相信我的說詞。「該怎麼說呢……這也許是原因之一，但好像還有其他理由。」

「……」

第六感真強啊。

不愧是鴉濡羽島的女僕，確實看遍各種異能。

「唉……老實說，玖渚她現在也是自顧不暇。那是玖渚機關——玖渚家族的問題，跟那丫頭沒有直接關係，可是玖渚她哥哥有點……所以……」

「是最好不要問得太詳細的問題嗎？」

「恐怕是。」

「既然如此，就請別再說了。」

「嗯……這是賢明的判斷。不過，聽說那個問題也快解決了……」

據悉是組織內亂——之類的問題，基本上，那種事跟我和玖渚一點關係也沒有；可是對直大哥——玖渚親哥哥玖渚直而言，玖渚友的存在就像是阿基里斯腱，因此我也不能隨便跟她聯絡。

聽說……我住院後沒多久就發生內亂，嗯……換句話說，跟哀川小姐失蹤的時間相仿。咦？這麼說來——真姬小姐遇害也是一個月以前，剛才光小姐是這樣說的吧？

……怎麼會這麼巧？

真奇妙。

不……倒也不至於奇怪。這種程度的重疊——沒什麼好奇怪的。

一切只是偶然。

肯定只是碰巧。

「不過，不想將她捲入其中也是真心話，這對我很重要。老實說，我也很猶豫該不該找妳們商量，但是玖渚和哀川小姐都不在，實在找不到其他幫手。」

「嗯——」光小姐神色為難地雙手抱胸。

閉上雙眼，黛眉緊蹙。

不愧是三胞胎，一換上這副神情就有彩小姐的氛圍，叫人不敢隨便出聲呼喚她。

「……我果然太依賴妳了嗎？」

「不，我覺得……這是很好的轉變。」光小姐說道：「您四月光臨本島時，我就有這種感覺——您有凡事都想獨自承攬的傾向，依賴他人是好事。」

「我真的很不善於接受他人幫助。」

替我擊退奇野先生的美衣子小姐。

儘管對她感到抱歉——雖然真的覺得很不好意思，即使如此，我並沒有特別感激。

事實上，我一點都不感激她。

豈止如此，我甚至有些憤怒。

氣她為什麼不逃走。

為什麼不交給我處理。

忍不住想責備美衣子小姐——

忍不住想責備她的弱點。

無法袖手旁觀的她。

那恐怕不是溫柔。

誠如當事人所言，甚至更為嚴重。

我從以前就一直這麼覺得——美衣子小姐的性格，幾乎與溫柔無關。那是一種堅決而質量厚重的嚴峻——卻又矛盾但必然地包含某種溺愛。

溫柔與溺愛不同。

我們倆很合……

確實如此，這世上也很難找到像我這麼值得溺愛的人。正因如此，這種速配程度——才是最差勁的。

唉……

不過，最後還能嚴以律己，沒有隨波逐流正是美衣子小姐的厲害之處。

我就辦不到了。

光小姐說得沒錯，我確實有獨自背負一切的傾向，但那只是我對自己的限制——真正的我就像現在這樣非常容易向他人求助。

這才是真實。

「我倒不這麼認為。」光小姐鬆開雙手，放在膝上。「先不提這些，話說回來……您剛才那個問題——對我們雙方而言都很敏感，您應該曉得吧？」

「大概。」

「……只有大概的話，就傷腦筋了……」光小姐面露難色。「我可以告訴您的其實少之又少，少到您根本不值得一聽。」

「這是什麼意思？」

「雖然您問的是西東天……可是我不免要談及哀川潤。」光小姐解釋道：「而且可能是關於哀川大師的私事。」

「嗯……如果可以的話，我也很想直接請教哀川小姐。」

哀川小姐和出夢戰鬥以前，我跟她見面的時候——沒有說出自己見過西東天這件事，如今想來真是後悔莫及。

「我想問的並不是最近十年的事，而是在美國大陸的兩次黑暗期。ER3——ER2系統時代的西東天到底做了什麼？尤其是……從年齡來看，如果西東天真是哀川小姐的父親，關鍵就是他第一次赴美時發生什麼——」

「那個……我從來沒有見過西東先生本人，第一次見到哀川大師也是前幾年的事情。我是這樣，小姐自然也一樣，差不多是『沙龍計畫』剛開始的時候吧……所以，請千萬別認為我現在講的就是事實。這純粹是小姐和我們基於興趣，私下調查的結果。我們既沒有直接問過哀川大師，也從未確認內容的真實性。這就跟荒誕無稽的流言蜚語無異，充其量只是……謠言。如果您可以理解的話……」

「……妳就願意告訴我嗎？」

「我雖然不想……但也不得不說，因為這恐怕——

「——跟姬菜小姐被殺也有關係。」

砰咚。

心臟——揪了一下。

輕描淡寫的一句話，令我有些動搖。

這是——什麼意思呢？

我不明白。

我一點都不明白。

可是，眼前的氛圍不容我提問。

我只能默默等她開口。

「哀川潤——人類最強的承包人。」

光小姐開始訴說，語氣意外流暢。我吞了吞口水，仔細傾聽。

「她一共有三位父親。」

「三……三位？」

「架城明樂、藍川純哉，以及西東天。」

「……」

我知道——這些人的名字。

架城明樂。

藍川純哉。

西東天二度赴美時的同行者。

並且協助成立後來改名ＭＳ－2的組織。

然而，幾乎找不到任何關於他們的資訊，宛如空氣般的兩人，毫無線索可尋。

「這麼說來，第二位男性——藍川純哉，姓氏的讀音和哀川小姐一樣（註1）。」

「沒錯，」光小姐頷首。「大師現在使用的姓氏『哀川』，應該就是出自『藍川』。」

「可是……三位父親是什麼意思……是指養育她的父親嗎？」

「是的，聽說大師就是由他們三人養育的。不過，那時當然尚未使用『哀川潤』這個名字。」

「那時……是指？」

「大師使用『哀川潤』這個名字，是從開始當承包人——大約十年前開始的。」

「十年……」

那個人早在十年前就從事那種工作嗎？十年前的話，我差不多九歲半……既不認識玖渚、直大哥和霞丘先生，就連妹妹的存在——都一無所知。

不願想起的童年回憶。

不——這不是重點。

我的童年回憶不重要。

「對了，說到十年前——」

1　兩人的姓氏都是「AIKAWA」。

「沒錯……十年前，架城明樂、藍川純哉，還有西東天——都已經過世了。」光小姐微微伏首道：「官方紀錄是說他們和少女一起罹難，犯人不明——可是，根據可信度較高的情報來源，殺死他們三人的可能是——**其實當時還活著的少女**；換句話說，就是哀川大師。」

「……這件事——我倒不知道。」

殺死自己的父親。

當時的哀川小姐——大約十五歲左右嗎？

「哀川小姐確實還活著——當時並未罹難。既然如此，這個可能性就——非常高，唯一的倖存者就是犯人嗎——」

「不過……我們終究無法確定他們三人養育的少女，就是我們所認識的『哀川潤』。」

「無法確定是指？」

「因為找不到任何證人，就算有人知道真相，那……那也只有哀川大師自己。」光小姐說到這裡，頓了一頓。

她似乎是在窺伺我的反應。

我毫不退縮。

「真正的父親是誰？是他們三人之一嗎？啊，呃……真正的父親這種說法，在這個情況下也有點微妙……總之就是指『親生父親』。是西東天嗎？或者是那個藍川純哉？」

「無法確定。」

「怎麼會無法確定……」

「不過，我猜應該**不是**西東天的親生女。因為他第一次回日本時，受聘擔任高都大學的教授……有親生女的話，應該早就曝光了。」

「嗯，的確。」

「……西東天當時住在診療所，不但沒有人見過他女兒，甚至沒有任何傳聞。他是ER2系統出身的神童，媒體也相當關注，如果有小孩，我想是藏不住的。」

「可是，這是指他們住在一起的情況吧？」

第一次赴美時，在美國生了小孩，把孩子留在美國獨自返日——這種情況也不無可能。我私下調查時也查出架城明樂和藍川純哉的名字，沒想到兩人居然跟西東天並列為哀川小姐的父親；另一方面，我也很難相信哀川小姐和西東天——那個狐面男子之間沒有血緣關係。

因為。

那兩人的長相。

實在非常相似——

「……您怎麼了？」

「啊，不！」我支吾其詞。「沒什麼，請繼續說。」

這件事——終究說不出口。

關於我見過西東天的事實。

一旦說了，搞不好連光小姐都會被捲入其中。問她這些是情非得已——我其實是六神無主、心慌意亂。深怕這一瞬間，狐面男子派遣的新刺客就會從飯店窗口越入。

這間飯店雖然受到赤神財團的保護，但那個狐面男子——就連玖渚機關的防禦壁都視之若無物，飄然無聲、悠然自適地突破封鎖。

防禦壁設置得再嚴密，依舊沒有「這樣就萬無一失」的安心感，而是「都這麼努力了，再被破解也無可奈何」，就是如此無奈——

那個狐面男子就是有此能耐。

「關於母親——也是無法確定。」

「可是，不可能沒有吧？這是二十多年以前的事，當時又沒有試管嬰兒。」

「呃……當然是有親生父親和親生母親……至少曾經存在。話雖如此，基於上述那些理由，應該不是西東天所生——至於架城明樂和藍川純哉，考量各項因素，也不可能是大師的親生父親。」

「所以到底是怎麼一回事？」

「有可能是孤兒。這在美國是稀鬆平常的事，也許是——三人共同扶養從某處撿來的孩子。」

「……證據呢？」

「因為沒有人知道那個少女——跟三人一起的那個少女的**孩提時代**。小孩子不可能突然長大吧？有所謂的成長過程，就是這個理由。」

「……」

沒有孩提時代——這就是理由嗎？

原來如此，確實有理。

然而……

我還是難以接受。

我有難以接受的理由。

「……」

不過，那件事先不管它。

這麼一來——確實出現一個必須確認的命題，一個非得確定真偽不可的命題。那是駭人聽聞的想像，是超乎想像的誇大妄想……可是，架城明樂、藍川純哉、西東天三人，假如那三個人都是哀川潤的父親——

必須確認才行。

「光小姐，呃……伊梨亞小姐——赤神家族所屬的四神一鏡，跟ＥＲ３系統關係匪淺，因此妳或許知道……那個系統的ＭＳ－２這個單位曾經幹過非常瘋狂的事。因為**我的好友**跟他們有關係，所以也很清楚……」

「……是。」

「我調查之後才曉得，MS-2居然是西東天創立的單位。一開始——還以為是錯覺。喏……就像每次認識一個新單字，那個單字出現在報章雜誌的頻率立刻爆增，我還以為是那種現象。由於人們特別容易注意到自己認識的單字，所以出現機率明明沒變，卻因為自己的認知不同，誤以為那是非常驚人的偶然，就是那種錯覺，可是……」

「……」

「這麼一來，情況又不同了。雖然不能百分之一百肯定，但這不是偶然——儘管我不喜歡這種說法，但只能說是『**因緣頗深**』！以偶然而言，未免過度完美。請告訴我，光小姐，再告訴我一件事就好——**哀川小姐是否曾經參與MS-2，不……她是否與那個單位的研究有關係？**」

「……**恐怕是。**」

光小姐——如此回答。

非常……滑稽。

我有種想要大笑的衝動。

這到底是什麼跟什麼？

未免太過湊巧。

反而極度……不巧。

彷彿在說——這一切都是預先設計好的。

意思是這根本是預先設計好的故事嗎？

真是可笑。

真是可笑。

真是可笑。

可笑得——讓人**氣憤**。

四月——跟哀川小姐相識。

五月——跟零崎相識。

六月——跟小姬相識。

七月——跟兔吊木相識。

以及八月——

跟木賀峰副教授、朽葉。

跟狐面男子相遇。

意思是這些都是事先設計好的嗎？

不，不是這樣。

是從更久以前。

是從更久、更久以前開始。

跟妹妹相識。

妹妹死亡。

跟玖渚相識。

破壞玖渚。

以及——

「…………！」

跟那傢伙的相識和分離。

真是夠了。

一切都是——定數。

那所有的——躑躅。

那所有的破綻。

都是猶如鐵錨般的命運之鎖。

彷彿在說——這一切都環環相釦。

彷彿在荒誕無稽地宣告，**迄今的那些**都只是伏筆。

「那、那個……」

「……」

「您、您還好嗎？您的臉色——」

還好嗎？

我還好嗎？

如果問我好不好，那當然是好得很。

這種事——我早已有所覺悟。

既然要挖掘那個狐面男子的底細，我當然知道得面對這些痛苦。從狐面男子的過去發現ＥＲ３系統和ＭＳ－２的名稱時，我既已有所覺悟。

可是，這實在太過分了。

甚至讓人感到某種惡意。

這是不堪入目的鬧劇。

讓人心情惡劣，噁心反胃。

這種事——

我一點都不想讓玖渚調查。

這是不幸中的大幸。

原來如此……部分的我早就預料到這種結果。不想將玖渚捲入、組織內訌固然是重要理由——可要說真正原因，是我不想讓玖渚知道這個結論、這種結果。

不願讓她看見——我此刻的表情。

「……真是有夠戲言……」

但……現在我也終於搞懂了。

原來如此……如果真是這樣，

我的確——是你的敵人。

西東天。

你的眼睛並未發狂。

原以為我只是一如往常——一如過去的十九年——我只是**無端被捲入**……但這次並非如此。

這次不一樣。

並非被怪人盯上那麼單純。

倘若你是哀川潤的父親，而哀川潤是MS－2的關係者，那本人——戲言玩家與你敵對是極其自然的結果。

這正是——

因果報應。

惡因惡果，自作自受。

「光小姐……」

「……什麼事？」

光小姐的反應帶著一絲恐懼。這也不能怪她——我現在的臉色應該很可怕，鐵定很駭人。

「妳對於世界的終結……有沒有興趣？」

「……我不太懂您的意思。」

「假設這個世界——這個悠長久遠到令人精神恍惚的世界，這個我們生存的世界，假設有終結的時刻——要是有滅亡的一刻，妳會想看那一瞬間嗎？」

「世界對我而言——」光小姐出奇迅速地回答。

既無分秒停頓。

亦無片刻考慮。

彷彿那是早已明白的事理，挺胸答道：「就只有那座鴉濡羽島。對我而言，赤神伊梨亞小姐就是全世界，我的任務就是服侍小姐。所以——世界的終結，換言之就是小姐的終結。而僕人守護主人死亡，是天經地義的工作。」

「……」

原來如此，完美無缺的答案。

而且，這應該就是正確解答。

這樣就好。

沒有錯。

沒有任何……錯誤。

「光小姐。」

「什麼事？」

「我愛妳。」

光小姐嫣然一笑。

「謝謝您。」

而這又是——無懈可擊的回答。

第三幕——恢復記憶

0 1

一旦有人犧牲，就不是幸福。

事到如今，我終於可以點頭同意——

玖渚機關當年會注意到本人這個地方都市的一介國中生，並且主動找上我，是天經地義、理所當然的發展。

玖渚機關。

「壱外」、「貳栞」、「參榊」、「肆屍」、「伍砦」、「陸枷」，跳過柒的姓氏，「捌限」——統領這些分別占據西日本各處的組織——怪物般的組織。玖渚機關甚至可說是「占領四分之一的世界」，從很久以前就握有此等實力。

本部橫跨兵庫縣東南部的神戶市、西宮市、芦屋市。

從小住在神戶溫泉街的我，基本上是在玖渚機關的支配下成長。只能說成長過程都在玖渚機關的規畫內，關於這點恐怕找不到其他的表現方式；然而，大抵來說，過度巨大的組織就形同國家或宗教，人們甚少意識其存在，孩提時代的我亦然。

可是——玖渚機關則否。

至少並非一無所覺。

他們有所自覺。

壓倒性地有所自覺。

對於自己是支配者一事——有所自覺。

而且，有所覺悟。

壓倒性地有所覺悟。

關於這點，那麼——

那麼，當時的我又是如何？

當時十三歲的我，是否對自己有所認知？

不，不是自己的事亦無妨。

當時的我是否有任何一點認知？

是否有任何一件事是我確實知悉的呢？

當時的我是否知悉？

而答案當然亦是——「一無所知」。

不過，我有察覺不對勁。

我有心生疑慮。

儘管不知道解答，但我知道問題。

因為在那時，妹妹死了。

為什麼呢……

是為什麼呢？

為什麼在我周圍的人們——總是那麼簡單地死亡？為什麼我身邊總是那麼容易發生事故？為什麼我周圍的所有人老是爭執不休？

為何爭吵？

為何憎恨？

為何猶豫？

為何憂鬱？

為何困惑？

為何厭惡？

為何詛咒？

以及，為何屠殺？

大家——都瘋了。

對自己的事視而不見，當時的我如此認為。

我是惹人厭的孩子。

輕視旁人，自以為是。

假扮旁觀者的敗北者。

以為自己無所不知，卻比任何人都無知。

那是十三歲的我。

話雖如此——當時還沒學會戲言之術的我，應該比現在的我更加勤奮好學。

正因為勤奮好學——

玖渚機關才會注意到我。

我再重複一次，這絕非偶然，而是當然。

姑且不論以前如何——

事到如今，一切都是理所當然。

玖渚機關理所當然地找上我，而我——

奇蹟般地跟玖渚相識。

「……」

人類的幸福。

幸福的條件。

嗯，說不定亦有極其少數的人從未深入思考這個概念……可是，既然活在這世上，要完全視而不見終究是不可能的任務。

沒有人不渴望幸福——這種說法也許不完全正確。倘若單純將幸福視為「不幸」的反義詞，那我的定義就是人們「不想變得更不幸」。

因為不想變得不幸，所以努力。

因為不想變得不幸，所以不努力。

這樣想的話，應該就很容易理解吧？

就渴望生命角度來看，人們未免活得太旁若無人、堂而皇之，將生命視為理所當然。正因如此，人們不再渴望生命，開始努力避免死亡，最後可笑地誤以為那就是生命。

最後。

誤以為。

如果那是誤會——真的非常可笑。

維持現狀之所以讓人安心，是因為不會變得更不幸。因為只要不揭曉答案，將可能和選項留到最後一刻，就不會變得更不幸。

然而，這種論點——對世界而言並不足夠。

這種論點，世界無法接受。

因為這種論點並不像希望和絕望、愛情和憎惡、幸福和不幸——那種我經常思考的簡單反義詞，並沒有那麼簡明扼要、恰到好處，能夠用二元論闡述。

既「幸福」又「不幸」，既「不幸」又「幸福」——那種不明不白、自相矛盾的奇異狀態——

那種不清不楚、無從定義的狀況的確存在。

舉例來說……

對了，就是此時此刻的我。

向美衣子小姐借用飛雅特，正前往玖渚的閉關現場——京都高級住宅區城咲的眼前狀況。

去見玖渚，說幸福嘛，嗯～～基本上很幸福。

可是，例如——

崩子在飛雅特後座，

光小姐在駕駛座的話。

就完全叫人摸不著頭緒。

「……」

她為什麼在這裡？

她為什麼還在呢？

「咦？您怎麼了嗎？」光小姐的視線移開擋風玻璃一秒鐘，對我嫣然一笑。

「沒事。」我說完，閃避那雙明眸似的轉向後座。後座的崩子宛若天使般沉睡，甜甜地睡著。崩子有一搭交通工具就昏睡的習慣，汽車也好、電車也罷，哪裡都照睡不誤。我也覺得崩子這種美少女隨便在電車上睡覺很危險，但這是她的習慣，戒也戒不掉。我家距城咲並不遠，現在睡覺只怕到時叫不起來……

不對，問題是光小姐！

為什麼她在這裡？

為什麼是她駕駛飛雅特？

為什麼我坐在副駕駛座？

而且，為什麼穿女僕裝？

「……………」

我在見面那天就覺得不太對勁。如果是當天往返，那個行李箱也未免太大了；話雖如此，我真的沒想到行李箱裡居然放了一套女僕裝。

聽光小姐說——

伊梨亞小姐已經忍無可忍了。

對於一直用支支吾吾、閃爍其詞的態度拒絕前往鴉濡羽島的我，聽說她已經忍無可忍了。就我所認識的赤神伊梨亞——以她那種大小姐性格來看，「忍無可忍」這個詞彙實在過於駭人，令我背脊發寒。

是故——

某位**人物**向她獻計。

「**那個戲言玩家**是病入膏肓的女僕迷所以只要送一位女僕過去讓他試用，十天之後保證他就忍不住飛奔而來——」

換言之，對她們而言，我這次的邀約是——正中下懷。

可是……誰是女僕迷啦？

沒禮貌也該有個限度才是。

我真想控告那傢伙名譽毀損。

原以為那一定是真姬小姐生前交代的遺言，不過並非如此。據光小姐說，獻計者是真姬小姐遇害時在島上的另外兩位「天才」之一——而且不是廚師。

誰？

春日井春日小姐。

「那個女人……」

是打算報恩嗎？

就連走了都不忘給人添麻煩。

……

其實她這人也是有優點的嘛。

呃……總之就是這麼一回事，二十一日離開飯店之後，光小姐並未自行搭電車離開京都，而是跟我搭公車返回骨董公寓。

「我們好像在暗算您一樣，真抱歉。」光小姐當時在公車上這麼說，可是那一點都不符合「好像」這種模稜兩可的表現，根本就是「暗算」，簡直就像和歌山縣的「奇襲」（註2）。

2 阿伊的雙關語笑話，「奇襲」的讀音「KISHU」跟「紀州」相同。紀州是日本古代紀伊國的別稱，範圍包括和歌山縣全境和三重縣南部。

密談。

跟鴉濡羽島的居民交換情報。

我也知道有這種程度的風險……

「……還真是殘破不堪……」光小姐佇立在骨董公寓前方，神色詫異地說：「老實說……我沒想到您住在如此破爛的地方。」

只見她雙臂顫抖。

猶如臨陣的戰士。

光小姐有潔癖。

非常喜歡打掃。

說不定這才是適得其所。

「可是……光小姐，妳是認真的嗎？」

「嗯，當然是認真的。」光小姐用力握拳。「從今天起請讓我稱您一聲主人。」

「……」

……命中要害。

總之，呃……就是這麼一回事。

繼上個月的春日井小姐，本月同居人是千賀光小姐。無論美衣子小姐說什麼，我鐵定都無法反駁。不，美衣子小姐其實沒說什麼，倒是被七七見狠狠調侃了一番。被那丫頭諷刺卻無法還嘴乃是奇恥大辱，但我只能默默承受，毫無招架之力。

關於光小姐大約就是這樣。

我並未多作解釋。

好，閒話休提。

今天，九月二十六日——

玖渚友召喚我。

一大早就接獲她的來電。一如往常，透過電話永遠搞不懂她想表達的內容，不過加上本人的想像，大概是玖渚機關的內部抗爭於昨天宣告結束。而針對玖渚友的警衛標準亦隨之降低——她終於可以跟我見面。

跟玖渚見面——是屬於幸福一類。

無須跟任何事比較，

絕對可以稱為幸福。

然而，從眼前情況來看，又是如何？

我現在是敵人的目標。

無論跟誰見面，勢必會將對方捲入。

就這個意義而言，原本連光小姐都應該大下逐客令，更遑論是玖渚，一旦發生意外就是絕對致命——這根本不必多言、無須考量。

可是，話雖如此。

既然玖渚說「想見面」、既然玖渚說「有話要說」，我就無法拒絕，我的意志沒有那麼堅強。

況且……還有現實的問題。

我現在不應該把焦點**全部集中於**西東天，關於玖渚友——我亦有必須思考的事。

一直置之不理的事。

從一個月前開始，或者從六年前開始。

現在說不定是一個好機會。

我這麼認為。

「……不過這也是戲言哪。」

總之我無法拒絕玖渚的邀約，為了快點趕到城咲，於是捨棄偉士牌，借飛雅特前往。

「就算是方向盤，我也不能讓主人握比筷子重的東西。」光小姐如是說。

「戲言大哥哥近來的行動實在叫人看不下去……目前暫時由我負責監視。」崩子堅決表示，於是兩人都跟來了。

……

話說回來，現在這到底是什麼情況？

這就是美衣子小姐所說的「受歡迎」嗎？

若然，還真是令人不敢恭維的受歡迎法。

「……不過，春日井小姐……我還想她到哪裡去了，原來是鴉濡羽島啊……」

對那位社會邊緣人而言，那座島確實是極樂世界。要說有什麼缺點，頂多是島上沒有她偏愛的年輕少男嗎……這麼說來，春日井小姐在骨董公寓的時候，我有不慎洩漏那座島的情報嗎……我記得春日井小姐離開公寓是八月二十一日的晚上……她是直接前往鴉濡羽島嗎？

依舊是謎樣般的人物。

「既然如此，為什麼不早一點告訴我呢？」

「喔……可是，該怎麼說才好……因為春日井小姐是很難在聊天時提起的人物。」

確實如此。

這點正如光小姐所言。

嗯，不過……原本腦海裡揮之不去的一個疑問、一直感到不對勁的一件事情，現在總算是找到答案。**正因為**春日井小姐在那座島，光小姐才大略猜到我要問她什麼。畢竟春日井小姐跟上次的事件頗有關聯——又知道我這半年來做了些什麼。

換言之，她們事前就料到了。

知道我要問西東天的事情。

是故——光小姐是有備而來。正因如此，才能那樣滔滔不絕，彷彿事前準備過似的詳盡解說。

唉……

雖然有心理準備。

不過她應該還是希望自己沒猜中。

「……這麼說來——真姬小姐是在她過去之後立刻遇害的嗎？」

「沒錯。」光小姐頷首。「可是，雖然這只是我的推測……犯人應該不是春日井小姐。」

「我想也是。」

那個人——不可能殺人。

春日井小姐根本就沒有殺的概念。

對她而言，沒有殺或不殺的選項。

因為她——

是選擇「不選擇」的人。

「外部犯嗎……」

以滄海孤島而言，照理是絕對不存在的可能性。

嗯，不過真姬小姐……本身就相當顧人怨，大概也不愁沒有犯人。我跟她其實也稱不上和睦，在那座島上的一星期一直處於劍拔弩張的狀態。

因此，乍聞她的死訊時儘管詫異，說來有些無情——但我並未感到悲傷、難過。

這沒什麼好驚訝的。

我本來就是這種人。

然而……

我有一個疑問。

那個人不該被殺。

至少——還有一年半的時間。

光小姐後來也向我解說真姬小姐遇害時的密室情況——但老實講，我還是一頭霧水。

命案現場是——真姬小姐的房間。

我和玖渚四月造訪時，真姬小姐就一直使用的那個房間——據說窗戶和房門都被厚木板和五寸釘從內側封死，彷彿颱風即將來臨。

死在那種密室，明顯就是自殺。

然而——死法卻明顯就是他殺。

內臟碎裂，腦漿四散。

「嗯……」

四月臨別之際，她曾說過。

「如果**那時**來臨，記得幫我揪出殺死我的人啊。」

實情究竟為何？

洞悉一切的她，早就料到殺死自己的人是誰了嗎？若然，事情就怪了。她為何如此輕易地選擇受死呢？

是為命運而殉道？

是為故事而殉義？

不……等一下。

假如是故事的話，那就是——

時間收斂和替代可能。

遇害時間是兩年後也好、是半年後也罷，其實都一樣；犯人是誰也好、不是誰也罷，其實都相同——就是這個意思嗎？

……既然如此。

故事——正在加速。

換言之，她的預言一點也靠不住。

原來如此——這就是她的底細嗎？

洞悉一切卻仍不置一詞的她。

哎呀呀……事到如今，我終於可以確定。

我又再次確定。

姬菜真姬小姐。

我真的……非常討厭妳。

「就快到了。」光小姐說。我抬頭一看，只見玖渚閉關的那棟三十二層高級大樓就在眼前。第一次到這裡居然沒有迷路，實在很了不起，我便開口讚美她。

「謝謝。」她揚起一抹羞澀的笑。「開車這件事，比我想像得更簡單。果然是車到山前必有路。」

「……」

原來不僅是第一次到這裡，根本是第一次開車咧。

仔細一想，生活在那座島上也沒有機會開車嗎……咦？這樣根本是無照駕駛吧？

「車子要停在哪裡呢？」

「不能像摩托車那樣停路邊……況且又是借來的。雖然非我所願，但也顧不得其他了，請開到大樓的地下停車場。」

「遵命，主人。」

「……」

「咦？主人，您怎麼了？」

「……」

「我說了什麼不得體的話嗎，主人？」

「……」

總覺得心癢難搔啊。

那是鑽入心靈縫隙的話語。

但又希望她再多說一點。

進入大樓地下室之後，光小姐一邊側眼觀看其他住戶的高級車，同時漂亮地完成倒車，接著關閉飛雅特的引擎。

光小姐決定留守車內。

因為崩子一直沒有醒來。光小姐對把一個小女孩留在無人車內感到猶豫，如果對象是崩子，我的想法也是一樣。光小姐和玖渚在島上相處融洽，可以見面的話，我也很希望讓她們倆見面。

「您和友小姐有一個月沒見了吧？」

「咦……呃……是啊。」

「既然如此，我也沒那麼不知趣。」

「……」

「請放心去吧，主人。」

光小姐如是說。

因此，接下來就剩我一個人。

姑且不管光小姐，可以不用介紹崩子給玖渚真是僥倖。不，倒不是心虛，總之能免則免。

完成訪客登記的我，從地下一樓停車場搭電梯直達三十二樓。進停車場時接受過大樓警衛的盤查，玖渚應該知道我來了……現在時間是上午十點整。

還不錯。

我完成指紋比對，用鑰匙打開門。室內景象只能用「宛如生物」形容，跟我一個月前來的時候相比，更難找到地板、天花板和牆壁的蹤影，我小心避開掩埋整條走廊的各種電線，尋找玖渚。這是一棟巨大的公寓，房間數量極多，要找出玖渚那嬌小的身軀頗為困難。

就在此時。

「……咦？」

就在此時——我嚇了一跳。

玖渚在一個尚未被機械類侵蝕的房間——除了超大尺寸電漿電視之外，家具就只有沙發和茶几，甚至沒有鋪設地毯。

但她並不是一個人。

還有……另一個人。

「啊！阿～～伊～～」玖渚友轉頭，露出燦爛笑容。「哇哈哈哈！果然嚇得目瞪口呆！」

「……那個……是啊……」我對玖渚應道——視線轉向另一個人。另一個人正對著電視，可是電視螢幕上沒有任何畫面，只反射出那個人的臉孔。

我——認識這個人物。

我認識這個——

原以為不可能再見面的人物。

「……你看起來……」

對方開口了。

就維持原來的姿勢。

她——開口了。

「好像成長了一點哪——少年郎。」

「……赤音小姐……」

不——不對。

她不是園山赤音。

她不是ＥＲ３系統的七愚人，不是「最接近世界解答的七個人」之一的園山赤音。

赤音小姐——死在那座島上。

四月在那座島上被殺。

慘遭斬首，在密室遇害。

園山赤音既已死亡。

如今在這裡的是——

在鴉濡羽島執行殺人行為。

就結果而言，屠殺兩名人類。

殺死園山赤音，而後成為園山赤音。

取代她的她。

甚至不知其名，誰也不是的她。

「叫我赤音就好，**目前還是**使用這個名字。」她終於將視線從電視螢幕移開，轉向我道：「才一陣子沒見，你簡直變了一個人，少年郎。看來似乎真的成長不少——變成挺可靠的男人了。」

「好久……不見。」

「不必那麼緊張。我無意傷你，更不可能加害玖渚。你應該最清楚我不是那種人吧？」

「對咩，赤音是來玩的。」玖渚語氣異常開朗地說：「前天剛回日本呦。」

「……總覺得……」我挨著玖渚在沙發坐下，喃喃自語道：「……好像在大白天遇上幽靈。」

「幽靈啊——這個比喻著實不錯，非常適合用來形容我。」她笑道：「不過，我可是很高興能與你重逢喔，少年郎。」

「……」

赤音小姐的語氣。

赤音小姐的態度。

赤音小姐的舉止。

說話的她，百分之一百是園山赤音。

我一直懷疑這件事的真實性。

四月的事件——

哀川潤說明一切真相之後——聽說世上有一個**能夠完全取代他人的她**之後，我內心某處終究無法接受。

內心仍有芥蒂。

依舊難以釋懷。

然而……一旦親眼目睹當事人。

一旦看見真實人物，也只能接受事實。

此時此刻，

如果光就此時此刻來看，

誰也不是、不知其名的她就是——

在那座島上慘遭斬首的「七愚人」園山赤音。

「我是很想叫你別擺出那麼可怕的表情……不過算了。你放心吧、放心吧，少年郎。反正——我也該走了。」

「……妳要走了嗎？」

「嗯啊，因為節目也播完了。」

電視似乎剛關不久。

不知其名的她站起身。

「那麼，玖渚——我告辭囉。」

「嗯，掰掰，赤音。」

玖渚大剌剌地直呼園山赤音的名字。對不是赤音小姐的她，宛如她就是赤音小姐般，用赤音小姐的名字呼喚。玖渚當然知道那代表何種意味——但仍舊笑盈盈地與她交談。

而她亦是如此。

這讓我深刻感受到。

再度——深刻感受到。

我這種小人物——永遠比不上她們的事實。

「啊，對了、對了。」臨走之際，她回頭道：「少年郎——我偷偷告訴你一個祕密吧。」

「……什麼祕密？」

「關於我下次要取代的對象。」

她——

惡作劇似的微笑。

「園山赤音這個名字消耗得差不多了——園山赤音這個存在也玩膩了，這個名字再用三個月就夠了。」

「……沒想到妳這麼容易喜新厭舊。」

「我的欲望向來很強。」她輕描淡寫地道：「下一個目標是哀川潤。」

「……！」

玖渚——倒是毫不訝異。

或許是剛才曾聽她說過。

但我，難以壓抑內心戰慄。

「因為四月被她識破企圖的那件事記憶猶新，這種經驗還是頭一遭——**我的想法、本人的想法被他人追蹤的經驗哪。**」

「……」

視追蹤他人為人生目標的她——

這的確是一大恥辱。

「所以我——打算下次變成她。」

「太亂來了……」我垂下目光，低聲道：「那是不可能的事……」

「你為什麼這麼認為？」

但她——毫無懼色。

就跟在那座島上談話時一模一樣。

似曾相識。

「根據我的調查，哀川潤現在好像是——下落不明，對吧？誰都不知道她的行蹤——甚至沒有任何人曉得她是生是死喔，少年郎。哪裡都找不到哀川潤這個人，找不到就等於不存在。既然條件如此完美，甚至比四月那次更簡單，因為根本不必殺死當事人。」

「這未免……可是……」

可是，哀川小姐。

人類最強的承包人哀川小姐。

「人類最強的承包人哀川小姐——我覺得她跟我很相似，少年郎。抹消自己的一切，以取代他人為終極人生目標的我——以及以『承包人』的身分，要求自己隨時代理他人、代替他人的哀川潤——十分相似。」

徹底取代他人的她。

成為他人代理的她。

具有——共通點。

若然——可能嗎？

這個誰也不是、不知其名的她——

憑藉她的能力、她的才能，

能否取代哀川潤？

「少年郎，人類啊。」她說道：「本來就可以變成自己想變成的人。」

「……」

「關於你對現在的自己有何不滿，我們差不多都在那座島上聊過了。到頭來，現在的你就是——你過去所期望的未來的自己。」

未來的——自己。

過去所看見的未來的自己。

「不過……我認為哀川潤就不是這樣。她一定跟我相同。跟我相似，跟我相同。」

她洋洋得意地說：「可是，她一定——不想變成任何人。」

「……不想變成——任何人。」

「因為不想變成任何人，所以能夠變成任何人。」

不受——任何對象的束縛。

能夠變成任何人。

能夠取代任何人。

「每當我想變成某個新對象，就一定會這麼想，因此也說不了準——但我現在終於明白了……我也許是——為了變成哀川潤而生。」

「……」

「永別了，我們不會再見面了。」

這是告別的話語。

不知其名，誰也不是的她走了。

背轉過身，頭也不回地離開。

玄關門開啟的聲音，然後是關閉的聲音。

猛然間——

我全身虛脫。

差點站不起來。

「……喂！」我牽怒似的瞪視玖渚。「有客人的話至少通知一聲嘛。照那個樣子看，妳打電話給我的時候，她就在這裡了吧？」

「抱歉抱歉，人家想看看阿伊會不會嚇一跳咩。」

玖渚毫無懺悔之意。

理由大概真的如她所言。

她特別熱衷這類惡作劇。

一點都不覺得自己有錯，也不認為這是惡作劇。

「嗳！而且赤音也想見見阿伊，機會難得呀，人家就設定一下，讓時間重疊一點點。」

「設定啊……」我肩膀一垂。「唉，反正她也一定是在等小友的警衛解除，就這個意義來說，這次邂逅是必然的結果嗎……所以她到底是來幹什麼的？不可能是特地跑來觀摩超大尺寸電視機、更不可能是來瞻仰我和妳的尊容吧？她真的沒有對妳不利嗎？」

「沒有。」玖渚輕笑。「她只是來問小潤的一些事。」

「哀川小姐的事……？」

「赤音好像很認真呦。」玖渚閉上一隻眼，輕吐香舌。「人家的意見跟阿伊一樣，告訴她不太可能，可是她好像聽不進去。真是馬耳東風、班門弄斧耶。」

「這兩句諺語的意思完全不一樣。」

「可是，現象是相同的。」

「嗯，也對。反正……她是馬也好、魯班也罷，都跟我們毫無關係。」

「嗯，對呀。」

那終歸是——

她和哀川潤的問題。

四月的事件，最後變成那兩個人的對決，完全沒有我或玖渚介入的空間。

毫無關係——

恐怕也只能這樣說服自己。

不但沒能力。

而且沒力氣。

「小友……呃……我還是問一下好了，妳……不，妳的話呢？妳知道哀川小姐的下落嗎？不知道也沒關係——有辦法查出來嗎？我不是要妳立刻去查，只是問妳有沒有辦法查。」

「唔——很難說耶。小潤的事應該統統當成例外來看，所以沒辦法一概而論。人家可以拜託小豹看看，不過對象畢竟是小潤，搞不好連小豹這種搜尋高手也莫可奈何……而且小豹也可能知情不報。假如小潤是自己故意躲起來——一定沒有人可以找到她的。」

「喔——」

「不過，人家剛才也跟赤音說了……就人家個人的意見來說，就算死了也不奇怪，小潤畢竟不是不死怪物。」

「那個人……是怪物吧？」

「不是怪物咩，是人類咩。」

「……嗯，話是這麼說沒錯。」

不知該說她一如往常還是什麼，這方面總是非常理智，但事到如今也不至於訝異。

死了也不奇怪……說得也是。

死亡傳聞。

跟匂宮出夢的——戰鬥。

倘若這是事實——

那才是她大顯神威的舞臺。

毫無關係……也只能這樣告訴自己。

不但沒能力。

而且沒力氣。

「嗯……好，這件事先不管——小友，話說回來，妳主動找我倒是很稀奇……有什麼事嗎？」

「沒事不能找阿伊嗎？」

「不是這個意思，只是我最近也是身陷危機……」

「不是平常就這樣咩？」

「唉，是這樣沒錯啦……」

對，平常就是這樣。

從很久以前開始就是這樣。

從很久以前開始就一直是這樣。

「嗯～～對呀，有事呦。也不算有事，反正就是阿伊聽一聽最好的消息。」

「最好的消息？」

「不對不對，是聽一聽最好的消息。至於是好消息還是壞消息，就交給阿伊自行判斷。」

「……希望是好消息。」我說道：「莫非是玖渚機關的事？」

「是這樣沒錯，不過呢，同時也人家的事。」玖渚說道：「呃……組織內部的內亂，昨天終於宣告結束——這在電話裡已經說過了，對吧？」

「對。」我點點頭。「但妳只是說已經結束，並沒有告訴我詳情。情況如何？就算不及六年前那次——被害程度應該也很嚴重吧？」

「唔咿。不，剛開始是滿嚴重的，但九月之後就幾乎沒死什麼人，真是奇蹟。」

「喔——嗯，我雖然也很有興趣……不過，最叫人擔心的還是直大哥，他還好吧？」

「從結論說起的話——」玖渚天真無邪地笑道：「小直正式接任玖渚機關機關長。」

「……」

「鏘鏘鏘〜〜」

由機關長祕書晉升為——機關長。

那真是破格升遷。

直大哥是直系親屬，總有一天會被拱上領導玖渚機關的位置，但我一直以為那是數十年以後的事。

「詳細內容人家沒興趣，所以沒問——不過對小直來說，應該算是鷸蚌相爭，漁翁得利吧？」

「嗯，所以——」

「對！所以小直就掌握了四分之一的世界了，好可怕、好可怕。」玖渚友喜孜孜地訴說那驚悚事實。「所以呢，人家也可以回歸玖渚家族囉。」

「……是嗎？」

我有些疑惑。

並非驚訝——而是疑惑。

直大哥接任機關長之後，事情真的就能那麼順利嗎？玖渚家族和玖渚間的隔絕，應該沒有那麼單純，縱使直大哥對玖渚友有堪稱偏執的執著——

「沒問題的。」玖渚友說：「因為這次內亂，除了小直以外，大家都引退了。」

「引退……？」

「嗯，儘管沒受什麼重傷或輕傷，可是他們都選擇離開……留下來的玖渚家族就只剩小直。所以，**只要是他喜歡，沒什麼不可以**——機關聽說也希望擁有直系血統的人家可以返回中樞，總之贊成者多於反對者。」

「……」

「不過還沒正式決定。」

「……妳父親……祖父、祖母，那些親戚——他們全部引退了嗎……還真有一種改朝換代的感覺。」

雖然這種說法很冷淡。

對我而言，那猶如現在進行式的六年前，

終究還是完全成為過去了嗎？

說得也是。

那畢竟是——六年前。

即便越想越感到一無所成。

「……返回機關以後呢？就必須回神戶去嗎？」

「咦？唔～～還是跟現在一樣，什麼都不會變呀，頂多是待遇好一點點吧？」

「妳對現在的待遇還不滿意啊……」

「人家喜歡京都咩。」玖渚輕搖雙肩。「而且，阿伊也喜歡京都呀。」

「我……哪裡都無所謂。妳要回神戶的話，我就一起回去。」

「阿伊會跟人家一起回去唷？」

「當然了，況且那裡本來就是我的故鄉。至於大學，我也有隨時休學的覺悟。」

事實上，今天是九月二十六日，不但暑假已經結束，學期也早就開始了；可是我根本沒去報到，也不打算去。我一直跟光小姐在家裡鬼混，不，光小姐很認真在工作，鬼混的只有我而已。

原本就不是為了什麼目的而上學。

純粹只是打發、消磨時間。

一旦有事——隨時都能離開。

「多謝咩。」玖渚聞言一笑。「不過，沒關係。反正回機關本部也是麻煩多多……待在這裡還是可以工作。所以，還是跟現在一樣。」

「喔……原來如此。」

可是……事出不意。

實在太過突然。

就算說是內部鬥爭，我也沒想到會鬧到這種地步，還以為最多是玖渚機關下的七大組織稍微變更順位——這種結果實在太過突然。

彷彿——正在加速。

彷彿一切正在加速。

這讓我猛然想起——

重疊。

時間的一致性。

哀川小姐的失蹤、玖渚機關的內訌、姬菜真姬的死亡——三者集中於相同時期的事實——猶如意味深長的命題浮現。

姑且不管真偽如何。

「這是第一件消息。」

「咦？還有第二件嗎？」

「對，第二件，嗯～～這件跟人家身體的關係應該算更密切吧？」

「……身體？」

「啊，對了，阿伊。」玖渚這時忽然背向我，重新坐正。「幫人家綁頭髮。」

「……好。」

好久沒說這種對話了。因為我沒帶梳子，所以用雙手替她梳理。

藍髮。

異能的證明。

劣性遺傳基因——嗎？

「人家講過了吧？」玖渚維持原來的姿勢問。

「嗯？」我一邊替她梳頭，一邊應道：「講過什麼？」

「進行複檢的事。」

「……」

沉默。

我甚至不希望她發現我的沉默。

為了不讓玖渚察覺到瞬間衝擊全身的緊張，我竭力維持剛才的速度，一邊梳理她的藍髮，一邊若無其事、滿不在乎地應道：「嗯——好像有那麼一回事。」

那是——我故意遺忘之事。

不願觸碰之事。

「還剩兩、三年嗎……」

我不想問。

我不想談。

無論如何——都希望它模糊不清。

希望保留可能、保留選項。

我一直這麼想。

然而——

玖渚輕描淡寫地說出那句話。

而且，完全出乎我的意料。

「不，不是那樣。」

「……不是那樣？該不會是……更末期？」

「聽說正在成長。」玖渚無視我的不安——語氣輕鬆地說道：「人家的身體——正在恢復正常機能。」

「……」

「上次的檢查好像把它誤判成異常，其實根本不是異常，而是在恢復正常——聽說是這樣。」

「呃……」

我——感到混亂。

試圖思索那句話的含意。

冷靜！

千萬別產生美麗的誤會。

一定要仔細理解。

絕對不能誤解，這是關鍵時刻。

成長。

長時間停止成長的玖渚友，她的身體機能正在恢復正常——可以將那句話解釋為這個意思嗎？

換句話說。

「已經……沒事了嗎？」

「嗯。」玖渚頷首。

「已經……不必擔心了嗎？」

「嗯。」玖渚頷首。

「不會再……死了嗎？」

「嗯。」

我緊緊摟住她。

從後方緊緊摟住——玖渚友。

「……恭喜。」

「人家喘不過氣啦。」

「太好了。」

「快窒息了耶。」

「……我真的好開心。」

「就說快窒息了嘛！討厭！」

玖渚猛烈掙扎。

這種反應非常罕見。

我連忙鬆手。

接著終於回過神來，想起自己剛才的行為、剛才的言論，一股想要鑽進洞裡的羞恥侵襲全身。

玖渚回頭。

嗚哇！死定了……

我有辦法繼續面無表情嗎？

情緒激烈起伏。

玖渚那雙藍色的大眼睛緊盯著我。

那水汪汪的大眼睛。

彷彿可以透視我的大眼睛。

瞳孔反射出我的臉。

喂喂喂……

我該擺出什麼表情啊？

「阿伊。」

「……」

「阿伊、阿伊。」

「……什、什麼事？」

「人家喜歡阿伊。」

這次換玖渚——緊緊摟住我。

我鬆了一口氣。

對了……一定要這樣才行。

不能由我主動抱她。

啊啊——好舒服。

彷彿所有問題都消失一般。

好想放棄一切。

真的——

好想就這樣消失不見。

「不過……」玖渚輕輕鬆開我的脖子。「阿伊真的一點都沒變耶。」

「……」

這句話——玖渚以前也說過。

本人的毫無變化。

一如往常的——

戲言玩家。

「阿伊真的——完全都沒變呢，而且還是很在意那件事。」

「……什麼事？」

「六年前的事。」

六年前——

我尷尬地別過頭。

「怎麼可能忘記嘛。」

「為什麼不可能？」

「畢竟妳是因為我才——」

「人家已經說過無數次，不想再繼續重複了。」玖渚站起來。比起坐在沙發上的我，她的頭當然就高了些。「人家一點都沒有恨阿伊咩！」

「……」

「況且——人家根本沒有被阿伊弄得怪怪的呀，**阿伊根本沒有破壞人家**。這件事阿伊也很清楚吧？第一次見面的時候——人家基本上就是這樣吧？這是天生的——異常，就像卿壹郎博士說的那樣。」

「這……」

這種說法——我不喜歡。

我不想認同那個博士的主張。

「不過，人家也明白阿伊的那種虧欠感，或是想獲得原諒的心情，非常明白呦。人家認為阿伊有做過那種事，也知道自己是受害者，也許是吧？但就算這樣，也沒有原諒不原諒的問題，因為人家根本不在意。」

「……話是這麼說。」

然而——

問題不是玖渚怎麼想。

我做了什麼？

我做了什麼好事？

這才是問題。

我犯了罪。

是故——必須償還。

必須被原諒。

並非渴望被原諒。

我並不想被原諒。

犯了罪還能夠被原諒——

那不是最差勁的事嗎？

「對！換句話說，這是阿伊的自尊問題。」玖渚說道：「現在問題已經把人家排除，變成阿伊一個人解決的那種問題了。」

「我的……問題？」

「至少**這個——阿伊認為自己對人家造成的破壞——就外觀上而言不是統統恢復了嗎？**……總之，人家再重申一次，這根本不是阿伊的錯。」

「可是——」

「沒有可是！只是最後變成這種結果而已。這樣說可能很難聽，不過阿伊對別人受傷有一種病態的恐懼。無論是誰受傷——都認為是自己的錯。」

傷。

瑕。

疵。

「可是呀，你不可以小覷人家咩。六年前跟阿伊一起受的那種傷，對人家來說根本不算什麼。套句音音的話——這只是一點小擦傷。」

「……」

「既然要受傷，傷得再重一點說不定更好哩。」玖渚說完，再度坐下。「這跟阿伊受傷還假裝沒事又不太一樣。」

「我——」

「人家雖然不知道阿伊現在是怎樣『身陷危機』……這種事呀，嗳！從上個月的事件判斷，倒也不是無法想像——總之阿伊還是先擔心自己吧，畢竟人家也不可能體會——人類的傷痛。」

「……」

與其傷人，寧可受傷。

即使如此——

傷痛無法獲得任何人的理解。

傷痕亦無法消失。

「真的能夠理解他人痛楚的人……也許就是『剛才』那個赤音吧……不然就是能夠代理任何人的小潤。」

「哀川小姐——」

哀川小姐又是如何呢？那個人老愛把「誰能夠明白別人的心情？」這句臺詞掛在嘴

上，但她一定——能夠揣摩那種無法明白的心情；反過來說，那個人可以理解他人的心情。

能夠想像他人的心情。

能夠體會——他人的痛楚。

然而。

正因如此，哀川潤永遠不曉得。從高空俯視地表的老鷹，無法理解螻蟻在地面爬行的心情；縱然能夠理解，亦只是單向理解，那種理解——

有或沒有，意思都一樣。

「疼的時候喊疼也沒關係喔，阿伊，人家一定會——好好疼愛阿伊的。」

玖渚玩弄自己的髮絲。

接著笑咪咪地轉向我。

「如果覺得**將人家捲入也無所謂**——要隨時告訴人家咩，人家馬上會去救阿伊的。」

「……」

「頭髮等一下再綁就好，阿伊，可不可以先煮點東西？人家肚子好餓。」

「……好。」

「廚房冰箱裡有赤音買的各種食材。」

「嗯。」我站起來，離開房間。

步出走廊兩步時，我又改變主意回頭。玖渚的意識大概已經轉換頻道，雙眼盯著超大尺寸電視畫面，但還是咦了一聲，微微側頭問道：「怎麼了，阿伊？」

「呃……那個……小友。」

「什麼事咩？」

「我愛——」

「咦？」

「啊，不。」我搖搖頭。「OIE是什麼的縮寫？」

「世界動物衛生組織。」（註3）

「謝謝。」

2

我一邊猜想光小姐說不定會帶著睡醒的崩子上樓，一邊做菜。吃過飯，洗好餐具，接著又在玖渚的房間呆了一會兒，她們卻毫無上樓的跡象。我不好意思讓她們在停車場久候，於是向玖渚告別，搭電梯直達地下停車場，沒想到在電梯出口——

遭遇狐面男子。

3　原文的縮寫是『ICPO』（國際刑警組織），但因為中文的『我愛妳』（愛してる）有主詞『我』，故暫改為發音比較接近的『OIE』，（世界動物衛生組織）。

「……嗄？什……」

「喲！我的敵人。」

狐面男子——神態自若地瞥了我一眼，目光又轉回手裡的漫畫書。完全無視舉手防禦的我，繼續翻開漫畫書的下一頁。

事出不意。

這又是事出不意——但鐵定沒錯。

他不可能是別人。

我不可能認錯人。

擁有這股氛圍的人類——別無他人。

猶如穿戴死亡的和服裝扮。

顯得臨風飄逸的瘦削身材。

以及，狐狸面具。

「……呼……呼、嗚——呼……」

呼吸……一陣紊亂。

黏膩的汗水沿著臉頰淌下。

對方明明沒有任何行動。

對方明明沒有任何行動。

僅僅是默然站在眼前，僅僅是感到對方存在——我就覺得呼吸困難。活著，但呼吸困難。這種過度壓迫的壓迫感，這種過度超越的超越感。

沒錯，這的確——

跟哀川潤十分相似。

跟那個人類最強的——紅色。

但這個人為何——出現於此？

為何出現在玖渚住處的地下室？

警衛究竟在搞什麼？

光小姐……崩子沒事嗎？

只有他一個人嗎？他是隻身前來嗎？

奇野先生那群「十三階梯」呢？

莫非他們躲在暗處？

我——

我還活著嗎？

各式各樣的疑問掠過腦海。

然而，現在不是胡思亂想的時候。

因為我此刻——正與最惡相對而立。

正與業已死亡的男子對峙。

「……」

「……咦？」

不……

不是……對峙嗎？

狐面男子——並未注視我。

視線一直盯著漫畫書。

彷彿只把我當成——在圖書館偶遇的舊識，就像在說漫畫內容比我更加重要。

但，這不可能是偶然。

不可能有這種偶然。

這絕對是精心設計。

這傢伙在想什麼……

偏偏埋伏在玖渚友住處的地下室守候本人。

竟敢在玖渚的。

玖渚——友的。

不……冷靜！

絕對不能被這股氣勢打敗。

因為上次奇野先生叫我「阿伊」，我當然也知道對方已經查出玖渚的存在……而今天正是玖渚的警衛標準降低的日子；換言之，我今日造訪乃是必然的結果。正如我在玖渚房間遭遇那個誰也不是、不知其名的她，狐面男子在此埋伏亦是理所當然之事……

然而……

雖然道理上、邏輯上明白……

身體。

肉體卻拒絕理解。

拒絕接受邏輯。

「呵、呵、呵。」狐面男子看完漫畫，終於轉身正視我。由於對方個頭比我高很多，顯得格外盛氣凌人。「賴知——承蒙你的照顧啊。」

「……我什麼都沒做。」我慎重地答道：「雖然我完全看不出奇野先生跟出夢、理澄是同等級的……不過既然你這麼說，他果然**真的**是『十三階梯』嗎……真是敗給你了。」

「『真是敗給你了』，呵。」狐面男子一臉無趣地朗聲重複我的話。「照你那個態度來看……應該是完成對我的調查了——沒錯吧，我的敵人？」

「……你說呢？」

「『你說呢』，呵，實在是令人不快的回應。再這樣下去，我可不當你是朋友囉！哎，也罷，怎樣都無所謂。不過，我對你的調查就差不多結束了，我的敵人。」

「——那真是不敢當。」

「因為木賀峰有興趣——不過，木賀峰她究竟對你瞭解**多深**，如今也永遠無法得知。你……真的跟我很相似，簡直就像在回顧自己的經歷。」

「我倒是沒有這種感覺。」

「別逞強，我的敵人——那些替你人生增添色彩的角色，全都令我懷念萬分，統統是我被因果放逐之前一起玩樂的傢伙。玖渚機關、ER3系統，還有……你五月也見過零崎人識了吧？居然跟窮凶惡極的『殺之名』——零崎一賊扯上關係，真是人不可貌相哪。」

「……那只是偶然。」

「因為這些偶然——到底死了多少人？」

「……」

「哎，不管死了多少人，那種事其實都一樣……對了、對了，還要再加一個——澄百合學園毀滅的時候，聽說你也在場……換言之，你跟四神一鏡也扯上關係了嗎？短短十九年，你居然跟**全世界**都扯上關係了——尤其是這半年的異常狀態，究竟是怎麼一回事……呵、呵、呵，這才是我所期望的『我的敵人』。」

「少了理澄還能查到這種程度，你的確不簡單——西東天先生。」

「哇！別用那個名字叫我——還不到報上姓名的時候。」

「……」

現在……還是不行嗎？

既然如此，雖然已經猜到五成——對方目前應該無意**滋事**。

我稍微鬆了一口氣。

我也不願跟對方在**這裡**起衝突。

不過，想想這也是意料中的結果，畢竟……這個狐面男子並非輕易推進事物的類型。

而是輕易發展故事的類型。

關鍵字是加速。

以及世界的終結。

再加上故事的結局。

歸根究柢，他之所以視我為「敵人」——他之所以敵視我，並非是將我當作焦點，而是為了觀察我身後的世界、故事，以及命運。

那麼……現在該怎麼辦呢？

這個情況下該如何突圍呢？

該如何——

求生？

「十三階梯——」狐面男子率先打破沉默。「——終於全部找齊了。」

「全部……上次聽的時候，別說是全部，就連一半都沒找到，不是嗎？」

「嗯啊，加上理澄和出夢的空缺，要找的人數相當多。不過原本就有候選名單，倒也沒花多少時間……呵，老實說的確是有遺珠之憾，萩原子荻也好、匂宮兄妹也罷——跟最佳成員組合相距甚遠。呵，我原本是想組一個比較智慧型的集團，結果完全偏離我當初的計畫。」

「……請節哀順變。」

「嗳！管它是不是最佳成員組合，那種事其實都一樣。說穿了，只是數量問題。」

其實都一樣——嗎？

又是那句臺詞。

將一切價值視為等價的那句臺詞。

就連完全相反的概念也可以代換，統統都一樣。

將所有東西視為相同。

所有東西皆是其他東西的替代品（Alternative）。

能夠代替的零件。

立刻就找其他成員填補出夢和理澄的空缺。從那種神經來看——會有這種想法也沒什麼好奇怪。

匂宮兄妹。

出夢也就算了。

虧理澄還那麼崇拜他。

「總之——今天只是來下戰帖的。」狐面男子說道。從面具看不出表情，但聲音帶著高深莫測的笑。「這應該是奇野那小子的工作……不過，你上次沒看吧？賴知交給你的信。」

「還不是因為中間夾了一個人？」

「別這麼說嘛——我的敵人。我是遭到因果放逐之身，做任何事都得找人代勞。」

「……話說回來，那封信我連摸都沒摸到……那個人把當時來探病的人跟我搞混，到最後都沒發現。」

「你是指——淺野美衣子吧？」

「……對。」

居然連美衣子小姐的名字都知道。

實在很想咂嘴叫好。嗯，既然調查過我，附近鄰居自是不可能放過……

……不對，等一下。

問題不是這個。

是別的問題。

他為什麼知道是美衣子小姐來探病？

「不過，我的敵人。你可別把賴知當笨蛋——那小子笨歸笨，至少沒笨到那種地步。他沒有理澄的單純、理澄的『軟弱』。」

「可是……那為什麼——」

「是**我**欺騙賴知，故意讓那小子誤會。我和賴知一起到醫院櫃臺……在櫃臺看見一個穿超短迷你裙的護士跟你鄰居說話——心想這也是一種緣分，才故意騙賴知一些**有的沒的**。」

「……為什麼要這樣？」

「別這樣瞪我，我事後也向賴知道歉啦。」

「我不是這個意思，你為什麼——」

為什麼要讓他以為美衣子小姐是我？這種身分互換又有什麼意義？彷彿在說那間病房裡所發生一切，對狐面男子而言完全是預定和諧——

預定和諧。

一場預定和諧的——鬧劇。

「這是有什麼目的嗎？」

「目的這種東西啊，有或沒有都一樣，呵、呵、呵。」狐面男子笑道。

都一樣——嗎？

對我而言或許如此，可是對狐面男子來說——未必盡然。

「……那好吧……狐狸先生，我還有一個問題，就是奇野先生說了一句很奇怪的話。」

「什麼話？」

「絕對不會死……奇野先生當時提到這句話……聽起來好像是你告訴他的，這句話究竟是什麼意思？」

「……你還真會挑問題，我的敵人。」

狐面男子在面具背後咧嘴一笑。

又或許沒有笑。

我看不見對方的表情。

然而，我可以感到他的視線。

他大概——正在瞪著我瞧。

愉悅地瞪著我瞧。

絕對不會死。

那是指——「不死的研究」嗎？

不，語氣聽起來不像……

我一直對那句話無法釋懷。

「不過——」狐面男子拒絕回答。「關於這件事——現在也還不到公開的時候，我的敵人。」

接著——狐面男子從和服袖子裡取出一封信。

跟那天一樣的白色信封。

「……」

「收下呀，我的敵人。」狐面男子說道：「這次中間沒有任何人，是本人直接交給你喔——被因果放逐的本人居然親自出馬，這算是特例中的特例，你就別讓我太掃興。」

「……到底是什麼東西……」

「派對邀請函。」

狐面男子——似乎非常愉快。

由於面具阻隔，我看不見他的表情。

儘管看不見——卻知道對方很愉快。

有什麼——好高興的？

有什麼值得那般開心？

叫人見了——心煩意亂。

猶如芒刺在背。

「裡面有寫派對的時間、地點——還有我們這邊的出席名單。你……想帶多少朋友來都無所謂，反正現場料理保證讓你**吃不完**。」

「……」

「怎麼？害怕嗎？」

「……當然害怕，真的——怕得要死。」我從狐面男子手裡一把搶過信封。「所以我決定好好利用這種恐懼——將你和你的無聊理論、狗屁哲學——

殺死、肢解、排列、對齊——示眾。」

狐面男子——取下面具，

惡狠狠地咧嘴一笑。

「……你這小子真是差勁透了。」

「哪有你厲害。」

「哼！」狐面男子用鼻子表達不滿。

那張臉——跟哀川小姐可恨地神似。倘若他要自稱「父親」，恐怕也只能接受。

「好，我就給你一個提示吧——既然目前的局面難以稱為公平，我就稍微讓步，好讓派對熱鬧些。」

「提示……」

「你去福岡吧！那裡有你熟悉的男人。」

狐面男子重新戴上面具。

表情再度……無法看見。

無法揣測對方的想法。

「至於那個男人會透露什麼，就看你了，就看你的手腕了……畢竟來日無多。」

「來日無多……？」

「時間不夠的意思，九月沒那麼長——」

咚！

狐面男子腳後跟一踏——

從我身旁穿過。

似乎打算就此離去。

我完全無意目送他——甚至不願轉頭，可是……

「對了、對了——」狐面男子正要彎過柱角時說道：「那座島的——」

慵懶的語氣就像是隨口提提而已。

「占卜師——」

隨便的態度宛如在報告昨晚菜色。

「——是我殺的。」

「……………！」

「我是遭到因果放逐之身，所以無法親自下手，不過下達命令的是我。雖然想快點看到世界的終結，但不是老子看就沒意義——**萬一有人多嘴透露還沒看過的內容——未免太掃興**。」

「……你這傢伙！」

我轉身，竄出。

朝狐面男子後方追去，在柱角轉彎……可是，對方既已不見蹤影。應該就在附近，我朝狐面男子可能逃逸的方向狂奔。我記得狐面男子的車子是白色雙人座的保時捷……在路上是相當顯眼的車子，不過在這座停車場，只能算是平均車種。因此重點不是顏色，而是聲音，是引擎的聲音，保時捷的引擎聲不可能錯過——

就在此時。

車頭燈從前方射來。

強烈的光束。

我雙眼一黑，身體反射性地閃避。

白色——保時捷。

狐面男子坐在駕駛座。

保時捷切過我的左側，雙方距離相當遠。

不止遠——而且坐在副駕駛座的人擋住了我和狐面男子。

那個人的外形非常奇持。

雙方瞬間交錯。

因為只有一瞬間，我無法看清那個人。

然而——

孩童般嬌小的身材。

宛如要去參加夏日祭典的浴衣裝束。

反戴棒球帽，以及——

狐狸面具。

不過，跟狐面男子的面具不同，彷彿針對兒童繪製的商品，就像在夏日祭典的夜市所販售的卡通圖案。

那隻狐狸——

瞥了我一眼。

視線剎那交錯。

我感到彼此視線相交。

可是……就僅止於此。

就僅止於此而已。

保持捷非但沒有減速，反而加速——駛離。我原本打算按警報器通知警衛，但我想那終究是毫無意義的行為。對方闖入時既然有辦法躲過警衛監視，肯定早就規畫好離開的路徑。

畜生——讓他逃走了。

臨走前還口出狂言。

居然說是自己下令殺死……真姬小姐？是派誰？「十三階梯」之中的某人嗎？是怎麼殺死的？關於真姬小姐的「預言」、占卜，八成是在調查我的時候得知，可是……

話說回來——那個狐面男子。

什麼ER3系統、什麼玖渚機關、什麼澄百合學園——說了一大堆老掉牙的名詞，甚至最後還搬出真姬小姐的名字——對哀川小姐的事卻一句也沒提。

哀川潤。

目前下落不明的——承包人。

不是你女兒嗎……？

你難道不擔心自己的女兒嗎？

現在不是跟我作對的時候吧？

既然是父親。

明明是——親人。

「……」

然而……

那個副駕駛座的「浴衣」……另一個狐面。

嗯，既然是直搗敵營，狐面男子確實可能帶一、兩個保鑣……但，到底是什麼？

這種不對勁的感覺，這種——令人焦急的感覺，到底是什麼？

我不知該怎麼形容……總覺得在哪裡見過對方，是我想太多嗎？別說是長相，時間那麼短暫，就連身材、性別都無法判斷，甚至無法判斷是不是自己想太多。

那傢伙也是「十三階梯」之一嗎？

……該死的。

總覺得……事情很棘手。

套句伊梨亞小姐的話。

簡直對這種拖拖拉拉的情況忍無可忍。

明明已經加速，卻還是追不上。

看起來很快，卻又慢慢吞吞。

再怎麼焦急，依舊毫無進展。

剛剛消化完，伏筆立即增加。

無論做什麼都沒有結果。

慵懶地加速。

猶如時間與重力的關係。

相對論——

到頭來，事件——故事原來是相對的嗎？

「十三階梯」嗎？

他好像是說福岡哪……

我倒是沒去過九州……

「那個……」聲音冷不防從後方傳來。我愕然回頭，只見女僕裝的光小姐俏立在那裡，憂心忡忡地凝視頹坐在地的我。「我聽見很大的聲音，才過來看看——發生了什麼事嗎？」

「不……沒事。」我借助光小姐的手站起。「我從以前就有獨處時愛鬼叫的習慣。」

「哇……真是討人厭的習慣。」

「就說啊。」我聳聳肩。

不能被她識破——不可以再讓她擔心。我沒有在這座停車場遇見任何人，絕對不能讓她發現事實。

「崩子小妹妹怎麼了？」

「睡得很沉，照那個樣子看，想必最近都沒好好睡——」

「咦？怎麼會這樣呢？我還以為青少年都很愛睡覺……我國中時期平均每三天只有一天醒著。」

「您那應該是生病，主人。」

「……回去吧？」

「說得也是。」光小姐微笑道：「開車請一樣交給我。」

「……光小姐……妳沒有駕照吧？」

「哎呀，請別小看我。我雖然是在溫室長大、沒見過世面的人，這種事也是懂得的。年滿十八歲的時候，就特地花錢買了駕照。」

「……」

在溫室長大、沒見過世面的女僕固然值得自豪，可是，我還是要提醒電視機前面的小朋友——用錢買駕照是犯法的哦！

我不但沒氣力虧她，更沒力氣開車，儘管猶豫，最後還是坐進副駕駛座。朝後座一看，崩子確實睡得非常香甜。

光小姐鑽進駕駛座，發動引擎。

「啊，對了，主人。」

「……什麼事？」

「我有一個小問題，可以嗎？搞不好是無關緊要、可有可無、細微末節之事，不過我天生就很在意小事情。剛才等您的時候，忽然感到很不可思議。」

「什麼事？」我暗想在島上好像也有過類似對話，同時等她開口。

「呃……我記得您說過，是在住院時得知哀川大師下落不明的，對吧？」

「是，確實如此。」

「我本來以為是玖渚小姐去探病時告訴您的……可是，您和友小姐有一個月沒見面吧？」

「嗯啊，因為玖渚機關發生內亂的時候，我也避免跟玖渚的一切接觸。」

「那麼，主人到底是從誰那裡得知——哀川大師下落不明呢？」

「……」

真是精闢的分析。

我有些遲疑。

不過，最後還是老實答道：「前來探病的超級小偷……」

第四幕——十三階梯

0

兔子讓獅子全力以赴。

1

隔天。

我搭乘新幹線前往福岡。

騎偉士牌到京都車站，把摩托車停在附近的付費停車場，再到新幹線的自動售票機買車票，買的當然是自由座。既然是一場目標不明的未知旅程，我實在不想亂花錢。況且又是平日接近中午的時段，京都車站的下一站——新大阪就會有許多乘客下車，頂多忍一站，一定有位子坐。

到博多車站的車程約莫三小時。

我預定當天來回，並未訂旅館，是故也不能太悠哉。為了處理事情……或者該說為了達成「目的」所能花費的時間只有短短數小時。我原本打算更早出發，最好是搭第一班新幹線，甚至昨天從玖渚住處返回骨董公寓之後，就想立刻動身前往九州，但沒想到花了不少時間才甩掉光小姐和崩子。

別看我這樣，本人這十九年來亦是全心思索如何逃離全人類、竭力思量如何趁人不備，堪稱躲避追蹤和尾隨的高手。五月就是靠著這項專長，成功躲過殺人鬼的凶器。因此，我原本認為甩掉區區兩個人只是牛刀小試，而今想來確實過於天真。

崩子出手毫不留情，光小姐則是專家。

真是太可怕了。

我完全不願回想。

腦海甚至一時興起乾脆讓她們同行的軟弱念頭。

可是，既然狐面男子主動與我接觸，我亦不可能再推說自己不握比筷子重的東西……雖然崩子並未對我說過類似言論。況且就算不是因為狐面男子，我接下來要前往的地點——不，跟地點無關。

接下來要會晤的「那個男人」——

太過危險。

不能讓他跟任何人見面。

就連我也不是很想見到他，一直說服自己這是無可奈何之事。

去也是地獄，退也是地獄——

前有虎，後有狼。

出現的是鬼？還是蛇？

唉，就是這種感覺。

「……不過這倒是我第一次去九州。」

一下博多車站，我忍不住左顧右盼。我的情況雖然不能說是「鄉巴佬進城」，不過確實有一種新鮮的感覺。畢竟我很少離開近畿……頂多是七月到愛知縣而已嗎？

至於京都，今年則逛了不少地方。

從鴉濡羽島到澄百合學園。

「……澄百合學園啊……」

懸樑高校。

檻神能亞、萩原子荻、西条玉藻、紫木一姬。

六月。

以及——

九月。

數字的六和九，換言之就是這個意思嗎……

唉，我其實一點都不喜歡旅行。

因為很容易胡思亂想。

因為很容易沉湎回憶。

特別是行進間的電車車廂，就像是專供胡思亂想、沉湎回憶的場所。就這個意義來說，我非常羨慕一搭交通工具就呼呼大睡的崩子……因為我只要旁邊有人就睡不著。

唯一不幸中的大幸是，因為這次情況危急，沒有太多心思讓我胡思亂想。

在博多車站轉乘巴士。

我也有帶指南針，但亂闖陌生土地終究不智，再加上時間極端不足，這次只好依賴大眾交通工具。

未知的土地嗎……

如果是第一次前往的地點，即便曉得地址，不實際走一遭終究毫無概念……而且因為崩子和光小姐的關係，我根本無法進行事前調查。

唯一能夠依賴的只有一張紙條。

僅僅只有紙條上記載的——地址而已。

「……真是傷腦筋。」

我非常不喜歡——運動。

所以，也很討厭旅行。

我當然很想坐在安樂椅上，一邊打毛線，一邊輕鬆解謎……但那畢竟是不可能的事。

福岡。

乍聽那個地點時，我完全一頭霧水。就算對方告訴我是「那個男人」，我仍舊猜不出是誰。說到九州，我最多只能想到玖渚機關麾下的「壱外」或「參榊」，但它們都跟我扯不上關係——就算回溯六年前的那次記憶亦然。

可是——然而，西東天。

他說那是提示。

還有「十三階梯」。

世界的終結。

不死的研究。

既然有這麼多資訊，我的確能夠聯想到某個人——而且就只有那個人。

那個人。

與其說是一個人，或許該說是兩個人嗎？

不過……這又是戲言一椿。

「……」

超級小偷——石丸小唄小姐在九月初造訪我的病房。

打扮幾乎跟七月相同。

左右兩條長長的麻花辮、鴨舌帽、丹寧布大衣、丹寧布長褲、穿帶皮靴。

不過，並沒有戴眼鏡。

本人的視力看來沒有那麼差。

「墮落三昧」斜道卿壹郎博士研究所的事件結束後，透過哀川小姐的介紹，我也見過她幾次——但說實在的，我們的交情並沒有好到讓她親自探病，而小唄小姐當然不是因為擔心我的身體。

「我正在找——哀川潤。」

她的聲音依然宛如歌唱。

鮮明地烙印在我的腦海……

「她現在下落不明，吾友，你知道嗎？」

「妳找哀川小姐……有事嗎？小唄小姐要找她嗎？可是……」我緊張地應道：「如果連小唄小姐都找不到，我怎麼可能找得到呢？小唄小姐不知道的事，我怎麼可能知道？不是嗎？」

「……吾友還是非常十全哪。」小唄小姐神色頗為愉快，至少沒有任何緊張或認真的感覺。從這個觀點來看，她有某種類似哀川潤的要素。

不過，亦有相異點。

哀川潤性格不好。

石丸小唄品性不佳。

這個差異甚大。

視相處方式不同，可能導致不良結果。

「下落不明……是從什麼時候開始的？」

「你不知道嗎，吾友？在咱們那個世界，這可是相當轟動的事件——聽說哀川潤和『殺戮奇術之匂宮兄妹』的『食人魔』出夢在清水寺決鬥，打成**平手**。」

「平手……？」我聞言不禁挺起上半身。

一方面感到有些迷惑。

同時又覺得自己幹了一件蠢事。

畢竟——正是本人替出夢和哀川小姐安排那場戰鬥，我沒有厚顏無恥到能夠說自己毫無責任。

「我以為你應該知道些什麼……吾友，如何？如果你知道些什麼，可否告訴我呢？」

「很不幸……正如我剛才所言，我連這件事都是初次耳聞……呃……那麼……意思就是哀川小姐有可能被出夢……被那個叫『匂宮』的人殺死嗎？」

我一直認為那是不可能的事。

正因為我相信哀川小姐不會輸，才告訴出夢她在哪裡。

我的想法太天真了嗎？

對了——出夢也不是外行人。

放棄一切「軟弱」，將自身完全集中於單一座標、徹底強化「堅強」的那個人物——我是否應該多加考量對方逼近「最強」的可能性？

不，這不是重點。

我的責任並非只有安排那個舞臺，不止如此。我還將原本決定退隱的出夢硬生生拉回現實，而且——讓他跟哀川潤見面。

倘若，哀川小姐因此喪命——

我就再也沒臉見任何人了。

即便對象是——小姬。

我倏地神經緊繃。

雙拳緊握。

然而——

「無稽之談！」小唄小姐嘴角一撇。「哀川潤怎麼可能會死？」

「……」

「那種傳聞不過是無憑無據的流言蜚語。沒有我的許可，那個人——不可能死的，因為那個人是我在這世上唯一認可的敵手。」

「……這句話聽起來也有點像是信賴。」

「我最討厭那個人了！為了怕你誤會，我先聲明……」小唄小姐壓低帽緣，隱藏雙眸。「因為能夠跟我勢均力敵的，就只有那個人而已——雖然我非常討厭她，不過她不在的話，我也很傷腦筋。如果不保持那種狀態——就非常不十全。」

「……原來如此。」

「嗯，既然你不知道，那多說無益，吾友。反正我本來就不期待你知道什麼，不過請你別誤會，我也沒有很認真在找，只是隨便、順便、順手找找看而已。那招呼也打得差不多了，我就此——」

「啊，等一下——」

「你想起什麼了嗎？」她滿臉期待地追問。

我感到有些抱歉。

或者該說，這個人真是不老實。

品性雖差，但人並不壞。

「我……那個……有些話必須告訴哀川小姐……有些話沒機會跟她說，如果……如果小唄小姐找到哀川小姐的話，如果發現她的話，可不可請她跟我聯絡呢？」

在那之後——

過了二十多天，別說是哀川小姐，就連小唄小姐亦毫無音訊。不知道是放棄，或者只是還沒找到……總之，如果連小唄小姐都束手無策，我想也沒有人能夠找到哀川潤。正如玖渚友所言，就算是她、就算是小豹也找不到——我當然就不必提了。

我有一種奇妙的確信——

找到哀川潤的，一定是石丸小唄。

「話雖如此……」

要揪出一個不存在的人，畢竟是強人所難。

老實說，關於西東天——狐面男子的那些麻煩事，我的確想一古腦兒丟給那位承包人……我的確希望趁事情還沒惡化，那位人類最強可以替我擊斃人類最惡。

話雖如此，我不能坐以待斃。

我明明見過狐面男子，上次卻擅自決定對哀川小姐隱瞞。對於那個決定，如今儘管後悔萬分……但我當時實在很怕跟狐面男子扯上關係。

現在還是很害怕。

我不想繼續恐懼。

是故——我才決定前來福岡。

本人這個懶骨頭的戲言玩家才會出遠門。

未受任何人委託，自動自發地前來。

「這種改變也可以稱為成長嗎……」

抑或是墮落？

唉，哪種都無所謂。

話說回來，小姬的「師父」市井遊馬正是福岡出身。一想到原本可能跟小姬一起前來此處，倒也不是全無感觸，不可能沒有。

我在目的地附近下車，徒步前往。京都居民習慣沿街信步而行，可是福岡的道路並非棋盤狀，不像京都那般四通八達。

不妙！要是在這種地方浪費時間，就無法在今天趕回公寓……光小姐和崩子搞不好會一路追來。儘管不太可能追到九州……不過她們倆異於常人，我內心仍有一抹不安。

「……傷腦筋……」我一邊咕噥，一邊暗忖。

雖然繞了一點路，但總算在日落前抵達目的地——紙條上記載的地址。

那是一棟老舊的公寓。

不，不是老舊，而是骯髒。

不是傷痕累累，而是藏汙納垢。

不是地板嘎吱作響，而是地板即將陷落。

走廊上淨是成堆的舊雜誌和垃圾袋，假如仔細觀察，還可發現不少蚊蠅盤旋其中。

真是活生生的髒汙。

不是朽敗，而是腐爛。

外觀就顯得臭氣沖天，有種難以接近的氛圍。

我住的地方倒也沒有華麗到可以指責他人，但這棟公寓實在太過誇張、令人傻眼，恐怕是長期無人打掃的結果。這一瞬間，我暗自慶幸沒有帶光小姐同行。

呃——

居然有人類住在這種地方？

這根本不是住宅，而是廢墟。

可是，就算我不斷確認地址、再三檢查，結果還是一樣。唉……也罷，如今再躊躇不前、停滯不進，亦無法改變什麼……

沒辦法。

下定決心向前衝！

目標房間在二樓，要從設於建築外側的金屬樓梯上去。好幾階樓梯已經生鏽，一踩就歪斜扭曲、嘎吱作響，總之非常可怕。這棟公寓的居民，總是處於這種猶如「達摩克里斯之劍」（註4）的恐懼中嗎……不過，這棟公寓完全跟奢華沾不上邊，並不適用這個比喻……

我一邊閃避塑膠桶和不知是好是壞的洗衣機，努力朝目標房間邁進。五號房……呃……這是四號房，所以大概在它隔壁……是這間嗎？

隔壁四號房的門鎖已毀，顯然無人居住；不過，五號房的門看起來還算堅固，門口……嗯，跟其他房間相比，也稱得上潔淨。

至少——裡面應該有人住。

門口沒有掛名牌。

……沒有對講機。

我再次下定決心，調整心情。

話說回來，我其實曉得這個房間的電話號碼，或許應該事先跟對方約好時間。我這時終於想起，但如今為時已晚，而且這種行為根本沒有意義。

不在就不在。

我甚至希望對方不在。

4　達摩克里斯非常羨慕敘拉古國王的富裕，國王於是邀他參加宴會，該宴極其奢華，但達摩克里斯頭頂上方卻有一把以細線垂吊的劍。國王藉此告訴達摩克里斯，國王一職總是處於戰戰兢兢的狀態。

拜託千萬不要有人。

假如——

假如在此見到「他」，不啻證明了某件事——這麼一來，故事未免加速過快。

幾乎是肯定故事。

就偶然而言——過於完美。

抑或者，這正是——狐面男子的目的？

給予「敵人」暗示。

給予「我的敵人」讓步。

他絕非這種性格良善的男人。

正因為最惡。

正由於最惡。

「……」

話雖如此。

即便如此——就算一切正中狐面男子的下懷，我還是必須見「他」一面。

時間收斂也好。

替代可能也罷。

那種事——與我何干！

我正準備敲門時——

「……是誰在我家前面鬼鬼祟祟的？」

——想不到撲了個空。

房門猛然從內側開啟。

我原本打算用力敲門，結果整個人向前撲倒，差一點就跟室內出來的那個人物正面衝突。

差一點。

真的只差一點。

要是正面衝突的話，我肯定沒命。

「咦？哦？你——」

「……嗨！」

窄皮褲——上半身赤裸。

雪白的瘦削身軀，骨骼浮起。

話雖如此，絲毫沒有軟弱的感覺——顯得十分敏捷。

赤腳。

宛如國中生的嬌小身材。

跟嬌小身材毫不相稱的修長手臂。

髮型跟最後見面那時不一樣——原本是及腰的狂野長髮，如今變成崩子那種齊肩妹妹頭。前額瀏海則以眼鏡代替髮箍撥起。

「嗯、嗯，嗯～～」

「他」——看清楚我是誰之後，以緩慢的動作，彷彿要穿越斑馬線似的依序檢視右方、左方、右方。

然後態度從容地露出邪惡笑容。

「來殺我的話——還少六十億人吧，大哥哥？」

「……我想也是。」

「進來吧，我至少可以請你喝杯茶。」

如此說完——

匂宮出夢對我招招手。

2

不光只有走廊，沒想到室內也整理得十分整齊。出夢儘管沒有光小姐那麼誇張，看來也是相當有條理之人。垃圾固定集中一處，舊報紙也用繩子綁得好好的。

三坪空間，加上簡易廚房……淋浴間和廁所……嗯，如果只看室內，比我那骨董公寓的環境還好一點。

ＣＤ錄音機、十四吋電視機、鐵管床（床底有收納箱）、掛在窗簾架上的衣物、小桌子、放在桌上的文具和檯燈……書籍則隨手堆放於榻榻米上。該怎麼形容呢？就像是在外租屋一年左右的大學生的房間……至少這既不是殺手的房間，亦不是名偵探的房間。

……

不，呃……

應該說是前殺手和——前名偵探嗎？

匂宮兄妹。

殺戮奇術之匂宮兄妹。

一人等於兩人，兩人等於一人。

一人即為兩人，兩人即為一人。

殺戮奇術——匂宮兄妹。

兄妹。

然而，這種說法並不正確。

「他」與「她」共用一副身軀。

世間稱為——雙重人格。

「妹妹」匂宮理澄。

「哥哥」匂宮出夢。

度過——封閉的時間。

度過——封閉的空間。

沒有建構於肉體的名字。

有兩個出借予精神的名字。

「漢尼拔」理澄和「食人魔」出夢。

但，兩人就只有一個任務。

殺手——

殺戮奇術之匂宮兄妹。

匂宮理澄負責調查——

匂宮出夢執行殺戮。

匂宮理澄負責「軟弱」，

匂宮出夢執行「堅強」。

兩個極端。

本該表裡一體、理當一心同體的「軟弱」與「堅強」，猶如單純的二元論般輕易兩極化，甚而違反常理地人格化

兩個人格。

哥哥和妹妹。

兄妹。

亦可稱為——怪物。

這個「殺手」——匂宮兄妹，

儘管被斬斷頭顱、**挖出心臟**，

即便遭逢此等傷害——還是活了下來。

軀體仍舊存活。

人格——仍舊殘留。

這不是比喻，而是事實。

明明被斬斷頭顱。

明明被挖出心臟。

最後還是活了下來。

豈止如此，倘若只有這樣也就罷了，但不止如此——匂宮出夢甚至跟那個人類最強的承包人「死色真紅」哀川潤正面**交手**，然而……

此刻還是活得好好的。

依然活著。

只是活著。

再怎麼殺、再怎麼殺也不會死。

再怎麼殺、再怎麼殺、再怎麼殺也死不了。

再怎麼被殺、再怎麼被殺也不會死。

再怎麼被殺、再怎麼被殺、再怎麼被殺也死不了。

這才是——不死之身。

雖然大幅偏離狐面男子和木賀峰副教授的「不死的研究」，變成怪物般的不死之身——但確實是不死之身。

親眼目睹這種東西。

光是目睹這種存在——就令人毛骨悚然。

「喂！茶葉沒了，我改泡咖啡喔。大哥哥，你看起來像黑咖啡派，是不是？要不要加點奶精？」

「不，純黑就好。」

「哇！好帥氣～～」出夢邊說邊拿著兩個杯子，繞到我的正前方。「拿去。」他將左手的杯子遞給我之後，直接坐在鐵管床的被褥上。接著一把取過枕頭，扔到我旁邊，似乎是要我用它代替坐墊。

「……出夢……呃……我的眼睛不曉得該看哪裡，可不可以請你穿件襯衫？」

青春少女在眼前赤裸上半身，依時間和地點，有時是非常幸福之事；但考量接下來的發展，這只會讓我更加為難。更何況「青春少女」只有那副皮囊，人格其實是十八歲男子所有，而且是——凶猛猙獰的殺手。

「你這傢伙真下流！眼睛看到哪去啦？」

「這種情況下，要我不看才是強人所難吧？」

「衣服現在統統拿去洗了，還沒乾。」

「洗衣服也該規畫一下嘛。」

「以前這些都是理澄負責的呀～～」出夢悶悶不樂地搔頭。「既然這樣，大哥哥，你身上那件襯衫先借我。」

「這樣不就換我上半身赤裸了？」

「反正大哥哥身心都是男人，有啥關係？」

「是沒關係……」

我不太喜歡這個提議，但除此之外別無他法，只好脫下襯衫遞給他。

「嗚哇～～熱呼呼的好噁心～～」只見他一邊嘀嘀咕咕地抱怨，一邊穿上襯衫。「大哥哥是京都人大概不曉得，九州這地方很熱耶，至少在室內的時候讓我脫光嘛。」

「但是你這個人很有可能直接跑出去……剛才也旁若無人地開門。」

「我不是有穿褲子？別管我嘛，我不脫光衣服就睡不著。」

「你剛才在睡覺？大白天？」

「大哥哥又何必干涉別人的生活？」

「話是這麼說沒錯，而且……嗯……我也不是來說這些的。」

「喔……不過大哥哥的消息真靈通，是聽狐狸先生說的嗎？」

「不是……我很久以前就知道這個地址，理澄有給我名片。」

那是初次見面的時候。

春日井小姐撿到理澄，為了確認身分從她的錢包搜出名片，「名偵探」的頭銜旁邊寫有地址和電話。那張名片後來不見了，不過記憶力驚人的春日井小姐將內容背了下來——

那便是紙條上記載的地址。

那個地址——郵遞區號和地址都很陌生，但昨天狐面男子一提及「福岡」——考量所有資訊，我立刻聯想到那個地址。

返回公寓一查，果然吻合。

至少……我想不到其他可能性。

不過——當然不是完全沒有不安。考量事件的、**故事的發展**，現在應該是跟出夢重逢的時刻——即使狐面男子上個月是這樣對我說的：「那個地址是假的。」、「你去那個地址也見不到任何人、找不到任何東西。」

不過，狐面男子的說詞有其理由。

當時，出夢決定離開殺手界。

決定——退隱。

而狐面男子不願打擾他。

不希望我去打擾他。

是故，狐面男子才阻撓我造訪這個地址。

狐面男子明白出夢——不，該說是理澄比較正確嗎？

總之，他明白匂宮兄妹的想法。

明白——並選擇沉默。

話雖如此，那都是**當時**。

至於現在。

狐面男子決定讓我與出夢見面。

無視匂宮兄妹的意願。

按個人喜好來推進故事。

讓故事加速發展。

就算問他原因，他八成只會回答：「那種事其實都一樣。」

不能說是心血來潮。

這又是時間收斂——嗎？

「不過，話雖如此，我還是搞不懂……跟哀川小姐戰鬥，最後下落不明的你，竟大搖大擺地住在名片上記載的地方址——實在出人預料。」

「响，沒辦法接受我按計畫似的住在福岡嗎？那我問你，大哥哥，**你是直接從理澄手裡接過那張名片嗎？**」

「啊，不……」

這麼說來。

是在理澄失去意識時，**春日井小姐逕自**——從錢包裡搜出來的嗎？

「這個地址從未對外公開，那張名片純粹只是隨身攜帶……**理澄不可能做出任何不利於我的行為**。」

「……說得也是。」

匂宮理澄——人偶。

雙重人格這種說法雖然好聽，

但她充其量只是出夢的替代品。

「而且，你以為哀川潤是怎麼找到我的？」

「這個……利用承包人才曉得的祕密手法……」

我也想過她可能拜託小豹。

嗯，這是意料中的結果嗎？

「不過，如果你真的打算躲起來、如果你真的決定退隱，我覺得還是應該搬離這裡……況且理澄也已經不在了。」

對——

匂宮理澄已經不在了。

匂宮理澄的人格消滅了。

匂宮理澄——死了。

如今，眼前女子體內只有一個人格。

只剩下匂宮出夢。

「我也是這麼想，可是——」出夢瞇眼注視我。「**總覺得你一定會來找我。**」

「……」

「開玩笑的！別當真啦！」

「我才不會當真。」

冷靜一想——關於祕密工作、情資調查一類，過去都是由「軟弱」人格的理澄負責。「隱藏行蹤」——這方面大幅逾越出夢的專業範疇。

事情就是這麼簡單。

我沒時間陪他閒扯。

別當真。

別發火。

只要認真面對就好。

「哀川小姐——」我問道：「哀川小姐怎麼了？大家都說你和她打成平手。」

「平手？哈……平手啊。」出夢自嘲似的笑道：「如你所見……頭髮幾乎都被搶走了。我覺得是一場精彩的戰鬥……嗯，既然沒有明確的結果，是啊……或許是不分勝負吧……」

「就你而言，這是相當曖昧的說法。」

「曖昧嗎？唉，畢竟是半途而廢的戰鬥。」

「半途而廢？」

「因為我一時疏忽，不小心說溜嘴了。」

「你的嘴巴確實不夠緊。」我點點頭。「所以呢，你說了什麼？」

「狐狸先生的事。」出夢答道：「那女人果然厲害……馬上就察覺**狐狸先生就是她父親**……」

「……然後呢？」

「呃……就半途而廢囉。我當時也是殺紅了眼，等回過神來，清水舞臺那裡已經被砸得體無完膚——噯！多半是因為我的必殺技『一口吞食』（Eating One）。我整個人被檜木碎片壓倒在地，抬頭往天空一看……哀川潤早就消失了。」

「消失……」

「人去樓空，看不見人影，甚至找不到屍體。」

既然如此……至少證明哀川小姐並未死在出夢手上。

這真是好消息。

我得告訴小唄小姐。

雖然仍舊無法解釋為何事後一直找不到哀川小姐……不過，此事確實大有進展。

光是得知此事，這趟九州之旅就不虛此行。

而且……

無須我傳達，

哀川小姐早已知道狐面男子的存在。

知悉——父親的存在。

……

換言之，下落不明與此事有關？

認定毫無關聯——太過牽強嗎？

「咦？怎麼了？」

「不……沒事。**能夠平安打輸**——真是太好了，出夢。」

「我才沒輸，是不分勝負！」出夢氣呼呼地嘟嘴。「可是——沒想到那個最強居然就此失蹤，是跑到哪裡去了呢？」

「你想報仇嗎？」

「不，免了，我是提得起放得下的人。」

「這方面——我非常清楚。」

「我當然很在意她的下落，因為我說不定也有一點責任。」

「哀川小姐已經察覺狐狸先生——父親的存在，對吧？既然如此，結果不難想像。」

「父親啊……喀哈哈，那種事就跟我沒啥關係囉～～」

「這麼說來，你的父母呢？」

「沒啦。」出夢嗤笑道：「我就只有『妹妹』，不過——連那也沒了，這就是跟最強戰鬥的代價嗎？」

「雙重人格啊……」

「那可是我最親愛的『妹妹』呢……那你咧？你能夠體會那個最強的心情嗎？你也跟正常人一樣有父母嗎？」

「我有啊，也曾經有過……妹妹。」

「曾經有過？還過去式咧！就跟我一樣囉？」

「是呀，不過，『曾經有過』這種說法其實也有問題。我們不像你們——不像出夢和理澄，幾乎不曾共有時間。」

「嗄？」

「我還不會說話的嬰兒時期，她就被誘拐了，而我一直被蒙在鼓裡。」

「誘拐……喲～～」出夢略顯訝異。「這麼說來……狐狸先生的姊姊好像也是被人拐走的。然後呢？後來怎樣？有找到嗎？」

「不能算是找到……沒想到她一直在附近生活。我十歲左右的時候，終於發現——

那個人就是我妹妹。」

「這麼曲折啊。」

「就說囉，可是除了我以外，大家好像都知道。」

從那時開始，我就一直過著——旁觀者的生活。

從我變得自以為是的那時開始。

「然後，那個人沒多久就死於墜機意外——兄妹共度的時間非常、非常非常短暫。」

「喔——真是帥氣的過去。」出夢失去興致似的隨口問道：「那有找到誘拐你妹妹的犯人嗎？」

「玖渚機關。」我若無其事地應道。

「喔——」出夢點點頭。

大概是覺得那種事屢見不鮮。

嗯——確實是層出不窮。

既不足為怪，亦不足為奇。

那是非常平凡的事。

甚至不能算是故事。

情節一點都不帥氣。

平淡無奇的事——

很久以前的事。

如今的我，沒有任何感覺。

六年前——

頂多也是有點覺得該**想想辦法**。

「……所以呢？你不可能是擔心哀川潤，才特地跑到我這裡吧？從京都到福岡，就連我也得跑上三天耶。」

「呃……我是使用文明利器……」

中間的海洋是打算怎麼辦？

游過去嗎？

「嗯，一方面是想問哀川小姐的下落……不過也另有原因，希望你告訴我的——其他事情。」

「希望我告訴你？什麼？」

「全部。」

我取出——信封。

狐面男子親手交給我的那個信封。

封口已經拆開。

我也已看過內容。

出夢並未拾起我放在榻榻米上的那個信封，只是一臉鬱卒地低喃：「原來如此……結果變成這樣嗎？」

「……」

「你成了狐狸先生的敵人啦。」

「……是啊。」

「結果是你……嗎？狐狸先生也真是的……大哥哥和零崎人識完全不一樣嘛。」

出夢似乎真的很不開心。

……咦？

剛才那句話聽起來好像他認識零崎……不，上次談話時也是如此嗎？

啊～～不對、不對。

當初就是出夢告訴狐面男子有零崎人識這號人物，他知道零崎也很正常。

可是，總覺得剛才那句話……

完全不一樣？

完全不相似？

「……所以呢？是什麼大事？」

「倒也不是什麼大事……因為『十三階梯』全部找齊了，狐狸先生說要開派對，就是這樣……」

「哇！『十三階梯』找齊啦？我還以為那是不可能的任務……啊～～因為先找到『敵人』，狐狸先生才找得這麼急。嗯……少了我和理澄，又找來哪些成員呢？我也挺有興趣的。」

「……」

「你希望我告訴你的『全部』，就是這件事嗎……可是啊，大哥哥。」

剎那間。

匂宮出夢手臂暴長。

不，長度並未增加——那只是錯覺。

剛剛還拿著咖啡杯的右手，倏地捂住我的臉孔。

包覆般地撐開手指。

拇指貼著右頰。
小指貼著左頰。
其餘三指貼著額頭。
緊緊……捂住。
將我牢牢固定。
「——跑來問我這種事，有可能被我殺死喲——你難道沒想過？」
「……」
「我——雖然離開了，可仍是貨真價實的『十三階梯』耶。」
「……我知道。」
「知道還敢跑到這個昔日人稱煉獄盡頭的九州找我？好，我就來聽聽你有何憑據……不，是有何理由吧，假如真有那種無稽之言。」
「……既然理澄已經不在——我認為你再無追隨狐狸先生的理由。」
「這理由不夠充分……我就算離開，也還是殺手。想在我面前保住性命有多困難——你應該已經充分體驗過，難道是忘記了嗎？」
「……」
「你是覺得死也無所謂嗎？」
「我當然——不想死。」
「那為什麼要來？」

「我在這裡被殺的話——就等於否定故事。叫我來找你的是狐狸先生，如果我在這裡被殺，不啻等於否定他的哲學——替代可能和時間收斂。如此一來——就可以否定他說的『故事』，讓他大吃一驚。不管結果如何，都不算壞。」

「……答得漂亮。」

出夢嘴裡這麼說——

右手兀自不肯鬆開。

反而，更加用力。

咦……

真的不妙嗎？

我解讀有誤嗎……

「還、還有一個理由。」

「什麼？你說啊！」

「因為我愛出夢。」

「……」

喀啦！

戲言玩家頭蓋骨碎裂。

這種事當然不可能發生，出夢握碎的是不知何時換到左手的咖啡杯。

終於——

出夢鬆開右手。
「……今晚有訂旅館嗎？」
「不……我打算當天來回。」
「那就是住我這了……話題又臭又長，你今晚甭想睡，別以為可以半途尿遁啊。」
「……謝謝。」
「不用謝，我只是……」出夢——拾起榻榻米上的信封。「突然想嚇唬你一下。」
「……」
「等你聽完全部，如果面對生死關頭時還是這樣眼睛不眨、裝模作樣的話——小心我親你臉頰喔，大哥哥。」

3

架城明樂。
一里塚木之實。
繪本園樹。
宴九段。
古槍頭巾。
時宮時刻。

右下露蕾蘿。
闇口濡衣。
澪標深空。
澪標高海。
諾衣茲。
奇野賴知。

「唔……？」出夢——盯著從信封裡抽出的名單，困惑側頭道：「……怎麼只有十二個人？」

「對啊。」

「狐狸先生說全部找齊了嗎？」

「沒錯。」

「這是怎麼一回事？」

「嗯……我也想過這個問題，說不定……『十三階梯』其實不是十三個人的組織。那個人是說『全部找齊了』，並沒有說『十三個人都找齊了』。」

「這倒是……這麼說來，我也沒問過他打算找幾個人——因為我一直認定是十三個人；不過，『十三階梯』只有十二個人的話，位子很難分配吧？」

「會嗎？我猜他多半會說『十三個人也好、十二個人也罷，那種事其實都一樣』。」

「這倒是。」

「比如說原本打算找十三個人，後來又覺得十二個就夠了，也可能十三個人是加上狐狸先生他自己。」

「原來如此，確實有可能。」出夢接受我的解釋，目光轉回文件，頻頻頷首應道：「嗯！嗯！」

他對此事果然頗有興趣。

自己曾經——隸屬的組織。

並非他一個人，而是兄妹一起——

「時間是……九月三十日的晚上……地點是……什麼？澄百合學園——遺址？」

「嗯。」我點點頭。「有些因緣的地點……」

「……你要去嗎？」

「目前是這樣。」我點點頭。「不去的話——事情永遠無法結束。」

「結束啊……」

「不過，就算要去——還是想取得最低限度的資訊，畢竟我不是去自殺的。」

「喔……可是……」出夢彷彿有所不滿，不斷、不斷地檢視那份名單。狐狸先生還親切地標上假名，應該不可能是不認識漢字。「……總之……有幾個我認識的傢伙。」

「有幾個嗎？」

「我和理澄在的時候，只找到六個人。扣除我們兩個，就是四個，其中一個沒見過，所以我認識三個。」

「三個人嗎……」

只認識三個人嗎？

這令我有些失望。

不過……話雖如此，這件事也不能拜託玖渚。我目前的器量仍未大到——將那丫頭**捲入亦不在乎**。

然而……

「哎，你放心。我雖然只見過三個，但其他九個人大多都很出名。不愧是狐狸先生，依舊非常認真地監視『世界』……不過其中也混了幾個我看不順眼的人。」

「看不順眼……？」

「就說呀，有幾個本人『食人魔』看不順眼的名字……唉，也罷。好，大哥哥，你要我從誰開始講？」

「就算你這樣問……反正我統統不認識，如果可以按順序介紹，那就太感謝了。」

「按順序啊，那首先是——」出夢在榻榻米上展開名單，讓我們雙方都能看見。

「——這傢伙！架城明樂。」

「嗯。」

「你說你統統不認識，但至少聽過這傢伙吧？他是狐狸先生在美國時代的幫手。」

狐面男子的——幫手。

藍川純哉。

架城明樂。

「可是他明明……已經死了。」

十年前撒手人寰。

正如——其他兩人和那個少女。

「聽說還活著，是狐狸先生告訴我的。如果他死了，狐狸先生和最強應該也一樣吧？話說回來，我也沒親眼見過他，這傢伙就是我剛才說的那四個人之一，他是『十三階梯』的第一階。」

「……」

「喲，大哥你不用擔心這傢伙啦——聽說他還留在美國，沒有回日本。」

「……是嗎？」

「好像是什麼特權大使。」出夢說道：「他的別號是『第二』（Second），狐狸先生是『第一』（First），另一位幫手是『第三』（Third），大概是以前的綽號吧？」

「『第二』啊……」

架城明樂——

我調查西東天的底細時，亦曾試圖調查這號人物，想看看能否發現一些關於西東天的蛛絲馬跡——但完全找不到任何資訊。

完全不透明。

「他是『十三階梯』裡唯一能夠跟狐狸先生平起平坐的傢伙……嗯，說起來確實滿可疑的，不曉得究竟有沒有這號人物，畢竟只有狐狸先生說他活著。從這個觀點來看，他跟狐狸先生和最強並不一樣。」

「是嗎……」

「嗯，就這個意義來講，這傢伙就算值得恐懼，亦不值得警戒……就像亡靈一樣。無論多麼駭人聽聞，終究沒有危險性。好，接下來是第二個——一里塚木之實。」

「從名字來看，這是女生吧？」

「對，她是『十三階梯』的第二階——『空間製作者』。完全沒有戰鬥能力，但可以製作『地點』的罕見異能者類型。我對這傢伙很棘手哪——她好像也拿我很沒轍。」

「製作『地點』……」

「你聽過『地利』吧？在熟悉的地點作戰，對所有人來說都是有利的——反之亦然；換句話說，就是專門分散、阻斷『敵人』的超能力。」

「你見過她嗎？」

「我和理澄是第三階和第四階，不過這是我們退出時的階級，剛加入時是第七階和第八階。『十三階梯』是一有空缺就向上遞補的組織，成員變動十分劇烈。」

「喔……可是，既然那個一里塚木之實是第二階——」

「嗯啊，這傢伙就是我見過的三個人之一。外型就像在圖書館閱讀詩集的那種認真、高雅的女子——不過性格相當潑辣，而且對狐狸先生極度心醉。」

「心醉？」

「就是打從心底迷戀。」

「哦……」

既然是女性，就很麻煩。

狐面男子……還真是受歡迎啊。

「第三階繪本園樹——是在我退出之後遞補上來的。我還在的時候，這傢伙是第五階。」

從名字來看大概是男性，我邊想邊問道：「這麼說你們是舊識？」

「嗯啊。」出夢頷首。「這傢伙是醫生。」

「醫生？」

「算是『十三階梯』的治療組吧……這傢伙跟木之實一樣，幾乎沒有傷害他人的能力；話說回來，我還沒退出時，光靠我一個就綽綽有餘、非常足夠……嗯，我受過這傢伙不少照顧。狐狸先生都是用『醫生』或『大夫』叫這傢伙。」

「大夫嗎……」

「因為一天到晚都穿白袍，非常有大夫的感覺，很好認的。這傢伙，呃，該怎麼說呢……不像木之實，並不迷戀狐狸先生。」

「是嗎？」

「你應該也可以想像，我們並非堅如磐石的集團吧？畢竟帶頭的狐狸先生簡直就是

『隨心所欲』的化身。」

「這倒是……」

「大夫視治療傷患為人生目標……不，與其說人生目標，不如說終生事業……跟我有一點類似；不過，我們在向量上是相反的。」

「只要待在狐狸先生周圍，就不愁沒有傷患——是這個意思嗎？」

「就是這樣。」

「……真受不了你們。才講到第三個，我就快聽不下去了。」

而且——繪本嗎？

儘管不是哀川小姐和藍川純哉，不過這個姓氏和我知道的另一個姓氏讀音相同，多少有些棘手。唉，如果連這種小地方都要一一介意，遲早會發瘋的，姓氏重疊這種事隨處可見。

「那麼，第四階——這個叫宴的人呢？從名字看不出是男是女，不過這是你見過的三個人裡的最後一個吧？」

「是啊。」

然而，出夢的態度十分彆扭。

語氣曖昧不明。

「宴九段這傢伙……我們認識很久，也常常交談……但實在叫人摸不著頭緒。我還在的時候，這傢伙就背叛過狐狸先生兩次——話雖如此，又沒什麼特殊異能，猜不透這傢伙在想什麼……別名是『架空兵器』。」

「加……咦？」

「『架空兵器』，這是狐狸先生的文字遊戲，意思聽說是『叫人分不清到底在不在的傢伙』。真要說來，狐狸先生好像是想搜集**這種人**。」

「這種人？」

「就是『怪人』。怪人——狐狸先生好像根本不在乎對方有什麼能力，殺手也好、大夫也好，全部都是等價。怪人——**能夠跟故事扯上關係的**怪人，所以聽說宴本來是『未來敵人』的候選人。就這個意義而言——宴九段說不定跟你是相同類型。至於外觀——也是沒什麼值得一提的特徵。」

「……」

還真是良莠不齊的組合……

跟我是相同類型嗎？

應該不可能完全一樣。

我沒有同類。

縱使有，這世上至多只有一個人。

「那麼，從第五階開始的這八個，正如我剛才所言，都沒見過面，是狐狸先生在我退出之後找來的；不過，他們完全是為了對付你的成員，是在瞭解『敵人』之後，因『敵人』而生的成員。除了其中一個——其他我都聽過。」

「哦……」

「我不知道他們的詳細資訊，就一口氣介紹完吧！第五段刀匠——古槍頭巾，第六段操想術師——時宮時刻，第七段人偶師——右下露蕾蘿。」

刀匠——操想術師——人偶師。

嗯……總算開始有點組織的感覺。

「刀匠和人偶師就無須贅言——不過『操想術師』這個名詞倒是挺少見的。」

「嗯，有點類似催眠師。跟創造我和理澄的『匂宮』、跟殺戮奇術集團匂宮雜技團截然不同——大相徑庭——完全相反——的『時宮』，喀哈哈，假如我還沒退出，那種人才絕對不可能加入。」

「為什麼？」

「**一旦發現時宮集團，務必全數剷除**，這就是我接受的訓練……喀哈哈，我一退出就找上這傢伙，狐狸先生真是有夠現實。」

「看不順眼的名字，就是指時宮時刻嗎？」

「是啊，不過，接下來的這三個更教我看不順眼。」

出夢哈哈大笑。

然而，眼底毫無笑意。

怎麼一回事……他在生氣嗎？

對於狐狸先生選擇遞補他的人才。

……這也未免太多管閒事。

「這三個想來是我和理澄的替代品……不，只怕是針對我吧？沒想到本人如此廉價，狐狸先生居然認為這三個角色就足以取代……」

「……」

「暗殺者——闇口濡衣，以及殺手——澪標深空、澪標高海。」

「殺手？所以說？咦……」

「這兩個——這個『澪標』是地位低於匂宮雜技團的組織，原本就是烏合之眾……有夠欺人太甚，偏偏找什麼『澪標』，至少也該找『早蕨』吧——啊啊，我差點忘了，早蕨已經被零崎人識殲滅了嗎？所以才找上澪標深空、澪標高海……兩個人勉強湊成一組嗎？想跟以一敵二的匂宮兄妹殿下相提並論，還早八百年咧。就算要用，兩個人共用一階就好了嘛……啊～～我好受傷耶。」

「需要我安慰一下嗎？」

「用你的性命嗎？」

「不，用火熱的心。」

「謝謝再聯絡。」

「請節哀順變。」

這是什麼對話？

我對自己吐槽。

「唉，總之要簡單說明的話——澪標是雙胞胎，專靠雙胞胎的默契屠殺目標。若以匂宮雜技團的角度來看，就是中立型，或是傳統型的殺手。」

「……我聽過許多人講你們的事，心裡一直有一個疑問……匂宮雜技團執行工作時，都是以兄弟姊妹為單位嗎？」

「嗯。」他點點頭。

果然是一群怪人……

「不過我被視為特例。」

「雙重人格不能算兄妹嗎？」

「沒錯，應該是——副產品（By-product）吧？」

形容得真妙。

「呃，關於澪標，這樣就夠了……我更想問澪標前面的這個名字、這個名字啦！出夢，這個叫闇口濡衣的傢伙到底是怎樣的人物？你剛才說『暗殺者』？」

「嗯——噯，『暗殺者』這種形容也很微妙……你對『殺之名』知道多少？關於我隸屬的『匂宮』，應該不必多加解釋——」

「老實說，我對你們的世界很生疏。」

即便稱不上——童話，亦足以匹敵科幻小說。

「哦……對我來說，這倒是家常便飯，不過多虧理澄，我也許比其他人正常些。『闇口』是次於『匂宮』，排名第二的集團——順道一提，『零崎』是第三；不過，最凶殘、最受人避忌的則是『零崎』，而『闇口』這方面還是排第二——再順道一提，就受人避忌的程度而言，『匂宮』從後面數回來比較快。」

「咦？為什麼？呃……是『殺手』、『暗殺者』和『殺人鬼』吧？先不管『殺人鬼』，『殺手』和『暗殺者』的差距好像不大，莫非這是外行人的想法？」

「不，你說得沒錯……就字面上來說差距不大。可是大哥哥，『殺手』這類『殺之名』的別稱，其實也只是隨便取取。」

「……隨便取取？」

「單純只是區分用的記號。如果要追溯起源，甚至不是當事人的自稱……命名者另有其人。」

命名者——嗎？

是誰？

「可是，既然是隨便取取——」

「就我個人的觀點來看，這些別稱**名副其實**的充其量只有『匂宮』的『殺手』、『零崎』的『殺人鬼』，還有……嗯，勉強說就是『石凪』的『死神』。尤其是『闇口』的『暗殺者』，我認為是大錯特錯。」

闇口……石凪。

嗯……

儘管心底明白，不過那種人的姓氏跟自己認識的人物重疊，終歸不是愉快之事，況且這次連漢字都一致。姓氏竟跟那種不吉利的「殺之名」相同，我實在無法告訴他們這個殘酷的事實。

「為什麼說大錯特錯？」

「『零崎』的可怕之處在於，他們可以為『夥伴』做出任何行為的異常組織意識，這個你知道嗎？」

「唔……」

「不知道就說不知道呀。」

「不，也不是不知道……」

零崎人識。

……他實在不像這種類型。

「至於『闇口』，則有五成相似……**可以為自己認定的主子，做出任何行為——堪稱異常的忠誠心。基於主從契約，執行事務性的殺人行為**，這就是那些人的象徵。」

「……」

「沒有計算、計畫、限度、極限的——忠誠心。既然是『殺之名』，作為自然相同，就是『執行殺人任務』。『暗殺者』也沒什麼不好，不過我認為他們更像士兵，也就是所謂的『殺戮兵』，要不就是——忍者嗎？」

「忍者啊……」

原來如此。

這種說法……確實很容易理解。

「哼……偏偏找什麼『闇口』代替『匂宮』，簡直就是在侮辱咱們嘛，狐狸先生……哼～～哼～～就連天性溫順的我都忍不住要大發雷霆……」

「……」

「煩死人了……理澄在的時候，這類煩躁情緒都是由她負責……現在就像有什麼黏呼呼的東西在體內翻攪似的。」

「……闇口濡衣……這個人有什麼特徵？」

為了轉移出夢的注意力，我主動提問。我太輕率了嗎……失去理澄的出夢，似乎極度欠缺平衡。即便只是普通對話，仍是一副隨時都要發狂的模樣。「十三階梯」及狐面男子的話題，看樣子十分接近他的忍耐極限。

「『隱形濡衣』——『隱身濡衣』。我經常聽到那傢伙的傳聞，但就是沒人見過他的真面目。那傢伙不但從不現身，就連目擊者都找不到……換句話說，見過那傢伙的全部慘遭滅口。」

「……聽起來挺厲害的呀。」

對方的能力聽起來不至於讓出夢感到屈辱。不，呃……先不管平民百姓家的感受如何，以殺人為業的同行而言，我想亦不算失禮。狐面男子將闇口濡衣視為接替出夢的對象，倒也不至於不適宜。

「哈！」可是，出夢用鼻子哼笑。「『闇口』的殺人毫無美學。」

「……」

「這不僅限於濡衣那傢伙——我就是不喜歡『闇口』他們缺乏美學的殺人。鬼鬼祟祟、偷偷摸摸，只求完成工作就好，簡直俗不可耐。他們毫無『決鬥』、『決戰』這類概念——真的就是『工作』而已。既沒有『策略』、亦沒有『戰略』——總之，手法很無趣。粗糙、拙劣、怪異。就我個人的意見，零崎一賊比他們強多囉。沒錯，大哥，你要小心這傢伙，他們真的是隨隨便便就——殺過來的傢伙。」

「……狐狸先生是如何將這種人納入麾下的呢……對闇口濡衣而言，狐狸先生就是效忠的主子嗎？」

「這就難說了……也許是這樣，不過狐狸先生向來不易獲得男性的信賴……他的魅力主要是針對女性。」

「嗯……你剛才說沒有人見過他的真面目，可是濡衣也不像女性的名字……不過，既然如此……呃，有沒有可能是闇口濡衣向某人效忠，而對方命令他服從狐狸先生？」

「無論如何，既然是狐狸先生，把素未謀面的人視為夥伴也不是什麼難事。」

「……也對。」

遭到因果放逐之身——

正因如此，必須有代其行動的手足……然而，只把「十三階梯」當手足使用，不免有牛鼎烹雞之感。

不易使喚，窮於應付。

不過，狐面男子必然對此毫不在意，肯定又會說「那種事其實都一樣」。

話雖如此，兩名「殺手」和一名「暗殺者」嗎？

所以說，殺死真姬小姐的凶手應該就是他們三人之一。從這個觀點來看——他們三人倒是跟我有些因緣。

「好！」出夢雙手一拍。「接下來是第十一階的這傢伙——這傢伙我不認識，連聽都沒聽過。」

「啊～～就是你剛才說的『除了其中一個』。」

諾衣茲。

就只有這樣。

甚至不確定那是姓氏、名字或者頭銜。

當然上面亦未標注拼音。

只有三個片假名。

「完全沒聽過……狐狸先生從未提過這個名字。與其找這種無名小卒，應該還有很多候選人可以挑，狐狸先生真是叫人摸不透哪。無名小卒有一個『宴』就夠了，現在更不是招攬『怪人』的時候。」

「意圖不明嗎……」

「諾衣茲啊……我想不可能是為了湊人數……是用來取代理澄嗎？因為都沒有調查

員、情報組……勉強說的話，闇口濡衣也許可以湊合……但怎麼想都不是他的專業。嗯，也可能是現在已經沒有調查的必要——」

「啊，這麼說來，我也許知道是誰。」

「你知道？」

「狐狸先生送邀請函給我的時候，同行的還有一個外表可疑的傢伙。一個戴著卡通圖案的狐狸面具，身穿浴衣的怪人。不過，我們只有擦身而過，看得不是很清楚。」

「浴衣和狐狸面具……那是什麼？聽起來就像冒牌貨。」

「從身材看是小孩子。」

「呃……我不認識那種小孩，嗯，或許就是諾衣茲吧……可是，如果有那種傢伙，我應該會知道。我就算了，連理澄都沒聽過就有點難以接受——」

「你……想得挺認真的嘛。」

「嗄？白痴，那還用說？咱們的世界呀，最可怕的就屬未知數、未知的敵人。我雖然無意轉攻情報戰，但也不可能笨到在一無所知的情況下與敵人交手，至少我不是那種白痴。理澄在的時候，這是她負責的部分——」

「呃，我不是這個意思。」我說道：「我是說這些事跟你一點關係都沒有，沒想到你想得這麼認真。」

「……」

出夢兩眼發直。

過了半晌，雙頰開始泛紅。

接著惡狠狠地瞪視我。

不妙，我又把他惹火了嗎？

然而，出夢什麼都沒說，神色恢復正常之後，硬生生地開口道：「接下來就是最後一個人。」

我暫時鬆了一口氣。

最後一個人——

「關於這個奇野賴知——」

「啊啊，這個人不說無所謂。」我打斷他。「因為我已經破解奇野先生了。」

「……啥？」

「十天前左右吧？他襲擊我的病房，不，也不算襲擊，就是轉交邀請函而已，結果被剛好來探病的朋友擊退。要說湊人數的話，我想他才是湊人數的那個。」

「你跟奇野……」

出夢——

雙眼瞪得跟銅鈴一樣大。

臉頰跟剛才相反——蒼白如紙。

匂宮出夢一臉慘白。

「**你跟奇野……交過手了？**」

「呃……啊，嗯～～是啊。」

「……我剛才是打算跟你這麼說的，**『就我所知，奇野是這十二個人裡面最危險的』、『絕對不要跟他扯上關係』、『寧可遇上闇口濡衣，也絕對不要遇上這傢伙』**——我原本是打算這樣嚇唬你的。可是，我還來不及開口——你就說**已經破解他了**？」

「唔、嗯……」

面對表情猙獰的出夢——我不禁啞然。

為什麼……這究竟是怎麼一回事？

「他、他就像一無是處的蝦兵蟹將，夾著尾巴逃走……咦？你幹什麼擺出那種——**我做了某種無法挽回的事**的表情？」

「『奇野』是——」出夢咬牙切齒地道：「跟我剛才說過的『時宮』並列，屈指可數的『咒之名』之一——要我說的話，他們絕對是比『時宮』更可怕的集團。」

「……『咒之名』？」

「就是我最不想招惹的一群人，甚至比『闇口』或『零崎』都要惡質。因為——相較於我們是戰鬥集團，他們則是非戰鬥集團；如果我們是靠『殺伐』衝出一條血路的神人，他們就是靠『不殺伐』衝出一條血路的神人。」

「……那又怎樣？」

奇野先生的……那種軟弱。

那是束縛於「咒之名」的結果嗎？

可是……那又如何？

「你還不懂嗎……他們拒絕一切戰鬥，換言之就是『不戰而勝』。至於『不殺伐』，則是不親自出手，純粹只是這個意思——其實他們殺得比我們厲害多了。我們只殺敵人——他們卻連夥伴都不放過。單純計算的話，殺人數量可是我們的一倍耶。跟那種『咒之名』接觸，大哥哥，你不可能平安無事——更何況是遇上『奇野』……呿……居然找了兩個『咒之名』進『十三階梯』……狐狸先生的神經也大有毛病……我只能說他已經瘋了。」

看不順眼的名字——嗎？

不過，這麼說來。

那間病房的——奇野先生。

當時……

我以為美衣子小姐成功擊退他。

我以為奇野先生是落荒而逃。

「要我跟你打賭也可以。」出夢以苦笑般的痙攣表情瞪視我。「你……或者那個探病的朋友……你們其中之一，或者你們兩個——**都被那傢伙動手腳了。**」

「動手腳……」

「意思就是被詛咒。」他極度煩悶地說道：「只是一時還沒發病罷了。」

4

隔天早上。

我在出夢的床鋪迎接朝陽。

崩子打手機給我。

「大哥哥。」

比起平時——

更為冷靜的聲音。

「美衣姊姊她……」

諾衣茲noizu
不諧和音。

第五幕——人體的溫暖

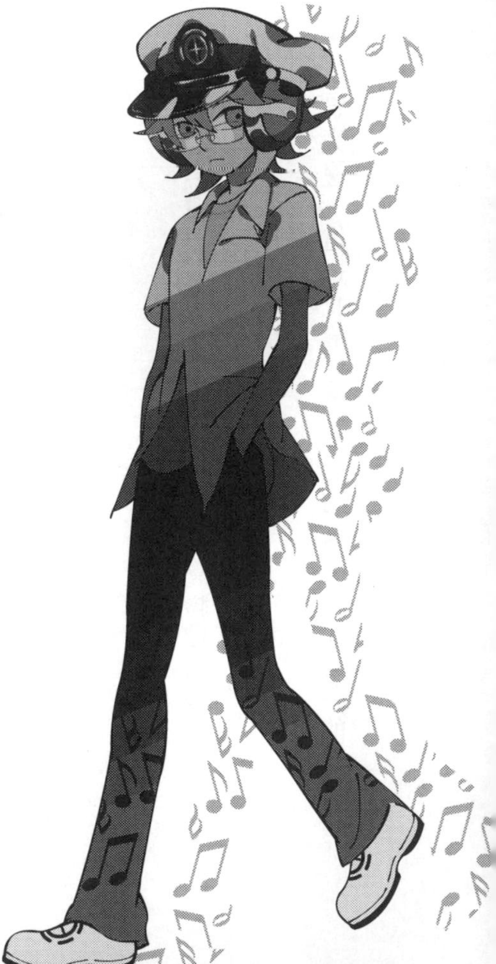

0

將人類數值化的行為，乃是將人類變成個體。

1

「目前算是暫時回穩。」

全黑套裝配領帶。

一頭漆黑秀髮，壓得低低的帽子。

修長的雙腿交疊，纖細的手臂抱胸。

鈴無音音小姐——

在病房床畔露出一臉複雜的神情。

當然沒有叼著香菸。

她的視線沒有一秒離開失去意識、在床上沉睡的美衣子小姐，完全無意轉頭看我。

那模樣令我內心為之糾結。

「……打擾了。」

我自己拉了一把鐵椅，擺在鈴無小姐旁邊。這是我最近剛住過的醫院，而且我的住院經驗非常豐富，就像回到自家。

美衣子小姐……

照理是謝絕非家屬探病，我私下拜託樂芙蜜小姐，總算成功潛入。室內只有美衣子小姐和鈴無小姐。

我一接到崩子的聯絡，立即搭新幹線返回京都——但美衣子小姐早已被送往醫院，接受適當治療。

我轉向病床上的美衣子小姐。

儘管看著她很痛苦……

我看著她。

十分美麗。

外表沒有一絲傷痕。

沒有任何——受傷的痕跡。

然而，看起來非常——痛苦。

汗水凝結成水珠。

呼吸急促。

彷彿正在做惡夢。

「發燒、呼吸困難、頭暈、噁心、貧血、低血壓、感覺麻痺、意識不清……送到醫院時，聽說已經沒有意識。淺野今天早上在公寓，呃……叫什麼名字來著……那兩個可愛的孩子……崩子小妹妹、萌太小弟弟，還有肌肉男老爺爺，她跟他們打招呼時突然……昏倒。」

「突然——」

「不過，她這陣子好像就一直身體不適……本姑娘也聽她說過。淺野非常好強，又討厭醫院，真叫人拿她沒轍。」鈴無小姐硬是擠出一絲苦笑。「發病原因不明……醫生起初認為是重感冒，但其實不是……聽說是肉體本身的代謝機能……或是免疫機能之類的大幅降低。相較於外在症狀，體內情況才是問題癥結。」

「……」

「簡直就像——被人詛咒。」鈴無小姐說道。

我……緊咬牙關。

終究遲了一步。

不，不是這樣，要說遲，我早就遲了。這不是一、兩天的問題，就算我今天早上在公寓，情況亦不會有任何改變。

奇野賴知。

我對他理解得太晚了。

只能說自己過於粗心……

我無話可說。

非但對鈴無小姐無話可說，

更對美衣子小姐無言以對。

怎麼會這樣……

結果……還是將她捲入這場風波。

「……」

我想起昨晚——

出夢告訴我那些關於奇野先生——不，關於非戰鬥集團「咒之名」之一的「奇野」的駭人解說。

奇野。

毒之血統。

毒藥血統。

轉移毒物的血統。

感染血統奇野師團。

「奇野那群人——**將所有的毒藥儲存於體內**。從已知毒藥到未知毒藥，不但儲存一切毒藥，而且數量非常驚人。」

「……毒藥？」

「施術者——『詛咒者』本人當然早就免疫，別說是『毒』，就連『病原菌』都不怕，但奇野能夠將那些毒**轉移**給對方。」

「轉移——」

「就像傳染感冒一樣簡單，就像傳染感冒一樣輕鬆——話雖如此，並非像黑死病、天花那種不分男女老少的傳染病——而是更加惡質。它會仔細選擇對象、選擇、選擇。將對象篩選至個體，集中於唯一目標——所以才稱為『詛咒』。」

「可是，那……就算是『毒』——」

「所以說，是從已知毒藥到未知毒藥嘛。從安眠藥這類讓人暫時失去視力的輕微毒物，到感染瞬間就讓人無法呼吸的致命毒物，所有的——毒藥。」

「……」

毒藥血統。

病毒使者奇野賴知。

只能說是——惡質。

「他們是絕對不能在推理小說登場的角色，畢竟是胡亂使用未知毒藥的傢伙哪。」出夢自虐地說：「從即效性毒藥到慢性毒藥，總之種類包羅萬象，不過……再怎麼說都是『十天以前』的事情吧？」

「嗯……」

「**既然如此——也差不多了吧？**」

於是——

因為差不多了。

原因不明……

原因不明的免疫機能降低。

根本無須思量。

沒有其他可能。

為什麼——

為什麼事情會變成這樣？

我感到不適。

整個人極不舒服。

彷彿遭人愚弄，極不舒服。

彷彿被迫喝下毒藥，非常不適。

奇野……賴知。

我為什麼沒發現？

我實在太過粗心。

當然不可能什麼事都沒發生。

明知他——不是尋常角色。

「——她，」鈴無小姐沉默片刻之後說道：「會好起來嗎？」

「……不好起來怎麼行？」

其實……我一點把握也沒有。

奇野先生對美衣子小姐轉移的毒是什麼種類、有何種效果——只有他自己明白。

那個時候。

我以為美衣子小姐用鐵棒擊退奇野先生的時候——他對美衣子小姐動了「手腳」。

雙方有直接接觸是在遞信封——就是那個時候嗎？

他誤把美衣子小姐當成……

誤把為美衣子小姐**當成我**。

「伊字訣，你啊——」鈴無小姐瞧也不瞧我一眼地說道：「聽說對淺野告白了？」

「……嗯。」

「淺野找本姑娘商量——這個木頭人、這個滿腦子只有劍的呆子，可是非常認真地苦思惡想喔。」

「這是小生的榮幸……雖然最後還是被甩。」

「淺野她……從以前就是這樣。」鈴無小姐緬懷地說：「一直是正義使者。」

「……」

「她小時候的夢想大概是當英雄。可是……這世界根本沒有正義，正義使者是非常空虛的目標。」

「正義……」

正義這玩意兒——不過是勝利者的自稱。

那不是絕對的價值觀。

弱者的盟友未必就是正確。

「唉，不過這八成也是……她的職志吧？淺野就是這種人。到頭來，她就是爛好人啊——」

「……」

「沒想到這個爛好人——居然拒絕你的告白，本姑娘也是大吃一驚。因為她向來不會拒絕他人……學生時代還因此吃了不少苦。」

「那件事——我也聽說了。」

「經過那次騷動，家人跟她斷絕關係，所以那棟公寓的房客，包括你在內的那群古怪房客，對淺野來說就等於家人。」

「……」

家人。

美衣子小姐、我、萌太、崩子、七七見、荒唐丸老爺爺、浮雲以及——小姬。儘管大家的交情並未達到其樂融融的程度……

可是，真正的家人或許就是如此。

至少——

對美衣子小姐是這樣。

「所以——我想淺野不是不喜歡你才拒絕，絕對不是這樣。不擅言詞的她，或許沒有完全表達內心想法，總之淺野正是因為在乎你——」

「她果然是爛好人。」我說道：「不折不扣的——爛好人。」

根本無須理會我這種人。

其實可以對我置之不理。

我又沒拜託她，居然挺身對抗奇野先生。

最後——淪落至斯？

果然。

即便面臨這種狀況——

我還是無法感謝她。

甚至有些憤怒。

為什麼不逃走呢？

為什麼不交給我處理呢？

我忍不住想——責備她的弱點。

不是堅強，而是軟弱。

不是溫柔，而是溺愛。

然而……

然而，那——

那絕對不是——

「鈴無小姐……對不起。」

「……什麼事？」

「妳一直交代我不可將美衣子小姐捲入這種事件——結果卻搞成這樣。」

「……」

「我想妳大概已經察覺……這件事的起因正是我，可以說是我的責任，再怎麼道歉都不夠——」

「反正一定是淺野自己要保護你的。」鈴無小且打斷我道：「這是她自作自受……不衡量自己的能力就強出頭，才會遭到這種結果。只要跟伊字訣認識超過半年——就該料到會發生這種事。」

「不是的，鈴無小姐——並不是妳說的那樣。」

「不過，本姑娘唯獨一件事可以肯定，伊字訣……」鈴無小姐——終於正視我的臉孔。

神情顯得有些疲憊，然而……

眼眸一如平時。

一如平時意志堅定、剛強有力。

令人熟悉的眼眸。

「本姑娘唯一可以肯定的是，淺野沒有一絲後悔，不認為自己犯錯或失敗——淺野恐怕早就對這種事習以為常，所以認為與其讓你受傷，不如由她承受。」

「……」

「你的想法也一樣吧？」

「我……」

自己受傷的話——不會痛。

自己的痛楚，可以忍受。

他人的傷，非常痛。

因為是無法理解的痛楚，所以更痛。

「被反將一軍的感覺如何？自己毫髮未傷——卻讓淺野受傷。有一種怒火中燒的感覺吧？對淺野——相較於感激，你更生氣吧？」

「呃……這……」

因為。

被害程度因此擴大。

原本也許我一個人受傷就夠。

原本可能更簡單的事。

變得更加錯綜。

變得更為複雜。

變得亂七八糟。

「你聽過箭豬取暖（註5）的故事嗎？」

5　箭豬天冷時，會互相靠在一起取暖。由於身上有刺，靠太緊就會刺痛對方，靠不緊又得不到溫暖。於是箭豬們在長期磨合中習得既能互相取暖、又避免刺傷對方的雙贏技巧。

「這……當然聽過。」

「不過——那是雙方都有刺才能成立的比喻，假如其中一方是老鼠——就一定找不到彼此都感到舒適的距離。」

「……」

「假如雙方都是老鼠，也不知道何時會遇上貓……啊啊，抱歉，現在不是本姑娘說教的時候。」

「不會……」

就連現在——她依舊堅強。

一如平時的眼眸。

也許有人會說她冷漠。

好友臥病在床，她卻臨危不亂，處之泰然，既未哭哭啼啼，亦未大呼小叫。對於冷靜如常的鈴無小姐，也許有人會說她冷漠。

但實則不然。

我很清楚——鈴無小姐是多麼關心美衣子小姐；我很清楚，鈴無小姐是多麼喜樂芙蜜衣子小姐；我很明白——那種堅強是出自對美衣子小姐的掛念。

她多半不會哭泣。

亦不會牽起她的手呼喚。

然而。

鈴無小姐——無論接下來發生什麼事，恐怕都不會離開床畔。不管平日或假日，無關白天或黑夜——甚至無視探訪時間規定，她都將守在美衣子小姐身旁。

繼續凝視美衣子小姐的傷口。

「伊字訣。」

「是。」

「雖然不知原因為何，不過你是從九州直接趕來的吧？這裡就交給本姑娘，你先回家一趟。」

「可是——」

「對不起。」鈴無小姐垂首道：「我知道這不是你的錯——但是一直同處一室的話，我鐵定會忍不住對你生氣。剛才講得那麼振振有辭，其實本姑娘也不是聖人……你就讓本姑娘一個人冷靜冷靜。」

「鈴無小姐……」

無論她如何責怪，我都無話可說。

這根本是我的責任。

受傷。

受傷的責任根本該歸咎於我。

「本姑娘可不想因為遷怒於你、把好心當壞意，最後惹淺野生氣……這女人發起火來是很可怕的。」

「嗯……我很清楚。」

「就說吧。」鈴無小姐應道。

我深深一鞠躬，離開病房。

2

我是從福岡搭新幹線到京都車站，再直接從京都車站搭地下鐵趕至醫院，所以回公寓以前，必須先回京都車站牽偉士牌。由於原本沒有計畫在九州過夜，必須補繳停車費。

我買好到京都車站的票，穿過剪票口，前往月臺，數分後搭上電車。車廂內乘客不少，但也不至於沒位子坐，我在戴著一副大型耳機聆聽音樂的國中生對面坐下。

然後。

然後。

「……」

我到底——

現在這種情況，我該向誰道歉才好呢？

事故頻發體質。

再度——將周圍某人捲入風暴。

讓對方受傷。

讓對方受害。

不用旁人提醒，我也非常清楚——我不是被害者，而是加害者。這種事我八百年前就曉得了。

無論當事人如何看待，

破壞玖渚友的就是我。

縱使結果是偶然的墜機意外，

殺死妹妹的就是我。

就算只是實驗失敗——

燒燬**那傢伙**的就是我。

不止如此。

我並非在說陳年往事。

現在不也一樣嗎？

毫無改變。

五月，同班同學遇害是誰的錯？

同班同學喪命是誰的錯？

是殺人鬼的錯嗎？

絕對不是，那是我的錯。

還有小姬。

小姬……朽葉、木賀峰副教授。

大家都——死了。

那是誰的錯？

是殺手的錯嗎？

絕對不是，那是我的錯。

我很清楚。

我非常清楚。

我是加害者。

被害。

加害。

被害。

加害。

我並不可憐。

我沒資格接受同情。

美衣子小姐——

淺野美衣子小姐。

倘若沒有她，就沒有現在的我。

每次在我撐不下去的時候，她總是伸手相助。

那不是溫柔。

然而，亦非全是溺愛。

那不是堅強。

可是，亦非全是軟弱。

從不過問什麼，只是默默守護。

保持舒適的距離，守在我身旁。

相較於感激——我反而有些憤怒。

不過，比起這些——

我更想向她道歉。

我想向美衣子小姐道歉。

然而，那是不可以的。

那是不能發生的行為。

那是不被允許的事情。

真是的！

我是打算重蹈覆轍幾次？

不該再重複無謂之舉、故意點火又自行澆熄。

告白那種行為——

或許根本就不該發生。

我早該知道。

我身旁——所有人都瘋了。

我四周——所有事都瘋了。

瘋狂、瘋狂、瘋狂，無法維持正常狀態。

所有人、所有事——都無法稱心如意。

每個人的企圖都慘遭破壞。

心意根本無從傳達。

語言根本無法傳遞。

那是我的錯。

滿腦子都是令人沮喪的後悔。

負面情緒交錯飛奔。

甚至難以控制——自己的思緒。

我禁不住要想，倘若我在上個月……不，倘若我在更早以前，在尚未認識任何人以前就離開公寓，倘若我從未住過那裡，情況說不定不會演變至斯。

替代可能。

時間收斂。

換成狐面男子的話，他肯定能夠對這種後悔一笑置之。

而且……即使如此。

即便被說任性，我還是不覺得結識那棟公寓的房客們是一件錯誤。

冷靜！

我必須鎮定。

千萬別回頭。

美衣子小姐又還沒死。

美衣子小姐目前——正在受傷。

那是我的錯——不。

是為了我，正在戰鬥。

既然如此，我——

我這個戲言玩家能夠做的就是——

「**任何高手都敵不過病魔啊——**」

「……誰？」

我抬起低垂的臉——

只見車廂內空盪無人。

只剩下我和——

坐在我對面的國中生。

夏季短袖襯衫。

白球鞋。

學生帽、長方形鏡片的眼鏡。

以及——大型耳機。

吵雜的旋律——從耳機流出。

「……」

其他乘客——到哪裡去了？剛才為止，截至剛才為止，這節車廂不是還很多人嗎……是在前一站下車了嗎？所有人？那麼多人都下車了？

「別左顧右盼……沒人了啦！喂！因為他們會打擾我和阿伊說話，所以請他們消失而已……我可沒殺死半個人喔……」對面的國中生說道。

他看著我。

說話語氣斷斷續續。

聲音特別高。

「我是諾衣茲——這是源自英國的古語，意思就是『雜音』。」

「諾衣茲……」

「『十三階梯』的第十一階。」

——「十三階梯」！

既然如此，這傢伙——**不是普通的國中生！**

「奇野先生的把戲好像終於生效了，所以狐狸先生要我來看看情況——當然不是看那女人的情況，是來看你的情況，阿伊。」

「……哼。」

我——

重新放下剛抬起的臂部。

看見我的動作，那個國中生……不，雖然穿著制服，未必就是國中生，總之那個坐在我對面的少年——諾衣茲君神色詭異地笑了。

「我還以為你一定會奮不顧身地衝過來——想不到挺冷靜的嘛，阿伊。」

「老實說——我很失望。」我看著他說，甚至沒有瞪他的衝動。「對於你們——包括狐狸先生西東天，不知該說是估得太高，還是過於小覷，原本以為你們不是那種主動牽連無辜第三者的人。」

在那座地下停車場——

狐面男子承認是他告訴奇野先生，美衣子小姐就是「阿伊」；換言之，那個結果並非單純的意外或誤認所致，而是狐面男子故意——狙擊美衣子小姐。

「那位先生是打算結束世界的大人物耶——憑你的眼力或許看不出個所以然來。對那位先生而言，有關係的人也好、沒關係的人也罷，管它有沒有關係，統統都是等價——只能算那個被他偶然瞄到的女人走霉運。」

偶然瞄到嗎？

或許正如他所言。

在櫃臺偶然看見和樂芙蜜小姐談話的美衣子小姐——狐面男子是這麼說的。恐怕在那一刻之前，他都打算派奇野先生襲擊我。

那是——狐面男子的心血來潮。

不經意地。

將標的轉為美衣子小姐。

「……但話說回來，襲擊美衣子小姐又有什麼意義？」

「對對對，我就是要說這個——不然會被狐狸先生罵，必須克盡說明責任——」

諾衣茲君豎起一根手指，指向我。

電車駛離一個車站。

沒有乘客上車。

下一站就是京都車站。

我必須下車牽偉士牌。

……可是，這個「十三階梯」。

諾衣茲。

當時跟狐面男子一起出現在地下停車場的那個浴衣小孩——似乎另有其人。浴衣小孩的臉孔被面具遮住，無法由容貌判斷，但兩人體型截然不同。諾衣茲君的身材亦很削瘦，不過那個浴衣小孩更加嬌小。

所以說……

那個浴衣小孩究竟是誰呢？

至於其他可能人選，殺手和暗殺者基於個性等理由排除（殺手是雙胞胎，暗殺者不會在人前露面），除了出夢見過的三個人……從年齡考量的話，不可能是架城明樂，也不太可能是習慣身居幕後的刀匠或操想術師，因此就是人偶師右下露蕾蘿嗎？

「簡單說……就是士氣問題！」諾衣茲君尖聲道：「對狐狸先生而言，你是他尋覓多年的敵人——尋尋覓覓、終於找到的敵人。快活得四肢發軟吧！開心得頭暈眼花唄！你可是百人一見的人才耶。」

為了結束世界。

為了目睹世界終結所找的——敵人。

那種念頭是何時產生的？

是跟朽葉相遇時嗎？

不，不對——想必是更久以前。

對狐面男子而言，跟朽葉相遇不過是契機。他在那以前，就一直、一直——期望世界的終結。

想要知悉世界的終結。

即便被因果放逐，亦未曾放棄。

是故——

招攬結束世界的人才。

「十三階梯」是如此，

同時——

本人亦如是。

「狐狸先生有視你為敵人的理由——可是，另一方面，阿伊你又是怎樣咧？」

「……」

「對你而言，狐狸先生不過是上個月偶然碰見的陌生人，沒有任何因緣，只是擦身而過、素不相識的對象，不是嗎？」

諾衣茲君操作耳機，大概是暫停音樂，耳機傳出的旋律頓時消失。那副耳機沒有延長線，似乎是一體成型的音樂播放器。

「毫不相干、無冤無仇、風馬牛不相及——只是滿口古怪言論的怪人，不是嗎？就算是怪人，但事到臨頭，你為求自保也不得不出手招架——不是這樣嗎？」

「……天曉得。」

「**這種態度不行啦**，阿伊。」

「……」

「**如果只有狐狸先生把你當成敵人，就只能算是單方面的勝負——你也必須將狐狸先生視為敵人才行。攻擊必須是為了攻擊的攻擊才行——絕對不能是為了防禦的攻**

擊，就是這樣。另外狐狸先生認為，『阿伊』、『戲言玩家』——你的行動缺乏恨意。」

「缺乏——」

「唔，或者是沒有恨意？我是這麼覺得啦——住在你隔壁的鄰居莫名其妙被攻擊，而『敵人』之一就光明正大地坐在你前面，你卻連站都懶得站起來——」

「假裝冷靜而已……就像你剛才說的，我只是假裝冷靜而已，嚇唬人的。」

「就算那女人死了，你只怕也會這樣說吧？」

「……」

「嗯，不過呢，你嘴裡這麼說——現在多少有點幹勁了吧？應該能夠敵視狐狸先生了吧？你不是說對狐狸先生很失望嗎——既然如此，就化失望為恨意呀。」

「……只為了這個理由嗎？」

只為了這個理由——不惜將美衣子小姐捲入其中。

為了激怒我。

為了刺激我。

為了讓我成為狐面男子的敵人——

同時為了讓狐面男子成為我的敵人。

僅僅為了這個理由。

殺死、肢解、排列、對齊、示眾——

我明明已經告訴他。

以恐懼面對他還不夠嗎？

意思是要我以憎恨面對嗎？

是要我——以殺意面對嗎？

一如零崎人識。

「開始的時候……狐狸先生是打算派奇野先生對你施術，讓你經歷生死關頭，成為敵人——但最後還是覺得老式的人質作戰比較好。狐狸先生大概覺得在櫃臺瞄到那女人是某種啟示——」

「經歷生死……關頭？」

那句話……不，等等？

意思就是——

「莫非那個毒——」

「沒錯，**有解毒劑**。」

「……」

「吃了就沒事，不吃就會死。」諾衣茲君這時——露出狂妄的笑容。「如果你想要解毒劑——就在指定的時間到指定的地點來唄。」

「……我本來就決定要去，根本沒想過要逃。」

「但是，士氣完全不一樣了吧？有目的和沒目的，相差很多吧？而且……就算你忽然興起逃亡的念頭，這麼一來也逃不成。你的選項——都被封鎖了。」

只要我想救美衣子小姐——就無路可逃嗎？

只有這條路能救她。

醫院——想必是束手無策。

正因為束手無策，才是「詛咒」。

醫院頂多只能防止惡化嗎……

而且由於美衣子小姐逞強，拖到最後一刻才就醫，病情更是雪上加霜……

「既然如此……諾衣茲君，你現在就帶我去見狐狸先生，別再拖時間了。事情越早解決越好——誰知道美衣子小姐撐不撐得到月底。」

「這點你不必擔心——我剛才雖然那樣說，不過狐狸先生也不喜歡醜陋的方法，就是所謂的『美學』啦——這要是給濡衣君聽見，肯定會大笑三聲，可是狐狸先生也不喜歡牽連無辜的第三者的。」

「但實際上——」

「基本上，那女人可說是性命無虞——至少到九月三十日為止。人質這種東西一定要活著才有意義，對吧？」

「的確是……」

我這次——終於站起。

舉步朝諾衣茲君前進——

在他眼前停下。

「**此刻的我**，沒理由讓你——諾衣茲君平安離開。」

「……冷靜的阿伊終於有一點點熱血了嗎？狐狸先生的作戰看來相當成功——」

「就算你拒絕帶我去，我只要逼你說出狐面男子的下落——就不必等到月底。」

「這個點子非常之好——可惜行不通。」

「為什麼？現在的我——非常自暴自棄喔，天曉得會做出什麼事。」

「沒有為什麼——我跟奇野先生、濡衣君是不同種類的『十三階梯』——無關狐狸先生的興趣和喜好，純粹是符合某一項審查基準才雀屏中選。我是——**專門對付你的『十三階梯』**，是阿伊專用的刺客喔。」

「專門對付我……？」

連出夢也沒聽過他——就是這個原因嗎？

狐面男子專門找來對付我的刺客。

可是……這又是什麼意思？

「狐狸先生對你進行詳細調查——然後，決定選擇我。所以，你是沒辦法對我下手的。我可以大擔預言——**你沒辦法對本人做任何事。**」

「哦～～」我聳聳肩。「就算是殺人鬼——也不敢這樣對我口出狂言哪，諾衣茲君。」

「諾衣茲君啊——」他話中有話地撇撇嘴。「其實諾衣茲只是狐狸先生為了方便記錄隨便取的**記號**——在那之前的記號是『安德』。」

「……」

「在那之前是『軍旗』。」

「……」

「在那之前是『蛤蜊』，在那之前是『十九號』。」

「……」

「在那之前——**沒有任何名字**。」

諾衣茲君——

不，眼前的少年站起來。

將臉孔湊到我前面。

「喏，阿伊……**你的戲言對沒有名字的對手也適用嗎？**」

「……………！」

「看來被我說中囉。」

電車——開始減速。

車內廣播響起。

下一站是京都車站、下一站是京都車站。

要下車的旅客，請從左側——

「從今年開始——或者該說是從回國開始，你就被捲入各種事件——然後，成功**解決**那些事件。你成功解決所有事件，可是！**唯獨其中一件**無法解決。要是沒有哀川潤的幫忙，你就無法解決的唯一事件——那就是前赤神家大小姐位於鴉濡羽島的宅第所發生的『殺人事件』——」

「……呃、唔……」

「因為——**那起事件的犯人沒有名字。**」

她。

身分不明，誰也不是的她。

甚至沒有名字的她。

只對取代他人有興趣。

放棄一切風格——

沒有自己的她。

沒有名字的她。

殺死園山赤音——

取代園山赤音的她。

我——

最後還是無法看穿她的企圖。

那是。

那是因為——

「……車站到囉。」諾衣茲君——指著左側開啟的門。「快下車唄——**後天**，我在澄百合學園校門口等你，總之就是接待人員——**跟你講話還能平安離開的人**，除了狐狸先生以外，『十三階梯』裡恐怕也只有我。下次見面的時候——我就要用你的慘叫當來電鈴聲。」

「……」

「下車呀，你想坐到下一站嗎？」

「……告訴我一件事就好。」

我離開諾衣茲君——

離開那節車廂。

在月臺質問車廂裡的諾衣茲君。

「只有肉體和精神，沒有名字——是什麼感覺？」

「這種事你應該非常清楚。」

「我想知道你的感覺。」

「那種事不必說也不必問，答案只有一個——」

諾衣茲君縱聲大笑。

「感覺想死。」

車門關閉——

諾衣茲君搭乘的電車，朝下一站駛去。我亦無意目送，沿著月臺樓梯離開車站。

3

我付清停車場的超時費（一百五十圓日幣），騎上偉士牌，先返回公寓。從昨天一路奔波至今，身體不免有些疲憊，但現在也沒空抱怨，我放好行李，稍事喘息，準備開始行動。住院中的美衣子小姐交給鈴無小姐最好——我待在旁邊亦無濟於事，此刻的我沒有資格牽美衣子小姐的手。

我必須展開其他行動。

不管諾衣茲君怎麼說——無論聽見何種雜音，我都不打算傻傻等到九月三十日。本人的士氣……確實如狐面男子預期，急遽暴增。

我催動偉士牌，大幅逾越法定速限，以破紀錄的時間抵達位於中立賣骨董公寓的簽約停車場，只見那裡——

那裡有一道人影。

人影靠著美衣子小姐的飛雅特。

是崩子。

她雙手抱胸——

等待減速的偉士牌抵達。

「……」

我把偉士牌停在自己的停車格。

轉動鑰匙，熄滅引擎。

崩子依舊維持雙手抱胸的姿勢，沒有走過來的意思，說道：「歡迎回來，戲言大哥哥。」

「……我回來了，崩子小妹妹。」

「**事情終於發生了**——就跟我想的一樣。」崩子冷不防說道，突如其來、開門見山地說。

「什麼意思……妳是指美衣子小姐嗎？」

「我一直有這種感覺，覺得差不多該有什麼事情發生。」崩子語氣平靜地道：「所以我——之前不是才特地警告你嗎？」

「……」

「你有沒有發現？這幾天……不，從出院開始，大哥哥，一直有人跟蹤你。」

「……跟蹤？」

那——是指崩子和光小姐以外的人嗎？我怎麼可能會沒發現自己被人跟蹤？

……不。

我連奇野先生的身分都沒發現。

如今再犯什麼失誤，都不值得大驚小怪。

既然如此——那個跟蹤者，是一直跟到九州嗎？換言之，應該假設對方已經知道我和出夢的接觸。不過，那是狐面男子主動準備的舞臺，我想不至於有什麼負面影響……

「所以——我才想監視大哥哥。老實說，大哥哥被怪東西纏身是家常便飯，可是……這次真的太誇張了。」

「……原來妳這麼替我操心，我之前還有點誤會妳，抱歉。」我四下張望。「現在也有人跟蹤我嗎？」

「沒有，現在已經消失了，就像是宣告『任務結束』。那種跟蹤術是我們家族自古傳承的手法——大哥哥沒發現也很正常。」崩子說道：「手法這麼高明的，大概是濡衣前輩吧？」

「濡衣……闇口濡衣？」

「你聽過？」崩子微微側頭。

「我才想問妳——崩子聽過闇口濡衣？」

「當然聽過，我們是親戚嘛。」

「……嗄？」我大吃一驚，身子猛向後仰。「那……那麼……難不成**崩子小妹妹離家出走的那個家族是**——」

「………………………………………………………………有必要吃驚到加粗字體的地步嗎？我倒覺得大哥哥一直都沒發現才奇怪……」崩子一臉無奈。

原來如此……常常看見她揮舞刀子、屠殺小動物，我一直覺得很不可思議……

咦？這麼說來，莫非萌太也是……

「啊～～」崩子更加傻眼。「石凪……是死神家族。」

「原來是這樣啊……」

「你不是故意裝糊塗吧……」

「不是……」

「你有感到不太對勁吧？」

「沒有……」

「一點點？」

「完全沒有……」

「……」

「對不起……」

嗚哇啊……

我跟零崎相遇之前，原來早就跟「童話」和「科幻」的世界同住一個屋簷下……

「不過——我和萌太還沒開始工作就離家出走，只有一些粗淺經驗，沒有實際殺過人。」

「這真是不幸中的大幸……」

狐面男子知道這件事嗎？就連我這個當事人都沒發現，嗯，或許可以假設對方不知道。

「呃——可是，人生還真是難以預料……沒想到會出現這種急轉直下的情況……」

「大哥哥你……是腦筋不好的人嗎？」

「哎……就沒料到會有這種事嘛……」

「除了大哥哥以外，我想該發現的人都發現了……」

「不不不，小姬搞不好也沒發現喔！」

「小姬姊姊她……唉，算了。」

崩子用力嘆了一口氣。

我有種被對方輕視的感覺。

「總之……老實說，情況大部分都在我的預料內。美衣姊姊的那個症狀——我認為是『奇野』的手法，對不對？」

「這……呃，唉，既然這樣——既然妳知道這麼多，那我就全部告訴妳吧。」

「這樣最好。」

「話說回來，事情的起源是——」

我再次左右張望，暫時沒看到人影；不過，如果考量可能被路過的第三者聽見，還是應該到室內……不，我這時又改變想法。現在早已不是擔心這些的階段，就算被偷聽，也不可能改變什麼。能夠改變的話，我反倒是求之不得，但情況不可能比現在更糟糕。

目前，是最惡劣的情況。

崩子對我的解說未置一詞，全無反應，宛如左耳進右耳出一般，不動聲色地聆聽。聽見「殺之名」裡居於上位的匂宮雜技團的名字，以及「十三階梯」闇口濡衣的名字時，她微微蹙眉，不悅似的輕輕皺眉，但也僅止於此，並未表示任何意見。

接著是——奇野賴知。

「……事情就是這樣。」

我全部說完時——完全沒有一吐為快的舒暢。這也很正常，再如何滴水不漏地詳細解說，終究無法闡釋那科幻的背景。故事一旦欠缺背景，就變成非常糟糕的作品。

然而——就概要而言，應該非常足夠。

「原來如此。」崩子說道：「我瞭解事情的來龍去脈了——該怎麼說呢？總覺得我和萌太至今一直置身事外才是奇事。」

「嗯……」

大概是因為我沒發現。

對木賀峰副教授或狐面男子而言，這種事肯定是值得大書特書、嘖嘖稱奇、難以言喻的命運因緣、必然收斂；然而，因為小弟的不才，就淪為超級不相干的伏筆。

「可是，既然如此。」崩子維持雙手抱胸的姿勢說道：「接下來就是我們的職權——這樣說沒錯吧？」

「不……可是，崩子。」我有些慌張。美衣子小姐住院是我的責任，所以才告訴她實情——但我無意將她捲入。之所以告訴她，單純只是因為無法掩飾，畢竟——「沒發現妳的出身是我太粗心，可是，崩子——妳不是說過嗎？之所以離家出走，是因為討厭**家業**，而且萌太也一樣。」

「……」

崩子的視線非常冷峻。

並非像冰塊。

而是像金屬一樣冷酷。

「妳不是說——想要變成普通女生，所以離家出走嗎？」

「我有那樣說過嗎？」

「有呀。」

她說過。

記得是——我剛搬進公寓的時候。這種年紀的小孩既沒上學，又沒有監護人陪伴，就兄妹兩人住在一起，實在叫人看不下去，我當時才跟她聊起這些事。

那時我還不太認識崩子。而今，我認為至少比那時——更瞭解一些。

是故——

我不能將崩子捲入。

不能像美衣子小姐那樣將她捲入。

「反正……人是不可能逃離出身和成長的，戲言大哥哥。江山易改，本性難移。」

「……崩子小妹妹。」

那——那句話。

不僅是指她和萌太。

非但是指紫木一姬——

更像是在指我。

「說起來，我其實是卑賤的女生。」

「……」

「而且大家都說『一白殃三代』。」

「崩子……」

那句話應該是「一白遮三醜」啊（是從小姬那裡聽來的嗎？），不過現在不是吐槽這種小事的時候。

「唉……雖然是如同剎那般的短短數年，就當是做了一場羽化成蝶的好夢吧。」

「什麼好夢……沒這回事的。」

要是她這麼認為，更讓我難以消受。

那就真的是重蹈——小姬的覆轍。

我的覆轍。

預定和諧的鬧劇也該結束了吧？

究竟要——重複幾次？

到底要——重複幾次才罷休？

被害是如此，加害亦然；被害者是如此，加害者亦然。

到底準備了多少人？多少替代品？

沒有人可以取代他人。

根本沒有人可以被取代。

要我說幾次才懂？

「崩子妳——」

「這一切——冥冥之中早已決定，就像是某種定數，也就是所謂的命中注定。美衣姊姊和戲言大哥哥煩惱的時候，我這種人會出現——這種事絕非偶然。『故事』這種東西，我或許也可以相信五成。」

「……妳要捨棄——普通生活？」

「反正——再怎麼普通，我們終究是披著人皮的人外之人——還是算了。」崩子說道。

「我要褪去——人皮。」

只有一瞬間。

只有一瞬間，我感到呼吸困難。

只有一瞬間——我對崩子感到恐懼。

寒毛直豎，背脊發涼。

然而——

就是那一瞬間。

我的襯衫——被刀子劃破。

腹部中央被刀子深深刺穿。

是崩子的刀。

是她住院時用來替我削蘋果的——

那把刀。

蝴蝶刀。

那把刀——

刀刃刺入我的內臟。

「大哥哥——請休息片刻。」

「……噁……嗚……」

我雙腿一軟。

整個人倒下……

只感到渾身發熱，沒有任何痛苦，卻無法呼吸、使不上力……我一個沒站穩，整個人蹲伏在崩子足畔。

崩子——甚至沒有鬆開手臂。

既然沒有鬆手，又是如何……

是在何時？

猶如省略時間般地，我失去一切感覺。

這就是——「殺之名」嗎？

這就是所謂的「闇口」嗎？

若然——實在超乎預料。

「我再也無法——目睹大哥哥受傷。大哥哥的傷口——我實在看不下去了。我——應該已經說過了吧？」

「………嗚、嗚。」

「大哥哥看見美衣姊姊躺在醫院——多少也感到心痛吧？既然如此——請住手。」

「……」

「請住手，讓一切就此結束。大哥哥根本不必受傷，大哥哥再也無須受苦。」

崩子輕輕走近我。

鬆開抱胸的雙臂，捧起蹲伏在地的我的頭。

「大哥哥——一直獨自戰鬥。跟許多人戰鬥、在各種地點戰鬥。一直背著所有人狐身奮戰——傷痕累累。」

「……」

「奮戰至今——辛苦您了。」

「……啊、啊啊。」

「別再逞強——請休息吧。」

我的意識……

開始朦朧。

逐漸看不見東西。

彷彿罩了一層霧。

猶如罩了一層霞。

好似罩了一層靄。

逐漸看不見東西。

開始朦朧。

我的意識……

「吾兄口渴時獻上妹之血，吾兄飢餓時獻上妹之肉，吾兄之罪由妹償還，吾兄之咎由妹承擔，吾兄之業由妹背負，吾兄之疫由妹擔待，妹之驕傲全獻給吾兄，妹之光榮全進貢吾兄，擔任防禦壁與吾兄同行，因吾兄之喜而喜，因吾兄之悲而悲，擔任偵察兵與吾兄同生，吾兄疲憊時以全身支撐，妹之手成為吾兄之手獵取目標，妹之腳成為吾兄之腳馳騁大地，妹之眼成為吾兄之眼捕捉敵人，全力滿足吾兄之情慾，全心服侍吾兄，為吾兄捨棄私名，為吾兄捨棄驕傲，為吾兄捨棄理念，愛戀吾兄，敬重吾兄，除吾兄以外毫無感覺，除吾兄以外毫不動心，除吾兄以外一無所冀，除吾兄以外一無所求，未得吾兄允許絕不入眠，未得吾兄允許絕不呼吸，僅於吾兄之一句話裡追尋理由，如此卑賤低微，成為吾兄不值一哂之賤奴——妹在此宣誓。」

「……崩子……」

崩子的聲音不帶一絲感情。

我好像聽見了，又好像沒聽見。

她在說什麼？

我還有必須完成之事。

必須完成。

那是我的責任。

受傷者必須是我。

我必須受傷才行。

「大哥哥再也無須受傷。」崩子語氣堅決、沉穩地道：「……戲言大哥哥什麼都不必做——請全部交給我。大哥哥該輕鬆享福了。」

「……」

「請好好休息，大哥哥。」

輕輕地——

崩子鬆開我。

我失去支撐——倒在停車場地面。

甚至來不及伸手防禦。

刀子似乎刺得更深了。

身體感到血液淌流。

我聽見腳步聲。

小小的步伐。

從這裡遠去的腳步聲。

逐漸遠去。

逐漸消失。

臉頰下方的柏油路冰冷異常。

好冷。

好冷。

好冷。

好冷。

好冷。

……

我開始昏昏欲睡。

第六幕——搜尋和置換

0

白晃晃的刀刃，紅灼灼的刀刃。

快選擇砍人或被斬吧。

以刃還刃。

1

我醒來時，發現自己躺在醫院的病床上。

「嚇……嚇死我啦……」

還以為戲言系列就此結束。

更正——

這次真的以為自己準沒命。

全身無處不疼，正想扭轉身軀時，腹部傳來痙攣似的痛楚，只好放棄，恢復原本的姿勢。

「不能亂動呦。」

凝神一看——

只見護士樂芙蜜小姐坐在床舖旁的椅子，手裡拿著一本精裝書。她看見我轉頭，就闔上書本，推了推鏡框，停頓一秒鐘之後說道：「伊伊，歡迎回來。不過，你怎麼不到十天又回來了呢？我看就連國中生蹺家都比你有毅力。」

「……」

原來如此……我被送來醫院了嗎？

對了，我被崩子刺中……

「真的是千鈞一髮耶～～假如到院時間再慢個一秒鐘，伊伊就死翹翹囉。」

「……一秒鐘也未免太誇張了吧？」

「至少是目前為止最嚴重的一次，流了好多血呢。話說回來，傷口精準刺穿內臟，就連當護士的我看了都崇拜萬分，完全是致命傷喔。」

「致命傷……」

真的假的？

果然是——毫不留情的丫頭。

「幸好伊伊的肚子裡空空如也，否則就難看了。哎呀，其實已經很難看了。為什麼沒吃？減肥嗎？」

「倒不是這樣……」

啊啊，原來如此，在九州時聽得太專注，只有喝咖啡而已。之後更不用提，根本沒時間感覺飢餓……

「好像是刀傷，被誰刺的？」

「小小情殺事件。我正想對十三歲少女霸王硬上弓時，遭到對方反擊。」

「你等等，我現在就打電話給警察。」

「啊～～這是傷害罪嘛。」

「不，是強姦罪。」

「我是開玩笑的啦！」

「我可不是開玩笑！」

呃，這是開玩笑吧？

話說回來……

我將目光轉向病房內的時鐘。

「下午嗎……嗯，不可能才過幾小時，所以是隔天囉……原來我昏睡了一整天。」

「才不是一天！」樂芙蜜小姐反駁道：「你睡了兩天呢。」

「……嗄？」

「今天是九月三十號咩。」

「咩？」

大人裝什麼可愛？

不對！這不是重點。

「已經……三十號了嗎？」

「對呀。」

「……」

我連忙抬起仰躺的身體，但立刻被樂芙蜜小姐伸手制止。

「我不是叫你別動？隨便亂動的話，當心傷口啪的一聲裂開喔。剛縫好沒多久，要小心一點，況且又還沒拆線。」

「……我必須離開醫院。」

「什麼？」

「我必須去一個地方。」

「……我說你啊，伊伊，這世界有句話叫『靜養』，現在的你就得這樣。」

她用力將我壓回床鋪。接著像是怕我反抗，捉住我雙肩的手更加用力一推，然後才鬆開我。

「我不知道你必須去哪裡，可是那就等於去送死。給我取消！取消！該不會是跟其他女生約會吧？」

「當然——不是那種好事。」

就算沒有受傷——

一樣是去送死。

「可是……」

「這種情況還說什麼『可是』、『不過』的？你這可不是重傷，是性命垂危！病情危篤！這跟路上塞不塞車一點關係也沒有喔。你昨天還在加護病房，剛才好不容易恢復意識……跟淺野小姐相比，你當時的狀態更嚴重。」

「美衣子小姐……」啊啊——對了，美衣子小姐也在這間醫院。「樂芙蜜小姐，美衣子小姐的情況……怎麼樣？」

「一直在惡化。」

「妳說話還真直接。」

「反正對你說謊也沒有意義嘛～」樂芙蜜小姐——用質疑的目光從我的頭頂一路緩緩滑至腳尖。「……難不成啊，**那個**——也是你的責任？」

「這個——我不能透露詳情……就算告訴妳，妳八成也不會相信……可是，話說回來，我覺得自己確實必須對她負非常大的責任。」

「伊伊做人真認真。」樂芙蜜小姐苦笑。「你看看我。現在看起來好像在陪你，其實正在蹺班，許多該整理的文件都沒做完，非常隨便呢。」

「請妳趕快去工作。」

「你背負太多了——有沒有人這樣告訴你？」

「——有。」

是美衣子小姐嗎？

對。

對了。

她說我背負太多事。

唉——確實是這樣沒錯。

正如她所言，我無話可說。

別人的性命太過沉重，並非我所能承擔，亦非能夠隨便替人承擔。就連自己的性命都像現在這樣無法掌控，更何況……

更何況啊。

……也對。

對我而言——或許是太過沉重的任務。

即便狐面男子再如何敵視我。

我終究——被對方識破。

崩子大概也早已看穿。

到厭惡的程度。

到厭惡的程度——看穿了我。

滿是裂痕的器皿。

滿是傷痕的器皿。

多到叫人不忍目睹。

如果這就是故事——

我的任務，說不定既已結束。

熱場節目結束。

最後就是——崩子和萌太的出場嗎？

「……」

可是，那兩個人哪……

沒發現或許是我不對，可是，既然如此——既然如此，就這樣交給他們倆，說不定才是正確的決定。

適得其所——就是這個意義吧？

既然「十三階梯」之中有諾衣茲君這種人物，就再無我能發揮的角色。

是故——

是故，剩下的就僅是自尊問題。

本人自尊的——

問題。

問題，以及解答。

「喏，樂芙蜜小姐。」

「什麼事？沒事幹麼突然這麼客氣？」

「不……雖然這不是該在醫院說的話……我其實——活得很痛苦。」

「喲——是嗎？」

「樂芙蜜小姐呢？」

「還好，雖然有時候覺得人生很麻煩，不過呢，嗯，基本上馬馬虎虎吧。」

「是嗎……」

「我呀～～從護理人員還被稱為護士小姐的時候，就從事這一行了。該怎麼說呢？醫院就好像是自己家一樣。」樂芙蜜小姐道：「所以，我最討厭不想活的傢伙。」

「……」

「醫院外面也一樣，我最討厭那種假裝自己活著的笨蛋。不考慮明天的傢伙，我覺得乾脆去死算了。」

「……說得也是。」

乾脆去死算了。

死了就輕鬆了。

死掉的話——一切就可以結束。

「我啊，樂芙蜜小姐……活著就會造成很多人的困擾。我是替很多人招來不幸和災難——才能夠活到今天。拖累周圍的每一個人——」

打亂周圍的磁力。

擾亂周圍的座標。

攪亂、再攪亂。

一切都變得不幸。

一切都變得曖昧。

一切都變得微妙。

我所創造的事物，大概是微不足道的契機。

然而，由於那些微不足道——

大家都變得不幸。

變得無法維持。

走入死胡同。

收斂。

加速。

你這種人——活著只會造成別人的困擾。

所以你——最好去死。

「從以前、從小時候就是這樣——嗯，如今回想起來，我似乎也有所自覺。不是一句『麻煩製造者』就可以解釋，我四周總是有人受傷、有人死亡。事情總是不順，事情無法按照既定流程反而成為一種既定流程……從一開始就可以看見所有結果，事情永遠不可能順利。所以我……喜歡搖晃不定的不確定。」

我喜歡——不提出結果。

反正我知道情況一定不可能變好。

因為我知道根本不會有任何好事。

是故——

我只回避最差的情況。

「我也許是——想讓故事亂成一團。好不容易有了整合性，完成各項伏筆，既有起承轉合、又有高潮起伏，或許多少有些誤植或失敗，可是反倒更加討人喜歡，不但有歡笑、同時亦有淚水的那種故事——全部被我一個人搞砸了。」

伏筆——被我破壞。

故事——深不見底。

對於那位有能力閱讀故事的占卜師——姬菜真姬，我想必是極度礙眼的存在，比起玖渚友那種「誤植」，我鐵定是更加礙眼的存在。

至於狐面男子。

對於那位極度渴望知悉世界終結、故事終局的男子，我這種打亂故事的存在——照理說絕不可能出現的我，以及零崎人識那種殺人鬼，確實是不能放過的對象。

正因如此——故事更加混亂。

甚至打亂美衣子小姐的故事。

甚至打亂崩子的故事。

對於狐面男子而言，這才是最啞然失笑之事。

那個男人不承認個人的故事。

他不承認個性這種東西。

不管行為出自誰，都一樣。

不管對象代表誰，都一樣。

倘若繼續追問，他八成會說——就算不是他親自觀測世界終結亦無妨。

不認為否定自我有何不可。

否定和肯定是同義。

否定和肯定是等價。

話雖如此，我——

我迄今——

不斷反覆說過許多話。

然而，那些都並非出自真心。

全部皆是謊言。

一切都是——戲言。

唉……

「戲言玩家」這個綽號是誰替我取的呢？

「我是個麻煩製造者……這種事自己最清楚。我隨便一伸腿，就將大家花費許多時間累積的成果破壞殆盡。與我無關的事物已是如此，更別提那些我討厭的、喜歡的事物，其中一旦摻雜本人的意志——就只有毀滅一途。因此，我在妹妹死亡時——就已下定決心。」

對，我下定決心了。

那是我人生最初的決心。

最初和最後的決心。

唯獨那並非戲言，而是真正的決心。

其餘決心都在其延長線之上。

甚至不具任何意義。

那時——我立下那種決心。

「我絕不喜歡任何人，我也絕不討厭任何人。」

我不對任何人進行任何施捨。

是故，我亦不接受任何施捨。

拒絕一切事物。

這是——戲言玩家的唯一矜持。

我決定無視他人的存在。

能夠喜歡他人的我，

決定不再喜歡任何人。

並拒絕被任何人喜歡。

縱使渴望被喜歡，我還是決定拒絕。

這不但是為了自己，亦是為了他人。

能夠殺人的我——

決定不殺任何人。

決定不殺自己。

我決定不當殺人鬼。

「明明是……這樣才對。」

我又搞砸了。

再次——搞砸一切。

我真的非常愧疚。

我想道歉。

我該向誰道歉才好？

那個我想道歉的背影，又是誰的背影？

「為什麼——事情會變成這樣？」

為什麼——

大家這般容易損毀？

這不是很奇怪嗎？

莫名其妙。

我明明毫無期待。

我明明毫無恨意。

「所以我已經——」

我的體內住著一頭怪物。

就連異形都不足以形容其駭人。

「我從很久以前就已經——」

猶如失去一切似的。

包括身體、精神、心臟、靈魂。

彷彿連名字都失去似的。

不必說也不必問——

「——感覺想死。」

我偷偷瞟了樂芙蜜小姐一眼。

她居然在打瞌睡。

「……」

「哎呀?你說完了?」

「……對。」

「嗯，說得也是，唉，真可憐。呃……那麼，想死的話就去死吧。」

非常敷衍的感想。

語氣甚至沒有半分叱責的味道。

「我說過了，我最討厭不想活的傢伙。」

「……樂芙蜜小姐或許是這樣。」

「什麼意思？聽起來很瞧不起人哩。」

「我這是羨慕。」

「你能不能別用那種旁觀者的語氣說話？我們現在可是面對面聊天耶。」

「靠得再近——樂芙蜜小姐也無法體會我的心情。」

不曾有過尋死念頭的人無法體會。

想死。

想死。

此刻的我想死——

亦同樣不想死。

我不想死。

我這麼想。

歷經小姬的死亡——我這麼想。

然而，這終究只是異端的想法。

活在普通世界的人——

是否真的渴望不死？

不渴望。

他們並未發現自己活著。

對他們而言，活著並非奇蹟。

對我而言則是奇蹟。

原本不可能發生的奇蹟。

我想死。

但，我絕對不想死。

儘管不想死——

亦無法消除想死的心情。

「樂芙蜜小姐——無法體會我的心情。」

「我當然無法體會你的心情——因為你本來就是個超級無厘頭。」她先回我一句，才又接道：「可是，你周圍的人是怎樣的心情——嗯，我倒是能夠體會。」

「……」

「我剛才也說過——我從事這一行很久了，見過許多身體或心靈受傷的病患。受傷這種事啊，再怎麼說都很痛，是讓人想大哭一場的不幸，而且對誰都一樣。」

「……」

「嗯～～不幸是一種傳染病。只要有一個人不幸，周圍的人也會變得不幸。即使取笑旁人的不幸，一旦超過限度，還是會感到不舒服。所以——到醫院來的人，病患也好、病患的看護也好、探病的人也好——所有人都一臉鬱悶。」樂芙蜜小姐說道：「空氣很灰暗呢。」

空氣很灰暗——沉澱。

不管走廊和病房裝飾得多麼美麗。

不管窗戶和地板擦拭得多麼潔淨。

空氣——終究無法裝飾。

空氣——終究無法擦拭。

「所以我才一個人努力搞笑，推廣這種讓醫院氣氛更歡樂的運動——」

「喔……」

妳的個性居然是基於如此嚴肅的理由？

再怎麼想都是與生俱來的天性吧？

樂芙蜜小姐賊頭賊腦地嘻笑。

「不過，我想對你就不必這麼費心。」她說道：「我是真的這麼覺得喔。你從今年開始，已經住院六次——這段期間，不是有很多人來探病嗎？例如：公寓鄰居、藍髮妹妹、模特兒般的女子等等……我帶過很多人到你的病房。」

「……」

「每個人——氣色都很好。」樂芙蜜小姐略顯羞澀地道：「你周圍的人——大家看起來都很幸福。」

「……幸福……」

「至少你讓旁人幸福的程度超乎你自己的想像——而且，我認為大家都很喜歡你。」

「……樂芙蜜小姐……」

無條件——喜歡我的人。

只因我活著就得到救贖的人。

那種人——

萬一真的存在。

一個人也好，倘若存在的話——

「不過呢，她們搞不好只是因為看見討厭鬼住院，才感到心情愉快。」

「……」

竟給我來一記回馬槍。

真是不能隨便相信這女人。

「好——」樂芙蜜小姐從鐵椅站起。「我差不多該回去工作了。」

「這也是很精彩的——工作吧？」

「你覺得是嗎？」

「嗯，我覺得是。」

「那就好——」樂芙蜜小姐準備離開房間，剛伸手按住房門，又回頭對我說道：

「啊～～對了、對了，伊伊。」

「……什麼事？」

「我離開之後，到傍晚五點為止，就沒有醫生或其他人會來這間病房。還有，跟你同居的那位女僕小姐替你帶來的換洗衣物就放在置物櫃，話雖如此——你絕對不能偷偷跑出去喲。」她豎起手指說道：「知道了嗎？知道就回答一聲。」

「……」

我——

我用力點頭。

「我知道了，樂芙蜜小姐。」

「喂喂喂，這不對吧？我的意思是叫你偷偷跑出去耶，真是有夠遲鈍。」

「不……我當然聽得出來。」

「我現在這樣很帥氣吧？」

「呃，一點點……」

「嘻嘻嘻，我就是為了在關鍵時刻說這種帥氣臺詞，平常才故意裝歡樂的。」

「真是無謂的心思……」

剛才那些醫院空氣云云又是什麼意思？

「哇哈哈。」樂芙蜜小姐嬌笑完，揮揮手離開房間。

……

果然是奇怪的護士。

不過，嗯……說得也是。

真的有點受激勵的感覺。

唉，這就是我——如果沒有人從背後推我一把，前面也好，後方也罷，我都不會移動。

好——

接下來，

該換本人耍帥了。

將平常的戲言——好好清算一番。

我慢慢地——下床。

腹部的傷口——

沒問題。只要小心一點，並非不能走路。

只要避免激烈運動，就沒有問題。

「……已經夠了吧？」

對於死亡——我業已厭倦。

差不多該開始求生了。

日期是九月三十日。

距離一切的終結，時間已所剩無幾。

2

我換好衣服，逃出醫院，搭計程車回公寓。因為地下鐵和公車沒辦法直達公寓，又不是能夠徒步走回去的距離，再加上時間也不夠。狐面男子指定的派對場地——澄百合學園，跟公寓有一大段距離。上次去的時候（當然那時並非『遺址』，仍是正常營運的學校）是坐在哀川小姐的車子的副駕駛座，而且有一半路程處於昏睡狀態，不確定到底花費多久；不過，美衣子小姐的飛雅特肯定要占用不少時間。

我必須趕快出發。

話雖如此，也不能直接從醫院前往，空手畢竟太不安全、太沒防備。我沒有大膽到那種程度，我沒有那般參透世事。因此，無論如何都必須回公寓一趟。

「……」

或許會有人覺得這種時刻我不該太計較，可是在京都搭計程車，實在是非常屈辱之事……

我抵達公寓。

猛然全身一陣緊繃。

腹部傷口有些疼痛。

呃，崩子和萌太應該早就出發前往澄百合學園，但我還是緊張萬分。

萬一他們發現我私自離開醫院，這次鐵定小命難逃……

好可怕、好可怕。

我東張西望地走進公寓。一邊小心不讓地板發出聲音，一邊朝兩樓躡腳前進。二樓住戶只有我和美衣子小姐，而美衣子小姐目前住院，因此不必擔心……

我打開門鎖，進入房間。

我三天沒回家了嗎……

這不是久到值得感慨的程度，我也沒時間感慨，更不是胡思亂想的場合。不趕快準備的話，將會錯過時機。

我目前持有的武器是——

Jericho 941 上個月射過，已經沒有子彈了。時間充裕的話，我也有辦法取得手槍子彈，可是……

既然如此，武器就只剩刀子嗎？

薄如蟬翼的薄刃小刀和開鎖小刀。

薄刃小刀還附有背帶。

「嗯……」

總覺得這樣還不夠。另外還找得到一些舊刀，但那些都靠不住。本人畢竟不是零崎人識，多帶刀子只會妨礙行動……

我忽地將目光轉向牆壁。

並不是牆壁，而是隔壁房間。

「嗯……嗯……」

說得也是……借用美衣子小姐的五節鐵棒嗎？跟骨董擺在一起的日本刀，應該也能充當武器，可惜我不擅用刀，這亦包括木刀在內。鐵棒的話，只要不是**當刀劍使用**，大概還能應付。縱使當不成武器，那種伸縮自如的鐵棒，也不至於礙手礙腳。

我離開自己的房間，用開鎖小刀迅速打開美衣子小姐的房門，「打擾了。」我邊說邊逕自進入。因為房間格局相同，我又經常造訪，對室內甚是熟悉……呃，熟歸熟，隨便擅闖終究有些罪惡感……但情況危急，況且又不是要做什麼內心有愧之事。

「啊……對了。」

既然如此，乾脆也向小姬借點東西。

那個房間的房租預付兩個月，所以我只有稍微整理，尚未清理完畢。該借什麼呢——對了，就是那個，小姬用的那個「線」。我當然不是什麼琴弦師，可是「線」的應用範圍應該比鐵棒更廣。

不過，一樓有七七見……

這個時間……

希望她去大學上課了。

我鎖好美衣子小姐的房門，朝樓下走去。小心翼翼地穿過七七見的房門——前往小姬的房間。我悄悄潛入（我的行為簡直就像小偷），在因床鋪顯得更加狹窄的室內找尋。

立刻就發現我找尋的東西。

這麼一來——好，準備完畢。

差不多就是這樣吧。

「……為什麼連續兩個月都遇上這種事呢？」

我把背包裡的東西全部倒在小姬的床鋪上，再重新收好。如果不按容易拿取的位置擺放，危急時將應變不及。上個月對付一個人倒也算了，可是這個月的對手多達十三個人……

一和十三有天淵之別。

嗯……

只要重複相同行為十三次就好嗎？

重複是本人的專長。

雖然我也不喜歡，但確實是專長。

「好——這就差不多了。」

收拾好背包，接下來只要穿上背帶，再穿好上衣就整裝完畢。因為季節的關係，最近多半只穿一件襯衫，但如果不再加一件夾克，背帶透出來也很不雅觀。既然如此，還是回自己的房間一趟——

正當我回頭的時候。

「………………………」

有人走進室內。

既沒有開門聲，亦沒有關門聲。

那個人就站在我背後。

我一時以為是七七見，抽出薄刃小刀——

結果不是她。

那個人並不是她。

「我帶來——」

她——

千賀光小姐開口。

「您的衣服。」

「……」

她的手臂上掛著一件夾克。

那是我的夾克。

「您怎麼了？」

「不……」

我收好小刀，改變姿勢，在床鋪坐下，迎面注視——由於身材嬌小，目光剛好與我正對的她。

光小姐……

照這個態度看，她大概已經洞悉一切。

既然如此——

「——妳大概覺得我在逞強吧？」

「我倒是不這麼覺得。」光小姐溫柔微笑。「我覺得——很有你的風格。」

「我的風格啊……」儘管不是故意，但我的聲音裡帶著某種自虐。「我啊，光小姐——令妹明子曾經當面對我說，我這種傢伙最好去死。說我在身體裡飼養那般駭人的怪物，還想與他人糾纏——如意算盤打過頭了。」

「……那真是失禮。」光小姐露出無可奈何的苦笑。「不過，明子也有明子的想法。」

「明子小姐的想法……？」

「我想她一定是很羨慕您。」

「羨慕？誰？我嗎？」

「或者是……嫉妒嗎？」光小姐說道：「無論何者——明子大概都不肯承認她和您是同類。」

「同類嗎……」

換言之就是替代品嗎？

我和明子小姐確實有共通點。

至少我自己如此認為。

「嗯——因為我跟所有人都很像，可是，真要說同類的話，頂多只有殺人鬼。而且我就連那個殺人鬼的下落都——」

「您——就是您。」光小姐——不知為何用一種異常強烈且嚴肅的口吻說道：「這世上沒有您的替代品，所以——也找不到您的同類。」

「……要是這樣就好了。」

要是這樣就好了。

要是這樣的話，那就太好了。

我無力低喃。

不覺間——變得軟弱。

果然……還是不行啊。

一旦有人縱容我。

我就忍不住向縱容者撒嬌。

就某種意義而言，

比起七七見，她是我更不想遇見的人。

千賀光。

「四月離開那座島的時候——」我說道：「伊梨亞小姐有邀請我，問我要不要留在島上。那是她第一次邀請我，問我要不要留在島上——成為家人。」

「家人……」

「現在想想，或許當初應該接受邀請。徹底拋開這邊的事情，歸隱小島。這麼一來，至少不會拖累公寓鄰居——」

亦不會被「最惡」盯上。

不會打亂故事。

即便打亂——亦不至於這般嚴重。

不至於這般嚴重。

「就算您留在本島——我想結果還是一樣，頂多是進展得比較慢。」可是，光小姐否定我的想法。「這個房間以前的主人——我記得是紫木一姬小姐，對吧？」

「……對，妳是聽哀川小姐說的嗎？」

「略聞一二，聽說她的綽號是小姬。」

「嗯，沒錯。」

「姬菜真姬小姐小時候的綽號也一樣。」

「咦？」

「**小姬**。」光小姐顯得有些開心。「假如您在姬菜小姐遇害現場——一定會出現跟紫木小姐遇害時同樣的反應，不是嗎？」

「……」

我很討厭——那個人。

非常討厭。

雖然討厭——

即使如此，如果死在我眼前，我一定。

那時，我只怕——

我絕對。

我絕對無法保持冷靜。

「所以——您到哪裡都一樣。」

真姬小姐——

知悉自己兩年後將死亡。

既然如此，事情——不就只是如此？

到頭來，我——

縱然可以打亂故事。

縱然可以加快故事。

仍舊無法讓它停止。

更不可能——逃離。

就是這麼一回事嗎？

意思就是這樣嗎？

真姬小姐。

她什麼都沒告訴我。

因為她早已明白。

無論我如何掙扎，亦無法改變任何事。

然而……

不，可是……

可是，**正因如此**。

就連她都——

無法預見自己死後的發展。

原來如此……我此刻終於發現。

此刻——失去預言者的此刻，對任何人而言，都是完全未知的領域。

今後發展沒有人能夠解讀。

狐面男子創造出這種狀況。

這就是——他殺害真姬小姐的動機嗎？

怕有人多嘴透露故事發展云云，固然不是說謊，但不是最大目的。真姬小姐也許有能力解讀途中經過，然而關於世界的終結、故事的結局，**即便能夠事前預知，亦無**

法瀏覽最後結果。

狐面男子藉由殺死真姬小姐——

讓故事混沌不清。

正如他藉由殺死小姬——

讓我陷入混亂一般。

「跟姬菜小姐被殺也有關係——妳那天之所以這樣講，就是這個意思嗎？」

「嗯——差不多是這樣。」

「……原來如此……該怎麼說呢……喏，光小姐，我雖然是渾渾噩噩、糊裡糊塗的笨小子，不過以前……以前並不是這樣。」

「不是這樣是什麼意思？」

「該怎麼說呢？是更……冷酷、理智，不可能為人拚命，怪裡怪氣的小鬼——」

「從印象來說，或許真是如此。」

「那樣的我變成這樣——很可笑吧？果然是在逞強吧？我啊——現在忍著腹部刀傷，為了美衣子小姐——準備前去赴死亡之約。甚至忘記迄今過著何種人生、忘記自己過著何種人生，為他人行動。迄今傷害過無數、無數的人，如今卻主動挺身而出，只為拯救一個人。這本來就是我的責任，根本稱不上拯救，居然厚顏無恥地把自我犧牲掛在嘴上。我想——自己現在的樣子一定非常難看。」

「沒這回事。」光小姐說道：「基本上——我不認為您是如此冷漠的人，至少對友小姐就不是，對吧？」

「玖渚——畢竟是我的責任。」我答道：「而且待在玖渚身旁的——並不是非我不可。玖渚只是需要某人，並不是需要我；換句話說，我這是——**乘人之危**。」

「也許。」光小姐頷首。「不過——除了您以外，到底還有誰能夠待在友小姐——那個玖渚友身旁呢？」

「……」

「除了您以外——沒有任何人能夠愛玖渚友，成功拯救她的只有您，就只有您一人。」光小姐靜靜道。

那依舊是堅強且嚴肅的口吻。

「假如您已經忘記，請回想起來。您這個人無論何時——都只為他人行動，不是嗎？」

「……咦？」

「四月，您為了園山小姐、我和友小姐拚命。至於後來的事件——我也聽春日井小姐說過。五月為了同班同學江本小姐，六月為了紫木一姬小姐。七月又……或者該說是一如往常，為了友小姐行動——就連上個月也是，對。」

「……」

「您總是——為了身旁的某人行動，為了某人受傷。為了不讓某人受傷而受傷，為了某人的傷口——受傷。或許有人會不忍目睹——可是我想一直注視這樣的你，我認為您很了不起。因此——要說可笑的話，也許很可笑；要說傻眼的話，也許很傻眼。

不管再如何假裝煩惱——

「——這麼了不起的您，面對這種狀況，絕對不可能袖手旁觀。」

我——

拿起背包，站起身。

光小姐展開夾克，繞到我的背後。她拉開袖子，套入我的手臂。動作非常流暢，沒有半分停滯。

嘖——

「妳真是最棒的女僕。」

妳是女僕中的女僕。

其他女僕已無法滿足我。

妳讓我——心神顫動。

「不，沒這回事。」光小姐繞到我前面，替我整理儀容，接著向後退兩步，跟我保持距離。「我的忠義可以用金錢購買。」

「……」

「不過……您的勇氣則是無可取代。請您挺起胸膛。雖然時間短暫，但能夠服侍您這種人是我的光榮。」

接著——

光小姐掐住裙子一角，

深深——一鞠躬。

「請慢走，主人，我衷心等候——您的歸來。」

「——我走了！」

不是軟弱的真正堅強。

不是溺愛的真正溫柔。

我讓光小姐從背後推了一把——

踏出公寓走廊。

嘎吱作響的走廊。

光線昏暗的走廊。

退出ER計畫，返回日本之後不久——我搬到這棟公寓。

當時的介紹人是美衣子小姐。對美衣子小姐而言，這裡的房客就等於她的家人——

鈴無小姐是這麼說的。

老實說，我並不是很瞭解家人這種事，要說如同家人般熟悉、如同家人般親近的人，就只有玖渚——

可是，這裡的氣氛很棒。

倘若美衣子小姐不在，一切將就此崩塌。

大家將因此悲傷。

無論是浮雲也好、小姬也罷。

我不能讓這種事發生。

我絕不能容許這種事。

這麼說來——

零崎一賊似乎是最重視家人羈絆的集團——換句話說，零崎一識那個殺人鬼說不定亦曾在某時某處品嘗過這種感覺。

我一方面覺得有，一方面又覺得沒有。

要是有機會跟那傢伙重逢——重逢。

我想問他關於家人的事。

雖然不可能重逢，雖然不想重逢，可是，就過去經驗判斷，我總是見不著那些以為有機會重逢的人物，卻經常遇上那些以為不可能再見的對象。就算零崎人識死亡的傳聞屬實，我還是覺得最近可能見到他。

為了重逢。

首先，我必須活過九月。

我離開公寓，朝停車場前進。

就在此時——

路旁杵著兩個人。

右邊一個，左邊一個。

在陽光依然強烈的夕陽餘暉中——宛如埋伏似的，路旁杵著兩個人。

其中一個是眼角下垂的少年，雙腿修長，軀幹削瘦，顯得十分勻稱、敏捷的體型。大概是剛打工回來，少年穿著綠色工作服。前額有黑色瀏海，雙手插在口袋，嘴裡叼著香菸。

至於另一個——留著妹妹頭的少女。

純白連身洋裝，比洋裝更白皙的肌膚，只有嘴唇格外鮮紅。她以極其冷漠、極其不屑的冷酷視線——瞪視著我。

「萌太小弟——崩子小妹妹。」

石凪萌太和——闇口崩子。

「殺之名」的逃兵，骨董公寓的住戶。

還沒……出發去澄百合學園嗎？

戒備之心瞬間湧現。

我自然——停下腳步。

腹部——疼痛。

傷口疼痛。

沉重難耐的沉默襲來。

「你不必怕，伊哥——」萌太——用足以緩和緊張氛圍的美妙聲音說道：「一旦締結主從契約，崩子就無法對你出手。她不但不能攻擊你，也不可能干涉——你的行為。」

「主從……？」

「『闇口』是只能為主人發揮殺傷能力的極度限定暗殺者——如果沒有跟某人定下契約，就不能行動。」

啊啊……這麼說來，出夢有告訴我這件事。而且，崩子刺傷我的時候，好像抱著我的頭——說過諸如此類的話語。

原來如此——那就是崩子「行動」的必要條件。

為了發揮「力量」，必須有「主人」。

主從契約。

只能為了某人——

只能為了不是自己的某人發揮力量。

「崩子完全沒想到伊哥這麼快就恢復意識，因為在伊哥昏睡期間，她就可以自由行動，不受伊哥的束縛。」

「是我估計失誤。」崩子咂嘴似的不悅低語道：「早知如此，就該毫不留情地攻擊要害。」

「……呃，聽說是致命傷。」

「我應該瞄準心臟才對。」

「那樣會死人的。」

刺傷——也是必要條件嗎？

至少對崩子而言是如此。

真可怕啊……

除了「阻止」我之外，刺傷亦是為了解除締結契約所必然產生的束縛嗎？即使那只在我住院期間有效。

竟然冷不防地使出那種駭人密技……

對不知事情原委的我而言，那是莫名其妙的行為。

「總之，」萌太說道：「在這麼草率的情況下完成『闇口』的終生大事——主從契約，是崩子的失誤，再加上又誤判伊哥的頑強——她現在再也沒辦法阻止伊哥的行動了。」

「沒辦法……」

「就是絕對服從。」

「絕對……」

我不知不覺轉向崩子。

她猛然回瞪。

絕對服從……

總……總覺得心頭小鹿亂撞啊。

「崩子。」

「……是，有什麼事嗎，大哥哥？」

「妳學狗叫看看。」

「……」崩子先是大驚後仰——接著恢復平時那種若無其事的酷表情：「……汪。」

鎮靜自若的表情，只有停留在外觀。

少女的身體強忍屈辱般地顫抖不已。

紅唇緊抿，眼角浮現淚光。

……總覺得有種不再為人的感覺。

人間失格，戲言玩家。

她似乎不是興高采烈地聽命於我……

「呵呵。」萌太樂不可支、大有深意地輕笑。他好像在生氣。「總而言之，所以——崩子再也沒辦法阻止伊哥要去哪裡，只能全力協助伊哥毫髮無傷地抵達目的地，維護伊哥的安全。」

「……萌太呢？」我問道：「萌太——沒有這種約束吧？畢竟是……『死神』。況且你們又何必在這裡等我，自己先去不就得了？」

「因為我和崩子都不知道澄百合學園的地址。」萌太輕描淡寫地說：「只好請伊哥替我們帶路囉——況且我們也沒有代步工具。十五歲的我和十三歲的崩子，完全沒有代步工具。小孩子實在很不方便，啊～～傷腦筋、傷腦筋。」

「這種小事……」

這種小事……明明很容易解決。

你們的話，方法肯定多得數不清。

「是萌太……說要等大哥哥到最後一刻。」崩子似乎真的非常不悅，將矛頭轉向萌太。「我就說這樣很危險，萬一大哥哥再受傷——你說怎麼辦呢，萌太？」

「……」

若讓本人冷靜吐槽，崩子對我採取的行動，其危險程度凌駕本人迄今體驗過的任何危機，乃是最高級危險，呃，唉……不過目前的氣氛也不適合講這些。

「我啊，崩子。」

萌太裂嘴一笑。

這小子看來性格頗為惡劣。

身為崩子同父義母的的哥哥，萌太確實是叫人見了為之血液凍結的美少年；可是他跟崩子不同，外表帶著某種偏執，無法勾起他人的保護欲望。

「我是打從心底喜歡伊哥和美衣姊，我很愛他們。」

「既然如此——」

「我和妳的愛人方式不同。妳很重視自己喜愛的對象——我只喜愛自己重視的對象，我們不是昨天才談過？」

「……」

「打賭是我贏了。我一直相信伊哥會回來，不，我早就知道結果是這樣。」萌太對我招手。「我等得好辛苦呀，伊哥。」

「……那真是辛苦你了。」

「該不會到了這個地步……」崩子有些自暴自棄地凝視我道：「大哥哥還堅持要自己去，不許我們同行吧？」

「你們是為了美衣子小姐吧？」

我——將停止的雙腿向前踏出一步。

穿過兩人般地前進。

「只要不是為了我——就隨便你們。」

我頭也不回地前進。

然而，那腳步聲——

「——如您所願。」

一個——

「我原本就打算這樣。」

兩個——重疊。

既未交談，亦未相互確認，

只是步調統一地——前進。

闇口崩子。

石凪萌太。

以及——戲言玩家。

三人三種，統一的步調嗎？

不，還有一個人——

也差不多該登場了。

那個老愛讓人等待的人——

不可能錯過這種時機。

現在恐怕已瀕臨極限。

呿……就愛讓人乾著急。

可是，精彩場面——就是現在。

倘若錯過此刻，就不是那個人的風格。

我們轉過街角，抵達停車場。

美衣子小姐的飛雅特五〇〇和我的舊款偉士牌中間，那個還沒有人承租的停車格

——前天我腹部被刺傷時，伏倒的那個位置停著——

令人目眩神迷的赤紅、流線型的外觀。

時尚的——敞篷車。

「……」
「……」
「……」
沒有人開口。
亦沒有交換眼神，三個人各自散開，分別朝那輛敞篷車前進。
我繞到右側——坐上副駕駛座。
崩子和萌太則走向後座。
鑽進車內，關好門。
引擎——沒有熄火。
我側眼確認駕駛座的人。
雖然沒有確認的必要——我仍想親眼看看。
及肩——整齊的紅髮。酒紅色的套裝、胸襟大敞的襯衫、迷你裙，以及座椅不向後推到極限就擠不下的修長雙腿。只能用美女一詞形容，同時充滿危險魅力的外貌，完全無法窺視眼眸的深紅色太陽眼鏡。
光是坐在那裡，就震撼人心。
絕對的——壓迫感。
存在感。

「客官——要上哪去？」

她如此說完——露出嘲諷的笑容。

人類最強的承包人——哀川潤登場。

我努力擺出最酷的模樣應道：「跟妳到海角天涯。」

第七幕——宣戰布告。

0

在破壞以前創造。
在瓦解以前葬送。
信仰在右，均衡在左。
明著搞笑，暗地建樹。
為某人悲傷。
為其人憎恨。

1

「呵呵呵，原來如此。換言之，那個叫奇野賴知的小子，如果以簡單明瞭的『幽波紋』來打比方，就是『紫煙』(註6)吧？」

「呃，也不必大費周章地用幽波紋來打比方……」

這樣會簡單明瞭嗎？

6 幽波紋為《JOJO的奇妙冒險》裡的超能力。第五部登場的紫煙，雙手各有三個病毒膠囊，一旦被傳染，病毒將破壞肉體功能，約莫三十秒從體內開始腐蝕融解。

哀川小姐一開始就加速疾駛。

我首先說明目前情勢，從副駕駛座轉頭對著駕駛座的哀川小姐，講述迄今的經緯，只見她毫無詫色，不時回話。

「……莫非妳早就對情況有所掌握？」

「嗯，小唄她跟我說過大略情況。」

「小唄小姐嗎……」

可是我什麼都沒告訴她啊。

不過，畢竟是品性不佳的小唄小姐，從我們在病房的談話、從我最後出聲挽留她的行為，認定我「有所隱瞞」而著手調查我的周遭也不奇怪。

話雖如此……

原來如此，小唄小姐確實遵守跟我的約定。

「哈哈哈，不過我倒是不知道她這麼喜歡我咧。」

「我倒是有發現。」

「你對別人的事就挺敏銳的嘛，異端。喏，崩子妳也這麼認為吧？」

哀川小姐轉向後座（明明在開車）問道。在這種狀況下，崩子終究不可能粗線條到一搭交通工具就昏睡，坐在哀川小姐正後方的她，一聽見哀川小姐的詢問，略顯緊張地應道：「是。」

雖然聽我提過幾次，不過仔細一想，這是崩子他們第一次見到哀川小姐本人嗎？

我那時還不曉得崩子他們的身分，但是對於「殺之名」出身的崩子和萌太，「人類最強的承包人」、「死色真紅」——哀川潤，肯定是意義非凡的角色（甚至對出夢亦然）。

萌太還是老樣子，嗯，這或許是他本身的性格問題，只見他悠閒舒暢地沐浴在敞篷車的疾風中，崩子則有些神情緊繃。剛才已經完成自我介紹，卻完全沒有和樂融融的氣氛；不過，哀川小姐當然對此毫不在意。

「崩子選擇這麼遲鈍的男人當主子，真是辛苦啊～～」

「嗯，正如您所言。」

「怎麼樣？要不要趁現在改認我？崩子也覺得主子帥氣一點比較好吧？」

「不，就算大哥哥是遲鈍到沒藥救的木頭人，我也無權置喙。」

「……」

真想再命令她學狗叫。

那是既危險，又甜蜜的誘惑。

儘管都是年紀比我小的女生，但崩子跟小姬不同，一直把我整得好苦……

嗯，不過崩子和萌太不像出夢，兩人對哀川潤都沒有敵視之心，這倒是好事一樁。我現在最不想遇上自亂陣腳的情況。

「既然我們這邊有哀川潤——」萌太加入對話。「——想必能夠輕鬆獲勝。這麼一來，我也不用浪費太多體力。我明天還要打工，體力剩下越多越好。」

呃……

這是沒有跟哀川小姐一起行動過的說法。跟她一起行動，確實可以輕鬆獲勝，但疲勞度也絕對暴增三、四倍，事後不可能殘留任何餘力。

這是不能輕易使用的殺手鐧。

以王牌而言，實在太過鋒利。

但此刻的情況——亦不容我實話實說。

「可是，澄百合學園啊——我以為再也不會到那裡去了。居然把那裡當成基地，可見那傢伙相當扭曲，哼——」

「……」

「——死老爸，哈！」哀川小姐大笑一聲。「終於……給我找到你啦。」

「找到？」

換句話說，這一個多月來，哀川小姐果然一在找她的父親——狐面男子嗎？正因如此，才會——下落不明嗎？

「莫非是從出夢那裡聽說狐面男子的事，哀川小姐才——」

「潤！不許用姓氏叫我——好久沒說這句臺詞啦，好，你繼續。」

「……潤小姐從那時起，就一直——在找狐面男子嗎？」

「不，我很久以前就在找那個死老爸。狐面男子——這麼瀟灑的綽號我倒是初次耳聞。哦——難怪我怎麼找都找不到人，居然玩起變裝來了。」

「咦……」

變裝是指那個狐狸面具嗎？

……應該不是吧……

「嗯……我也有猜到五成——你們父女的感情似乎不太好。」

畢竟——十年前。

假設是西東天二度赴美時**製造的**——答案就呼之欲出。兩人不是普通——感情融洽的父女，乃是可想而知的結果。

「……」

「那傢伙啊，小哥——」哀川小姐說道：「——可是最惡哪。」

「既然你聽說了，我就告訴你吧——我有三個父親，不……是曾經有三個父親。原本應該陸續減少一個、兩個、三個才對，卻還是留下一個。」

「我聽說三個都是——」

「嗯啊，**都是我殺死的**。」

以殺人、弒親的告白而言，那實在太過堂而皇之。

崩子和萌太亦毫無反應。

這很正常。

這對兄妹——主動捨棄自己的父母。

「畢竟是十多年前的陳年往事——又不是我很樂意揭露的過去。當時我還不是最強，更不是什麼承包人，而是那三個人的——道具。」

「道具……不是女兒嗎？」

「既是女兒，也是道具。」哀川小姐嗤笑道：「話雖如此，嗯——工作內容倒是從那時起就沒變過。基於那個死老爸的意志，我可是幹過不少勾當喔。」

「……」

「因為我覺得很不爽，就把他們統統殺了。嗯，這就是我跟那傢伙的因緣。」

不可能——這麼簡單吧？

絕非三言兩語所能道盡。

我知道。

我——**非常清楚**。

「……你們不是親生父女嗎？」

「當然不是，年紀也不合吧？」

「也不至於……不可能。」

西東天現年三十九歲。

哀川小姐推測二十多歲。

倒不是——完全不可能。

「而且五官又很相似。」

要說是孤兒或撿來的孩子——有些牽強。

就設定而言，有些牽強。

「那當然了。」哀川小姐說道：「因為我是他姊姊的女兒。」

「……姊姊？」

西東天——確實有一對雙胞胎姊姊。

那對失蹤的雙胞胎姊姊。

「雖然最後還是不知道是哪個姊姊——不過，這就是那個死老爸收留我的**原因**——哈！他可是最差勁的戀姊癖呢。」

「原來還有——這麼一段內情嗎？」

我嘴裡這麼說，但內心還是覺得事情沒有那麼簡單。十年前——那十年前，西東天及其周圍、哀川潤及其周圍——肯定有言語難以表達、短暫車程無法道盡的漫長、濃厚的故事。

而那個故事只怕永無傳述之日。

不是我該聽的內容。

不能輕易——涉足其中。

因為那是——家人的問題。

「我也認為老爸沒那麼容易見鬼，果不其然。我也猜想他在某處活著——關於將匂宮兄妹收歸麾下一事，我雖然感到驚訝，不過的確很像老爸的風格。」

「……」

不過——

這麼一來，就產生另一種不安。

換言之——對於千辛萬苦找到的父親，哀川潤將採取何種行動？面對父親，她能否保持迄今面對任何人的那種——堅強、最強呢？

既然是過去殺過的對象——

問題就更加複雜。

「——這是小哥的功勞。」

「咦？」

「我可以見到老爸。」

「……為什麼？」

「要不是小哥，我絕對不可能找到老爸，因為他十年前就跟我徹底斷絕因果關係。小哥搜集變態的才能，發揮意想不到的效果。」

「……能夠助潤小姐一臂之力，那是小生的光榮。」

「我這一個月也是四處奔波，甚至跑去美國一趟，根本就是繞了地球半圈，結果還是待在小哥身邊最好。正好小唄也找到我，就乾脆回日本來。」

「可是……為什麼要躲起來呢？找人就找人——還有其他方法吧？例如拜託玖渚、拜託『小豹』，要不然一開始就埋伏在我身邊。」

「光聽出夢那席話，我根本想不到。要是知道你被死老爸『指名』，我當然會埋伏在你身邊。」

「……說得也是。」

敞篷車在高速公路疾馳。

我們的行進方向是遠離市區，因此路上車流不多。「可是，」後座的萌太眼見我們的對話到一段落，便插口道：「潤小姐——妳沒問題嗎？」

「嗄？什麼事，美少年？」

「輕鬆獲勝我當然很歡迎——可是從妳剛才說話的態度，我感到有些不安。哀川潤小姐，妳……」

我回頭望向萌太。

他喜孜孜地微笑。

看起來的確有些——不安。

「……**該不會是想見父親吧**？」

「……」

「如果妳是為了恢復跟父親斷絕的那些因果、那份情緣，這一個月才故意躲起來的話——非常抱歉，我必須與妳分道揚鑣。因為我不想——被扯後腿。」

「——面對最強的本人，你還真是能言善辯啊，美少年。」哀川小姐似乎打從內心歡喜。「年紀輕輕就如此老氣橫秋，不累嗎？你要是生氣，用平輩口吻跟我說也無妨。」

「我平常說話就是如此。」

「這就是所謂的處世之道嗎？」

「正是。」萌太頷首。「我和家妹崩子都對父親有意見——跟那種理由的妳無法相容。況且我對那個狐面男子——西東天，一點興趣也沒有。對我而言，那種人怎樣都無所謂。我只對剛才伊哥說的奇野賴知有興趣，因為解毒劑在他身上。」

「……」

「妳既然是承包人——就請不要感情用事。我要說的、我的不安就只有這樣。」

「噗——」哀川小姐忍不住爆笑。「這還用說？我看起來是會在工作上感情用事的傻瓜嗎？」

呃……

我覺得哀川小姐一直以來超愛感情用事……

「我之所以要找那個死老爸，美少年——」哀川小姐說道：「是為了徹底殺死他。」

「……」

「不必擔心，這次保證是輕鬆獲勝，美少年。在這個世界、在任何世界被稱為『最惡』的傢伙，除了他以外還有很多——可是被稱為『最強』的，就只有本人哀川潤一個。」

萌太——聞言聳肩說道：「……那算我問了失禮的問題，請妳忘記吧。」

「沒問題。」

站在第三者的角度、夾在兩人中間的我，多少有些提心吊膽，不過哀川小姐似乎毫不介意。嗯，讓我多嘴的話，「最強」和「最惡」在慣用語的使用頻率上有霄壤之別，將兩者置於天秤比較不啻是雞腿比大腿，但我亦無意說這種不知趣的言論。

「啊，可是，哀川小姐。」

「潤！」

「……潤小姐，關於『十三階梯』——潤小姐的另一位父親，架城明樂也名列其中。」

「啥？」哀川小姐神色詫異。

我於是詳細解說剛才尚未提及的「十三階梯」成員，並且特地說得讓後座兩人亦能明瞭。這是我第二次對崩子解說，萌太照理聽她講過，不過還是仔細一點比較好。

「『十三階梯』啊……不知這是在模仿『幻影旅團』還是『GUNG-HO-GUNS』（註7），在我看根本是一群怪人，稱不上什麼傑出成員。」哀川小姐聽完說明，苦笑道：「那個老爸……連這種嗜好都沒變嗎？說得也是，因為追逐的目標一樣……」

追逐的目標——追求的目標。

世界的終結。

故事的終局。

「可是小哥，你大可不必擔心架城明樂，他不可能活著。」

「不可能活著——」

「這件事我可以斷言。」

7　這兩個團體分別出自漫畫《HUNTER x HUNTER獵人》和《槍神》，成員數都是十三人。

「因為是妳——殺死的嘛。」

殺死。

殺人。

殺死人。

殺死人殺死人殺死人。

冷靜！

承認吧。

那是——陳年往事。

我不必為此動搖。

「不——」然而，哀川小姐這時支吾其詞。「——正確來說，我殺死的是另一個藍川純哉。不過，到半途為止確實是我殺的，而且又特地——確認過。出夢不曉得也很正常，但我是當事人，沒有人比我涉足更深，因此我可以斷言。架城明樂，不可能活著。」

「但是……『十三階梯』的成員——」

「大概是『退休背號』之類的吧？」哀川小姐嘲諷地道：「對死老爸而言——架城明樂是無可取代的。比起摯友藍山純哉，對死老爸而言，架城明樂是獨一無二的。」

「……」

嗯——我一方面同意。

內心又略感不妥。

光小姐告訴我——

哀川潤有三位父親。

當事人亦坦言不諱。

是故，這算是客觀事實——然而，哀川小姐從剛才就只肯稱呼狐面男子「老爸」，對其他兩人則沒有類似的感情。只肯稱呼實際是「舅舅」的狐面男子——父親。或許是由於狐面男子跟她的血緣關係比其他兩人更親密——可是對於繼承姓氏的藍川純哉亦是如此，總覺得——有些奇妙。

萌太的不安——其實我亦有相同感覺。

假設。

假設——**最惡和最強有和解的可能性**——屆時情形將無法挽救，不是嗎？

哀川小姐——這一個月都在尋找西東天。不僅是這一個月，從很久以前就在找他，說不定是從十年前起，從殺死對方之後——就一直在尋找。

既然如此。

假設和解的可能性很高。

我們感到不安的要素就很多。

對於哀川小姐——

這種不安是否適用？

「總之呢，小哥，這就要說十年前——發生的事，就是那件事造成三個父親感情失和。」

「哦——」

「我和死老爸吵架，藍川純哉支持我，架城明樂選擇西東天。最後變成父女二對二戰爭。」

「然後呢？」

「存活下來的就只有我一個。」哀川小姐想起當年回憶，露出緬懷的神情。「不過，那時我也死了一次。因為那時我沒有名字——呃，所以就借用藍川純哉的姓氏。」

「所以——就是這個原因嗎？」

所以——

哀川小姐才不喜歡別人用姓氏叫她嗎？

我還以為這是她的怪癖，才故意一直用姓氏叫她。原來如此，聽她這麼一說，我終於明白了。

「你果然是故意的嗎……」

哀川小姐的聲音帶著強烈的重力。

我的思緒好像被她識破了。

「這、這先姑且不提——」我硬是轉移話題。「妳那時沒有名字嗎？」

「也不是完全沒有。大家替我取了各種不同的名字，目前的別稱多半是當時留下來的……每個都沒什麼品味，我自己不是很喜歡……嗯，不過，當時最常被稱為『Eagle』。」

「Eagle?」

「因為藍川純哉是『Hawk』。」

「啊啊，『鷹』和『鷲』。」

「以我們的情況而言，雙方都是『鷹』。」哀川小姐說道：「因為我的戰鬥方式是師承藍川純哉。」

「……」

「唉，行為最像父親的，說起來還是藍川純哉啊～～每次最後都站在我這邊。」

嘴裡這麼說——

為何不叫他「老爸」?

或者就是那麼一回事?

抑或不是那麼一回事?

那是別人的家庭。

不是我該插嘴之事。

「沒有名字的對手——你感到棘手?」

「……不，有通稱就無所謂。歸根究柢，名字也只是記號——不過呢，呃……一開始就沒有預定要讓誰稱呼的記號，**純粹只是記號的記號**——我就覺得很難應付。沒有意義的記號也就罷了，對於**沒有記號意義**的那種，我實在束手無策。那簡直就像——雜音。」

「……」

「語言——不通。」

嗯——這也無可厚非。

對他們而言，這種程度的對策乃是天經地義。

從目前的情勢來看——為了對付我，就占掉「十三階梯」的一個名額，或許該視為一大利多。

我——此刻不是一個人。

闇口崩子。

石凪萌太。

哀川潤。

我有三位——可靠的夥伴。

「十三階梯」——不足為敵。

「呵呵呵……話說回來，『十三階梯』只有十二個人，確實令人在意。該不會是有祕密隊員吧？因為那個死老爸最愛在關鍵處有所隱瞞。」

「我看也沒有隱瞞的必要。」

「嗯……或許吧。如果第十三個人是**我**，倒也算得上出人意料。」

「搞不好真的是為妳預留位置。」萌太說道：「先不管妳怎麼想，**令尊**——說不定內心還割捨不下。」

「不可能的。」哀川小姐說道：「那個死老爸——對我是一點感覺也沒有。」

「……」

「反正——他也沒想到我會出現吧？不，就算有想到——**那種事其實都一樣。**」

「……哀川小姐。」

「你下次再這樣叫我，小心我把你踹下高速公路。」

「……」

既然知道我是故意這樣叫，她真的非常可能把我踹下去。

言談間，車窗外開始出現似曾相識的景色。這麼看來，到澄百合學園的路程應該剩下一半距離。

「對了，小～～哥～～不是問你，這是要問後面兩位的問題。這群『十三階梯』裡，你們認識哪些？老實說，我對世事不甚熟悉，幾乎都沒聽過。」

「我也不太清楚，我雖然是『死神』，但完全沒有實戰經驗。」萌太答道：「不過，崩子——妳認識其中一個吧？」

「……對。」崩子點點頭。「闇口濡衣——不過，我沒有見過本人。就連『闇口』陣營，也沒有人見過濡衣前輩。所以——我想沒有任何參考價值。」

「原來如此。」哀川小姐聞言，並未露出失望的神情。「這麼說來，目前能夠掌握的就只有那個叫諾衣茲的雜音小子和奇野賴知兩個人嗎？小哥看見的那個浴衣狐面是誰也是一個問題，不過也只有聽其自然了。」

「大概。」萌太說道。

「我也是這麼想。」崩子說道。

「呃……那麼——再扣除架城明樂，剩下的『十三階梯』是十一個人嗎？所以說，我們有四個人，嗯……那我負責九個好了。」哀川小姐說道：「然後美少年和美少女各負責一個。」

「……」

「……」

「嗯？你們不要的話，我一個人負責全部也可以喔。」

「不——這樣就好。」萌太說道：「那我就負責一個。我是希望可以對付奇野賴知，但我不會強求。崩子也是一樣吧？」

「……我只遵從戲言大哥哥的意思。」崩子說道：「如果大哥哥說好，我就好。」

「呃，崩子妳這樣說我也很傷腦筋……我想想……對方有十一個，一人負責一個的話……」我聞言開始扳指數道：「……咦？那個……潤小姐，那我應該做什麼才好？」

「你當然是負責對付死老爸。」哀川小姐一副理所當然的模樣說：「說來叫人生氣——可是老爸的眼中就只有你。你放心，那個死老爸本身一點戰鬥力也沒有。擁有一定格鬥技能的你，定能輕鬆取勝。」

「不過……」哀川小姐又道：「可以的話，記得留下我的份。」

「……我盡量。」我點點頭，轉向崩子。「崩子小妹妹，那就這樣決定，好嗎？」

「我知道了。」崩子也點點頭。「就聽大哥哥吩咐。」

「……」

總覺得有些死氣沉沉。

對崩子而言，這或許是「闇口」儀式的必要條件；可是對於被迫在那種暴力之下締結契約的我而言，目前的狀況實在叫人坐立不安。況且……就算時間緊迫，只好草率完成儀式，居然跟我這種男人締結那麼重要的契約，老實說，我也覺得崩子有點可憐。嗯～～這件事真的無可挽回嗎……

唉……這也不是現在該想的問題嗎？

「話說回來，『十三階梯』裡面幾乎找不到戰鬥人員……崩子的親戚闇口濡衣、澪標高海和澪標深空，至少就有這三個——再加上奇野賴知嗎？那個女武士淺野，到發病為止好像花了不少時間，不過他應該也有即效性的『毒藥』。另外——時宮最好也小心一點嗎？」

「他是操想術師。」

「嗯，由於某些原因，我對『時宮』略知一二。因為危害不大，也就沒有理會他們……包括『奇野』在內的『咒之名』，我實在不想跟他們有所牽扯。」

「……我想也是。」

我非常同意。

「關於時宮，只要多加留神就沒問題。那是利用人心弱點和恐怖的『能力』──只要不覺得『可怕』，操想術就無機可乘。」

「既然如此……」

既然如此，哀川小姐絕對沒問題。至於萌太和崩子，嗯，大概也不要緊。因為我也沒聽過他們倆對什麼事物有「可怕」的評語。

所以，問題就是──我嗎？

確實有點不放心。

老實說，我──

對狐面男子感到恐懼。

沒有任何人比那個男人──更讓我害怕。

儘管他並未對我做任何事。

總之──我很害怕。

「可是，反過來也說得通。『殺之名』和『咒之名』只要多加提防就好──即使有戰鬥人員和非戰鬥人員之分，基本對策就是『敵人』──相較之下，問題則是其餘那些**認識不深**的成員。因為認識不深，搞不好更難對付。」哀川小姐說道：「呃……空間製作者、架空兵器、大夫、刀匠、人偶師，還有……雜音嗎？」

「對。」

「不知所云。」

「沒錯。」

「我想，大夫和刀匠就不必擔心……大概猜得到對方的行動，我的意思是他們的功能很容易想像。至於人偶師，唔～～這就難說了……不太可能是普通的木偶師……可是，要說詭異的話——空間製作者和架空兵器才是問題。」

「因為——身分不明。」

「空間製作者的話，或許可以想成『鏡中人』（註8）。」

「我覺得不太好。」

「……果然還是聽其自然嗎？」哀川小姐瞥了我一眼，接著看著後座兩人。「那麼，年輕人，趕快決定吧！」

「我和崩子是『戰鬥人員』——」萌太說道：「特別擅長面對這種情況。缺乏實戰經驗的部分，靠才能可以彌補幾成仍未可知……嗯，我們會努力到不感疲勞的程度。」

「……」崩子一語不發。

嗯……我還是有些擔心。崩子跟萌太不同，外表故作冷漠，卻很可能拚命到倒下為止。

十三歲。

如果考量子荻、玉藻和小姬，這個年紀戰鬥絕對游刃有餘——太過執著於常識的

---

8 出自《JOJO的奇妙冒險》，可將對方拉入鏡子裡，強迫對方遵守鏡中世界的規則。

話，事情很難有所進展。

然而，可以的話，我不希望有人受傷。

我們這一方自是如此。

同時亦不希望對方受傷。

我不希望有人受傷。

更不想見到有人死亡。

我無法忍受。

倘若有人因此犧牲——

我將無顏面對美衣子小姐。

無論任何形式——那個人肯定都不願意有人因她受傷。

無論那是何種生命。

她想必會非常——悲傷。

我不能讓她背負十字架。

可以的話，我希望在她毫不知情的狀況下——結束一切。

要說偽善的話，或許就是偽善。

如果這將造成某種罪行，任何懲罰我都甘願承受。

關於此點——沒有改變。

宛如信念。

猶如信條。

手段依舊。

我一個人受傷就好。

希望其他任何人——都不必受傷。

不過，假使——美衣子小姐不希望我受傷——倘若她希望能像那天保護我免於奇野先生的茶毒般——

唯獨此次，我將停止受傷。

車子駛離高速公路。

接著進入私人道路。

是故，差不多——即將抵達。

目的地澄百合學園既已停止營運，這條道路一片荒蕪，沒有一盞路燈。時間已經進入可以稱為「夜晚」的時段，儘管相當危險，但哀川小姐下交流道之後，完全沒有減速的意思。

何止如此——她還繼續加速。

是因為心急嗎？

急著趕去……父親身邊。

「……」

「啊啊，對了、對了，小哥。」哀川小姐用從容不迫的輕鬆語氣對我說道：「大姊姊教你一件你沒發現的事。」

「啥？」

「大姊姊教～～你～～喲～～」

「呃，何必用那種色咪咪的口吻——」

「是關於千賀光的事。」

「光小姐怎麼了？」

「那八成不是千賀光。」

「嗄？」我大吃一驚。

「我沒有親眼看見，不敢保證什麼……可是那應該是千賀彩或千賀明子，我猜是明子的可能性很高。」

「咦……？」

畢竟——她們是三胞胎。

交換身分絕非難事。

三人的差異在於——眼鏡和性格。

眼鏡可以摘除，性格可以假扮。

然而——

「妳憑什麼這麼說？正如妳剛才所言，潤小姐並沒有親眼看見，不是嗎？」

「嗯，不過，反正即使見了也分不出來，因為她們是三胞胎。至於性格——那三姊妹其實是大說謊家。」

「這我也知道，但——」

「小哥見了也分不出來，我見了也分不出來，這是當然的，因為就連主人伊梨亞也沒辦法分辨她們三姊妹的差異。不過呢——**這世上還是有一個人，可以靠外表分辨她們**——」

「……**啊！**」

玖渚——友。

玖渚友——在那座孤島時，單憑一眼、真的單憑一眼就清楚分辨那對三胞胎。玖渚駭人聽聞的辨識力，驚世駭俗的記憶力——光靠這些能力，**即便是相同存在，亦能從中發現不同**。

而且——

那一天，我在地下停車場遭遇狐面男子的那一天——**光小姐決定不去見跟她相處融洽的玖渚**。

換言之——

因為光小姐其實不是光小姐？

「可是……假設真是如此，理由呢？她根本沒有撒這種謊的必要吧？」

「對，按照一般想法，確實不必撒這種謊。不過，**所以說**，假設她不是千賀光，那她應該是千賀彩還是千賀明子的話，我認為八成是明子。千賀光不是一直對你**糾纏不休**？換句話說，**那是為了保護你吧**？」

我——

忍不住回頭看崩子。

的確——崩子也是這樣。

為了保護我而行動。

明子小姐——跟兩位姊姊不同，身分既是女僕，同時亦是保鑣，她是鎮守在赤神伊梨亞周圍的一流護衛。

「春日井——前往那座島之後，不是有跟她們講述你的情況嗎？伊梨亞聽完，不是變得異常不安嗎？絕對不可能死的占卜師被殺，而小哥周圍又瀰漫火藥味——**她想替你做些什麼**，也不足為奇吧？」

「……」

「看你一副不必她多管閒事的嘴臉喲。」

「不……可是，既然這樣，為什麼不一開始就——」

「——一開始就講明的話，小哥一定會拒絕吧？就會擺出這種不必她多管閒事的嘴臉。喏，崩子小妹妹？」

「……嗯，的確。」崩子點頭同意她的看法。「所以我一直——說不出口。」

「……」我只能沉默。

「事實上——崩子和明子的護衛確實成效顯著。從小哥遭遇奇野賴知、出院至今，死老爸就只有在玖渚的公寓成功與你接觸吧？除了明子無法同行，崩子睡著的那一小段空檔以外——都稱得上是銅牆鐵壁的防護網吧？簡直猶如最強的盾牌。」

「……」

「嗯，能夠看穿那一小段空檔的死老爸也很了不起哪——」

到頭來……我無論何時、無論何時，都無法獨力生存嗎……就算用多管閒事、與你無關之類的理由回絕，倘若沒有那些多管閒事，我搞不好早已斃命。

儘管這跟感謝不同。

總覺得感觸良多。

「這純粹是我的個人推測、毫無根據的找碴，說不定千賀光真的就是千賀光；不過，這種想法也挺有趣的。」

「的確——或許是這樣。」

「呵呵呵，一想到那個沉默寡言、冷若冰霜的明子妹妹，居然叫小哥『主人』；明明內心恨得牙癢癢，還是硬擠出笑容來服侍你，姊姊我呀，就覺得『好萌』呢～～」

「……」

我以前就微微察覺到……

這個人果然相當好女色。

說不定跟鈴無小姐很合。

「伊哥。」萌太的聲音從後座傳來。「那個……那個就是澄百合學園嗎？」

「……嗯啊。」

萌太還沒說完——我們已經抵達能夠目視學校的位置。除了非常巨大這點之外，外觀基本上跟普通學校相去無幾。還要一點時間才會抵達，不過——終於抵達學校附近。

已經沒有退路。

退路早已斷絕。

而且——

我亦無意撤退。

絕不可能退出。

「……嗯。」

啊！

這時——我驀然發現。

這時，我驀然發現一件重要之事。

對了——對了，為什麼我一直沒發現這件事？

哀川潤。

就是哀川——潤。

我想起剛才的對話。那一天，我在玖渚公寓不止見到狐面男子，還見到另一個人

——不知其名，誰也不是的她。

她。

她那時說了什麼？

她說要——**變成哀川潤**。

下次要變成哀川潤。

「……」

難不成……

眼前的哀川小姐——**該不會是假扮的吧？**

那個「她」，姑且不管思維和態度，外觀和形體畢竟無法直接複寫——正因如此，她在孤島時才必須殺死園山赤音——是故，外表不可能沒有破綻。

剛才又聽了光小姐和明子小姐的事——這個疑慮很難一笑置之。

然而，有道是世事無絕對。

沒有什麼確認身分的方法嗎？

在這種情況下，以猜謎方式不動聲色地詢問只有我和哀川小姐知道的事實，或許是最明智的作法……可是，如果是那個她，這種小事說不定早就調查過了。

傷腦筋啊……

儘管覺得荒謬絕倫、不可能有那種事，但是，疑慮一旦萌生，就再也揮之不去……化為糾纏不清的夢魘。

「喂，小哥——」

聽見哀川小姐的呼喚，我倏地抬頭。

在我左思右想之際，車子已抵達開往澄百合學園的——最後一條直路。車頭燈的光束長長延伸——照亮校園大門。

大門深鎖。

鐵製門扉。

巨大、堅固的鐵製門扉。

一道人影——跟門扉重疊似的站立。

我見過那個佇立的人影。

那是——雜音。

那是諾衣茲君。

車頭燈的光線，

從對面也看得見嗎？

只見他露齒一笑。

即使相隔一段距離——也看得出他在笑。

「諾衣茲——」

我呼喚其名。

呼喚那個不是名字的名字。

呼喚——不知其名的他。

他一如約定——在校門口等待。

等待我們一行人。

擔任我們的——接待人員。

「喔——原來如此，那就是諾衣茲嗎？『十三階梯』的第十一階——長得倒挺可愛的嘛。」

哀川小姐說完，瞇眼確認對方的外貌及位置——

接著猛力一踩油門。

繼續——加速。

加速、加速、加速——

一口氣駛抵校門。

抵達，然後——

破門而入。

轟然巨響。

令人渾身戰慄的巨響。

她完全沒有減速，直到最後都沒有踩剎車，用最高極限的車速——一口氣撞穿那扇無比堅固的鐵門。

鐵門碎片掠過我的臉頰、萌太的肩膀、崩子的頭頂——迅速飛向後方。

待車子完全駛入校內，哀川小姐終於拉起手剎車。車子宛若畫圖般描繪美麗的圓弧，華麗飄移——旋轉一百八十度，正對前一秒剛破壞的校門。

我朝校門上方望去。

只見諾衣茲君——在半空飛舞哀號。

騰空時間足有五秒之久。

接著，著地。

與其說是著地，那更像單純的落地——不！

那是墜地。

砰咚一聲巨響傳來。

非常疼痛的撞擊聲。

「……好痛……」

雖然有繫安全帶，可是事出突然，身體無法徹底化解衝擊力道。就連後座的萌太和崩子也一樣，兩人的坐姿都亂了。

不，豈止如此——

啞然。

發愣。

甚至發不出——聲音。

我們三個人都驚得說不出話來。

就連崩子、萌太也都瞠目結舌。

這個人。

到底在搞什麼鬼？

就算這裡是停止營運的學校，就算是廢墟，居然這樣貿然破壞？就算要制敵機先，就算要攻其無備，這也未免、未免……太誇張了吧？再怎麼說、再怎麼想，都太超過了。

「好——抵達目的地！」

只有一個人——

就只有哀川小姐一個人，精神奕奕、旁若無人地鬆開安全帶，走下敞篷車，小跑步奔向被震到遠方的諾衣茲君身旁。

接著確認對方有無意識。

不過……

根本不必大費周章地跑到他身旁確認，從這裡也看得非常清楚。諾衣茲君不但不停痙攣，而且雙眼明顯已經翻白。那副模樣怎麼看——都已經出局。

雜音——

雜音就此消失。

太、太快了……

「呃——」哀川潤回頭，朝我們誇張地攤開雙手。「我負責的現在就剩八個，對吧？還是一個？或是十三個呢——」

「……」

「……」

「……」

「——幾個都無所謂嗎？」她說完——露出無所畏懼的笑容。

無所畏懼——天下無敵。

正因如此——最強才是最強。

……

我對剛才瞬間遲疑的自己感到羞愧。

這是——哀川潤。

不可能有錯。

行動如此出人意料的人——

不可能是別人。

我不是早該知道了嗎？

哀川潤小姐是無法偽裝的。

我的內心非常清楚。

因為哀川潤是——貨真價實的。

2

雖然人數不多，但畢竟是團體行動，我們於是決定列隊行進。我三個月前來過這裡，對哀川小姐又是因緣匪淺的場所，並非全無所聞的地點；然而，大量學生「生活」其中的當時和現在，氛圍畢竟大不相同，況且這個校園的複雜程度亦非造訪一、兩次就能完全掌握。不知該說是容易讓人迷路，或者像是一座迷宮，總之是非常錯綜複雜的立體結構，不是一路通到底的平面。能夠俯瞰整個校園結構的，大概也只有子荻，至於小姬和玉藻，八成從來就沒打算記路。

所以，狐面男子——才會派諾衣茲帶路嗎？

……可是他已經出局了。

「那——我負責開道。」萌太說道：「我受過辨識陷阱和機關的訓練——因為是『死神』，察覺人類靈魂所在是我的拿手好戲。」

「哦～～既然美少年這麼說，就由你開道——我負責殿後。」哀川小姐說道：「後方攻擊就由我防守，太過干涉年輕人出風頭也不好。」

「真的嗎？」

「嗯，第一擊可以殺殺對方威風，我就十分滿足了。」

「……」

那種殺對方威風的方式才是大問題。

哀川小姐是很可靠，但越依賴她，就越讓人疲憊……就這個意義而言，不能全部交給她負責。

「那——我和大哥哥就居中。」崩子說道：「總之，以形狀來說——從上空俯視的話，就像是菱形的平形四邊形。大哥哥是左右開弓，對吧？這樣的話，因為我是右撇子——所以我站右側，大哥哥站左側。」

「嗯。」我應道。

或者該說，都已經決定到這個地步，根本就沒有我插嘴的餘地。

「那麼，出發吧？」我如此催促道，可是少了接待人員，完全不知道該往哪裡走。

狐面男子和「十三階梯」的的確確就在這個校園內，但——

該從哪裡找起呢？

雖然一下子就遺失不見，不過上次至少有帶校內平面圖，這次連地圖都沒有……

「呃，這種情況一直杵在這裡也沒用。」萌太說道：「我們是敵對狀態——什麼接待人員，仔細一想，對方根本就不值得信任，伊哥。就這個意義來說，目前的狀況也不算太壞。」

「還真是樂觀積極的想法。」

「既然如此，我們不該待在這種視野良好的地點——萬一對方有弓箭之類的武器就不妙了。總之，我們先到建築裡吧。就算是迷宮，我們有四個人，也沒那麼容易迷路。」

「嗯……」

「伊哥有什麼不安嗎？」

「不是，嗯，我只是很佩服萌太這種不等對方主動出現，就率先發動攻擊的作法，或是剛才潤小姐的行動——因為我沒辦法如此。發發牢騷而已，我並沒有不安。」

「是嗎？那崩子呢？」

「大哥哥沒有不安的話，我就沒有。」崩子說道：「照萌太的方式也無所謂。」

「我再加一個意見。」哀川小姐舉手說道：「下一個出現的『十三階梯』，我們就捉活的吧。因為有許多事想問清楚，順利的話，還可以請對方帶我們去找死老爸。」

「……」

這是妳該說的臺詞嗎？

我忍不住偷偷瞪她。

這女人居然回我一個媚眼。

……不行，器量差太多了。

「到了這個地步，明明已經沒有戲言才對……」

如此這般。

我們按照計畫的隊形，潛入——距校門最近的一棟校舍。因為沒有上鎖，沒有開鎖小刀出場的機會。

昏暗——不，是漆黑。似乎很久沒有開窗，室內空氣異常滯悶，到處都堆積厚厚一層塵埃。彷彿每跨出一步，腳底就會升起白煙。

這裡——好像每個地方都能藏匿。

嗯……我想起來了。

澄百合學園。

懸樑高校。

我在這裡——遇見小姬。

「……喂，伊哥。」

「咦？什麼事？」

「我們先在走廊隨便逛逛，有樓梯就往上走，沒路就往下走——我打算採取這種方式行動，可以嗎？」

「啊，嗯，你決定就好。發現敵人的話就出個聲。我也會注意——不過，這種事還是萌太厲害。」

「對呀，畢竟我是『死神』出身。」

「那個——我可以問你一件事嗎？」

「什麼事？」

「『死神』到底是什麼？」

照字面來看——再怎麼想，「殺手」、「暗殺者」和「殺人鬼」都不能跟它相提並論；話雖如此，出夢又說「石凪」被稱為「死神」是名副其實，這方面的詳細分類，我這種門外漢實在難以理解。

「『殺之名』本來就只是一種隨便的分法，伊哥，其實大家的行為都一樣。」

「行為都一樣？」

「殺人。」萌太簡單答道。

崩子則緘口不語。

只是用左手握住我的右手。

僅止如此。

「要說有什麼不同——不過是為了用理由加以區分，用理由加以歧視而已。你要聽詳細內容嗎？」

「機會難得，可以請你說明嗎？」

「崩子和潤小姐也同意嗎？」

「……如果大哥哥說好。」

「喔，這件事我也一直很想知道。」

……呃，妳好歹知道一下吧？

沒想到這個人這般不知世事……

「首先——我說明一下，我們的世界被區分成四個，第一個是『普通世界』。所謂的普通呢，呃，總之就是基礎世界。說到『普通世界』，不免給人一種平凡無趣的印象，不過它其實是勢力最大的世界。關於這方面眾說紛紜，各家看法不同，至少我個人是這麼覺得。以電腦作業系統來說，就像是微軟視窗。」

「呃，就算用作業系統來比喻——」

「就是說呀，要用簡單明瞭的幽波紋來打比方。」

「那也很難理解吧……」

「好，至於剩下的三個世界，其中之一是——赤神、謂神、氏神、繪鏡、檻神等四神一鏡所占據的『財力世界』，這個世界嘛，就像是麥金塔作業系統。」

「你要一直比喻到最後嗎……？」

「偶然——或許不是，這間澄百合學園是跟檻神家族，以及『神理樂』頗有淵源的場所——對吧？不過，這倒不是重點。然後，下一個是——『政治力世界』，也就是——玖渚機關。這在伊哥面前，應該沒有說明的必要。」

「嗯……沒錯。」

那麼，他將如何比喻呢？

「以作業系統來說，就是UNIX。」

「……」

唔，尚可接受。

或許正是如此。

「至於最後一個——這個世界並沒有所謂的作業系統，因為這是由異端的能力、異能、異形所支配的『暴力世界』。」

「……」

用作業系統來比喻，原來是一種伏筆嗎？

還真是艱澀難懂的伏筆。

有不如無的伏筆。

「那麼，關於第四個世界。」萌太似乎對眾人的沉默略感沮喪，匆匆接續下一個話題。「這個世界的勢力可區分為『殺之名』七名和『咒之名』六名——正如字面所示，『殺之名』主要是殺人能力者，『咒之名』主要是非殺人能力者，不過，其實原本是一樣的。」

「一樣……？」

「或者該說是起源相同嗎？就像是——爬蟲類分別演變成鳥類和哺乳類。正因為起源相同，『殺之名』和『咒之名』才會感情不好，雖然大家的行為幾乎毫無差異。」

那口吻聽來既像輕蔑，又似嘲笑。

那應該真的是在輕蔑，是在嘲笑。

「好，差不多該進入正題了——關於『殺之名』七名，既然是七名，意思就是有七個『殺之名』——依排名介紹的話，首先就必須提排名第一、包括分支在內就是最大組織的『匂宮』，殺戮奇術集團匂宮雜技團。伊哥說的那個『出夢』，便是屬於這個著名的集團。」

「……出夢啊！」哀川小姐感歎地應道：「那小子挺強的……如果單純以強度來說，搞不好是我目前遇過最厲害的對手。」

「……我想也是。」

「至於排名第二的集團，就是崩子的老家『闇口』。他們的特徵是隱密性高，謎團很多。第三則是一賊裡最受人避忌的殺人鬼集團『零崎』——零崎一賊；不過，伊哥說的那個殺人鬼——零崎人識，我和崩子倒是都沒聽過。」

「……」

「……」

哀川小姐和我沉默半晌。

應該問問看嗎？

我應該問她嗎？

問她——有沒有殺死零崎人識。

「你們好歹也出個聲嘛，這樣很寂寞耶。那麼——我已經介紹完其中三個，不過很可惜，其他四個規模非常小。不知該說是規模小，還是前面三個太搶眼。例如闇口，連長相都不讓人看一眼，還是夯得很。真想問他們到底是想紅還是不想紅，對吧，崩子？」

「……」

「連自己的妹妹都不捧場嗎？我還真是不受歡迎。哎，也罷，至於其餘四個——『薄野』、『墓森』、『天吹』，以及我的出身『石凪』，簡直是次要中的次要，偶爾還會被不小心歸類至『咒之名』的超小規模。」

「那——問題是這七個有什麼不同？」

「『匂宮』是殺手，『闇口』是暗殺者，『零崎』是殺人鬼，『薄野』是善後者，『墓森』是虐殺師，『天吹』是掃除者，而『石凪』則是死神。」

「——嗯。」

關於「薄野」、「墓森」、「天吹」，我是初次耳聞。但是，就算加上他們，「死神」依然綻放某種異樣的色彩。

「所以說——大家的行為都一樣。」萌太說道：「要說有什麼不同，就是——理由。」

「……理由？」

「『匂宮』**只要受人委託就殺人**，所以是——殺手；『闇口』**只為特定的某人殺人**，所以是——暗殺者；『零崎』**殺人毫無理由**，所以是——殺人鬼；『薄野』**為正義殺人**，所以是——善後者；『墓森』**為大家殺人**，所以是——虐殺師；『天吹』**為清潔殺人**，所以是——掃除者；『石凪』**專殺不該活著的人**，所以是——死神。」

「……殺人的……理由啊。」

「這純粹是解釋給外行人聽的粗略分類，當然有些個人性格是無法一概而論的，反正我們現在只談組織。可是伊哥，從剛才的說明，很難區分『薄野』、『墓森』、『天吹』和『石凪』吧？不過，正義、仁義、潔癖和命運畢竟完全不同。」

「『死』是——命運嗎？」

「沒錯，對『石凪』而言。」

「對萌太而言呢？」

「我已經退出死神了。啊啊，不對——不是退出，我好像從來就沒當過死神。」

「……」

「機會難得，要不要連『咒之名』也一併說明？或者你不想再聽了？」

「不——」我答道：「……畢竟還有時宮時刻和奇野先生，說不定可以取得攻略的靈感，告訴我吧。」

「好。」萌太點頭。

話雖如此——

這真是令人心情鬱悶的話題。

殺人者。

殺人鬼。

不管怎麼說——結果都一樣嗎？

「殺之名」出身的崩子和萌太，其實沒有實戰經驗——不過，這種場合、這種情況，他們是極有——戰鬥能力的人類。

他們是能夠殺人的人類。

這當然——亦包括我在內。

我可以殺人。

無論是為了他人——抑或是為了自己。

我能夠殺人。

我可以破壞。

唉……想這些也毫無意義。

到頭來，這種事沒有答案。

即使有，我終究無法提出。

正如五月——

將殺人鬼和殺人犯置於天秤衡量的時候，不管再怎麼掙扎、再如何操弄，都不可能獲得簡單明瞭、眾人一致認同的解答。

這種事——我非常明白。

可是，這又何不可？

真的有那麼不對嗎？

追求簡單明瞭的解答。

追逐理想。

……或許是不對的。

畢竟——理想有時是醜陋的。

打著理想的旗號，並不代表淨是美麗事物，甚至不全然是美麗辭藻。

狐面男子的理想——

因為他所尋求的「解答」，能夠回答所有疑問的最初及最後的「解答」，乃是故事的終局——世界滅亡的同義詞。

真是愛找麻煩。

真是多管閒事。

追逐理想、追求理念，也許不是什麼壞事；不過——即便不是壞事，亦有可能變成最惡。

此事萬萬不可忘。

……話說回來，儘管跟那時差距甚大，但這樣一路逛下來，還是不禁讓人想起六月的記憶。

唔……

這麼說來，平安度過那起事件的學生們，後來不知過得如何……我想不可能所有人都回歸正常生活。因為對許多澄百合學園的學生，那或許才是正常生活。

而今——更不可能回頭。

既無法回歸正常生活，更無法回歸原點。

唉，這種事情——

大家或多或少都有些相似。

姓氏和家世。

門弟和出身。

名字和家庭。

大家都受這種事——束縛。

萌太也是，崩子也是。

就連本人也是。

哀川潤也是。

狐面男子——恐怕亦然。

雙胞胎——姊姊。

失蹤的雙胞胎姊姊。

這麼說來，我好像沒有調查姊姊的名字……

「……唔？」

咦？

這麼說來——萌太點頭之後，就一直沒聽見他繼續講述任何關於「咒之名」的解說。怎麼一回事？恍神嗎？

我朝前方瞥了一眼。

一個人也沒有。

「——？」

我連忙——回頭。

後面也沒有任何人。

「為……為什——」

「戲言大哥哥，請冷靜。」

「——崩……」

崩子——還在我的右側。

她還存在。

一直握著我的右手。

「看樣子——我們不知何時落入『機關』了。」

「『機關』……？機、機關是指——」

「大哥哥請冷靜嘛。」

「我、我也很想冷靜……可是萌太和哀川小姐突然不見——」

「請冷靜下來。」

「所以說，就算要我冷靜——」

「汪！」

「……」

我冷靜下來了。

立刻見效。

「……呃，該怎麼說呢？那個……崩子小妹妹……妳身體有哪裡感到怪怪的嗎？」

「沒有，大哥哥呢？」

「不——完全沒有。」

沒有任何——**被動手腳**的感覺。

既沒有聽見任何聲音，亦沒有看見任何東西。

然而——

為什麼他們倆。

哀川小姐和萌太**忽然間**消失了呢？

等等！我以前也有類似的經驗——對了，是跟諾衣茲君第一次邂逅的時候，那輛地下鐵——在我恍神的瞬間——除了諾衣茲君以外，其他乘客統統不見了。

忽然間消失。

所以，是諾衣茲君動手腳……不，他怎麼想都已經出局。儘管沒死，畢竟是身受瀕死重傷，至少不是能夠**動手腳**的狀態。

既然如此——不。

啊啊，對了。

我不是聽出夢說過？

「『空間製作』——」

「……一里塚木之實嗎？」

「八成是……那輛電車的時候，看來也不是諾衣茲君，而是一里塚木之實搞的鬼——我記得那是運用『地利』製作『地點』，專門分散敵人的異能……」

換言之那句話——

就是這個意思嗎？

雖然是敵人，我也不禁想大聲喝采。

不知何時——徹底破壞我們的隊形。

到底是什麼手法——現在想這些也沒有意義。目前陷入這種事態，這就是現實。唯一可以確定的是，這並非「轉動鑰匙，房門鎖住」這種單純的因果關係……不，搞不好機關本身非常簡單；然而，只能從「機關」內側觀察的我們，無法識破箇中奧妙。

「萌太話說到一半突然悶不吭聲——所以，應該不是『時宮』的操想術。正如大哥所言，我想是『空間製作』的分斷術。」

「可是……不過，是怎麼辦到的？對方是怎麼**拐走**萌太和哀川小姐的呢？不可能有那種弱點，那兩個人——不可能如此大意。」

他們倆——看起來都是大而化之的性格，實際上也很不拘小節，但沒有笨到在這種情況下粗心大意。我不知道什麼是「空間製作」，不過應該跟催眠術——「操想術」那些一樣，沒辦法做出違反物理的行為，不可能隔離無法控制意識的人類。

姑且不論萌太——哀川潤絕無可能。

世上豈有能夠拐走她的異能？

況且——一個人也就罷了，居然是兩個人。

哪有可能在毫無異狀的情況下，一次拐走兩個人——

「不，大哥哥。」崩子轉向我們一路走來的方向，指著走廊道：「看樣子——遭到隔離的是我們。」

「嗄？」

「請看地面，鞋印——只有四個。」

積滿厚重塵埃的走廊——

殘留鮮明清晰的足跡。

四個鞋印。

我和崩子兩人的鞋印。

「……走這麼遠都**沒發現**前面的萌太消失，正如大哥哥所言，是不可能的事。所以——我想被拐走的大概是我們。」

「……我——」

我——**太粗心大意了**。

聆聽萌太的「殺之名講座」，陷入沉思狀態。真要說的話，無處不是精神破綻。

有「空間製作」的——可乘之機。

「我也很慚愧——該怎麼說，因為都是非常熟悉的內容，意識就——離開萌太了。

至於殿後的哀川潤小姐，我從一開始就沒注意……」

「有……可乘之機。」

「的確有。」

「……」

如果「空間製作」的含意一如字面——就布置機關的立場而言，與其分別隔離前後一人，不如一口氣拐走中間兩個來得輕鬆……又或許只是無法「隔離」手牽手的我和崩子。

我重新牽起我和崩子因混亂而鬆開的手。

「……大哥哥？」

「要是我們再被拆散就糟了。」

「啊啊——原來如此。」

「可是——話說回來，面對前方的萌太或許是無可奈何——為什麼連走在後面的哀川小姐都沒察覺？『空間製作』真有那麼巧妙嗎……老實說，要瞞過哀川潤，絕對比瞞過我更加、更加困難。」

「……」

「什麼？妳好像有話想說？」

「不……呃……我想那個人……應該有發現。」

「……什麼意思？」

「這只是我的推測。假設哀川潤小姐一如傳聞，只要她意識清楚，我想不可能連有人在眼前被拐走都沒察覺。」

「可是——」

要是這樣，她不可能任由我們被拐走。

她一定會出手相救。

「是嗎？」

「那還用說？崩子既然聽過哀川潤的事蹟，就應該曉得那個人非常愛護自己人，不可能明知危險還袖手旁觀。」

「……戲言大哥哥有像自己說得那樣被她救過嗎？」

「那當然了，因為那個人很可靠。」

從四月相遇開始——

五月也是。

六月也是。

七月也是。

八月也是——

「……咦？」

……仔細一想，她好像沒有鼎力相助？

她的救法，每次似乎都很不徹底？

不到生死關頭，她好像都不肯出馬？

……

咦？

「那個人——愛人的方式似乎也跟我不同。」崩子說道：「她說不定是認為——分成兩組人馬比較有效率。」

「……」

對了……我忘記最重要的關鍵。

那個人——

對他人有評價過高的傾向。

總是以自己的基準談論所有人。

毫無顧忌地暢所欲言。

「大哥哥，怎麼辦？」

「妳問我，我又問誰……」

「現在——隔離的時間還不算長，只要沿著鞋印走回去，幸運的話說不定就能找到他們。」

「嗯……」

「萌太的性格也不會主動找我們，想跟他們會合的話，我們就必須採取行動。」

「不……」我思忖半晌——最後決定不採用她的提議。「不必了，這樣說有點不識好歹，但是待在哀川小姐旁邊，情況只怕更糟。」

「更糟？」

「太強大的力量有一種引力，對我這種人很礙手。上次來這間學校也是這樣……嗯，與其浪費時間找人，我想不如就這樣分成兩組，等於是分成進攻和防守。進攻組當然是他們——我們就利用空檔潛入敵營。說得白一點，就是誘餌作戰。哀川小姐和萌太的話，應該也不必替他們擔心。」

「可是，防守組是我和——」

「對，有崩子小妹妹陪伴，我也比較放心。」我牽起她的手。「好，走吧。」

「……是，戲言大哥哥。」

崩子意外乖巧地遵從我的意見。啊，原來如此，仔細一想，我們好像有締結主從契約……我都忘了這檔事，就是這個原因嗎？所以從剛才就常常聽見她說「如果大哥哥說好」之類的回答。

嗯……

「呃，崩子。」

「什麼事？」

「那個主從契約，一旦締結，就不能取消嗎？」

「咦……什麼意思？」

「喏，剛才在車上妳不是說過，契約不是妳能隨便取消之類的嗎？」

「是……正是如此。一旦締結主從契約，我就不能自行取消或作廢……不過——」

「不過？」

「……」

「不過？」

「汪！」

「不要岔開話題。」

「歐、嗚～～」

「…………」

不愧是第四次，居然變了點花樣。

呃——就算用那種泫然欲泣、欲言又止、忍辱含羞的表情別開眼神學狗叫，我也不知該如何回應。

總覺得崩子……

開始朝古怪的角色演進。

這樣下去，勢必會重蹈春日井的覆轍。

看來得快點解放她。

「如果是戲言大哥哥的話……」崩子終於開口道：「隨時都能解除契約。」

「……啊啊，原來如此。」

「締結契約與否是由我——『闇口』自行決定，另一方面，是否作廢則是大哥哥的權利。主從關係本來就是這麼一回事。」

「嗯——原來如此。」我點點頭。「那麼，等這件事結束之後，我一回去就替妳解除契約，就像七天試用期那樣。」

「……可是，還有以後。」

「以後？」

「以後——再發生這種事的話，我也不可能置身事外吧？沒辦法保證這是最後一次吧？」崩子說道，而且事實也的確如她所言。

「我知道——既然如此，最好還是先跟我解約，再去找適合的人選。我知道妳是為了美衣子小姐，只好隨便就近找一個人結約，但這實在太魯莽了。偏偏挑上我，為什麼不選萌太呢？」

「我和萌太——雖然母親不同，終究是有血緣關係的兄妹。」

「啊，原來親戚不行。」難怪，就是這個原因嗎？「可是，選我很糟糕耶，崩子。我這個人在家相當大男人，絕對服從的話，不知道會被我怎麼樣喔。尤其是妳這種可愛的女生更加危險，我可不是什麼正人君子。對了，我想到一個好辦法了，機會難得，崩子，不如妳就跟美衣子小姐——」

「那是——萌太隨口說的。」崩子打斷我說道：「我不是在草率的情況下完成主從契約，而是經過仔細思考，才選擇大哥哥當結約對象。」

「……」

經過仔細思考……

她思考什麼？

「雖然無法避免大哥哥三十號以前出院的風險——即使如此，我也想跟大哥哥結約。我當時就是這麼想，所以一點問題也沒有。」

「可是——」

「這不是萌太講座的課後輔導——大哥哥，關於我的出身『闇口』——」

「就是暗殺者嘛，只為某人行動的殺人集團。呃，還有人說就像忠貞的忍者集團。」

我想起出夢的那席話。

猶如士兵。

宛如忍者。

然而，崩子冷冷地接道：「要是讓我來說，『闇口』就是一群奴隸，是奴隸候選人的集團。」

「……奴隸。」

「要是讓他們來說，就是——由自己決定人生之主，絕對效忠對方的偉大一族。可是，那是詭辯。只能為某人發揮力量——而且必須對那個某人絕對服從，這不是奴隸又是什麼？生為『闇口』的人類——每個人一出生就是奴隸階級，是天生的奴隸。這就是『闇口』。就連『十三階梯』的濡衣前輩——也沒有例外。」

「……」

「我一直想成為例外。我不想當奴隸，討厭得要死，所以才跟萌太一起——逃家。儘管因此失去故鄉、家人——可是我很開心，一點都不後悔。」

「崩子——」

「我不想成為任何人的奴隸。」

「那……還用說？這是很正常的想法。我不知道妳受的是什麼教育，但妳一點錯都——」

「不過。」

崩子停下腳步。

因為我們手牽手，我也只得跟著停步。

我看著崩子。

我看著崩子的雙眸。

「如果非得成為某人的奴隸，我會選擇大哥哥。我不想服從任何人，不過唯獨大哥哥是——例外。」崩子她——抬頭看我。「我就是如此信賴大哥哥。這次當然是為了美衣子小姐——但我同樣也是為了戲言大哥哥而行動，我決定要為大哥哥行動。因為不想再看見大哥哥受傷，我才自己做了這個決定。所以——請提起自信，請相信我的眼光。同時，請相信我，我會好好努力。」

「……是嗎？看來我是——白操心了。」

「就說呀。」崩子點點頭。「啊，不過——大哥哥，如果可以讓我任性一下，我有件事想拜託你。」

「什麼事？」

「請避免直接的性行為。」

「……」

還真是有話直說的小孩。

一點都不懂得婉轉。

「我的身體還沒準備好——關於這方面，可以的話，請再等個七年左右。」

「……七年啊。」

還真是強人所難。

締結主從關係之後，還是一樣毫不留情。

……不是直接的就可以嗎？

開玩笑啦！

「那……崩子，接下來怎麼辦？」

「我想想……為了防止對方再次進行『空間製作』，我們就先這樣牽手，隨便——」

「**兩位如果沒有其他事，可不可以陪陪我呢？**」

聲音從後方傳來。

我們雙雙回頭。

因為手牽手，動作有些不順。

只見那裡——

剛才檢查鞋印時，沒有半個人的那裡，站著一個——身穿白袍的影子。

白袍——

那是『十三階梯』！

「我是繪本園樹——『十三階梯』的第三階。看服裝就應該知道我是醫生。至於外號，兩位可以叫我一聲『大夫』。」繪本園樹用清脆響亮的聲音說道：「阿伊——有個人有點兒想跟你見面呦。」

第八幕——醫生的憂鬱。

10

若要做想做的事，就不得不做不想做的事；若不做不想做的事，就不能做想做的事。

「出夢——你相當強，是吧？」

「不是**相當**，是僅次於最強的強。」

「既然如此——可不可以教我？」

九州，博多——

出夢的公寓。

我住的骨董公寓，房租一個月一萬圓，若以地段來評估，這個房間大概五千圓左右——不過呢，房間設備相當充實，我想不至於如此低廉。

總之，這棟公寓的一隅。

聽完他的解說，果然超過最後一班電車的時間，我於是和出夢並躺在床舖上睡覺。出夢的人格雖然是男性，不過肉體是女性，我表示自己睡地板就好，但出夢不肯。這次是這樣，上個月的事件亦是如此——出夢似乎非常照顧他人。唉，有那麼麻煩的「妹妹」，這也很正常……

於是——出夢關上電燈。

兩人並躺在狹窄的床鋪上。我和出夢其實並不是那麼熟絡的朋友，一方面難以入睡，一方面也有點緊張——為了化解尷尬，我才主動跟他閒聊。

「教你……什麼東西？」

「變強的方法。」

「……」出夢沉吟道：「啊——」

這裡雖然是福岡縣，但畢竟是郊區，電燈一關上，薄窗簾遮住的窗外就一片黑暗。目前眼睛尚未適應，因此無法看清他的表情。

「這簡直就像在問蜈蚣怎麼走路。」

「意思是問了你也說不清嗎？因為這對出夢是非常自然的行為？」

「這也是原因之一——總之，意思就是沒有一百條腿的人，就算知道蜈蚣走路的方法也沒有意義。」出夢不耐煩地應道：「不要一時興起問我這種無聊事，我們的異能是永遠不可能用大哥哥你們的常識來解釋的。」

「這不是一時興起或好奇心，喏——『十三階梯』的事情當然也是，例如前陣子，我不是半開玩笑地跟你互毆嗎？」

「啊～～對呀，確實半開玩笑地互毆過。」

「可是，我完全不是你的對手。」

「好像是。」

「『十三階梯』的『殺手』和『暗殺者』自不待言，如果要跟其他成員打成平手……就要更……嗯……說得簡單一點也很那個，總之我認為需要立即見效的飛躍性進步。」

「你三十號要跟『十三階梯』見面吧？短短三、四天就能讓大哥哥這種人脫胎換骨的話，我也就罷了，其他『殺之名』不就完全失去立場了嗎？」

「話是這麼說，難道就沒有什麼密技嗎？」

「……唉，所以說……基本上是人生的問題啦！這是我自己想出來的理論，你也不必照單全收——我認為人類的能力多半都屬『獲得能力』。」

「獲得能力？」

「意思就是後天學會的能力。」

「……這話真是出乎意料。」

生活在黑闇世界的人。

生活在黑幕世界的人。

那種——天生的才能——

居然不是他們的天性？

竟然不是他們的命運？

至少——

我以為當事人是如此認為。

「嗯，詳細分析的話，或許是這樣。例如零崎一賊，那群人或許就是如此，因為他們是『忽然間』、在毫無脈絡的情況下變成殺人鬼。可是——就算這樣，如果問我的看法，那又跟『天性』有些不同……呃，如果要說得讓大哥哥也容易理解的話嘛，你先自己想幾個『厲害的傢伙』吧？不限我或『殺之名』，一般世界也可以。」

「厲害的傢伙——」

那簡直多如繁星。

從那座孤島上的天才們，到仰躺在我身旁的前殺手，單單計算這半年，數量就難以計數。

「厲害的傢伙呀，仔細觀察的話——就會發現他們周圍也都是厲害的傢伙。這倒不是物以類聚，人類多半是利用人際關係來建立自我，並從中培養能力；換句話說，就是環境的問題。」

「自我由他人決定——就是這個意思嗎？」

「我不會這樣說，因為自我很重要。不過，要是排除他人，自我也不免變得搖擺不定，這就好比匂宮出夢和匂宮理澄的平衡。所以——生活周遭既沒有『殺之名』、又沒有『戰鬥狂』的你，由於沒有獲得戰鬥能力的對象——絕對不可能贏過在那種環境中成長的『殺之名』。」

「……」

我確實——

我確實最近才跟**那個世界**發生關聯。六年前的時候，我唯獨沒有涉足那個世界——因為我甚至不知道它的存在。

因為不知道——

自然沒有涉足其中的想法。

童話以及——科幻小說。

「不過，你的身體倒是練得挺結實——以前有做過一些訓練吧？道場方面的格鬥技？這樣的話，如果由我進行貼身指導，三年就能達到相當水準，但要立即見效的話就——」

「三年嗎……」

這未免太慢了。

我沒辦法等那麼久。

「那——就沒轍了，只能見機行事嗎？可是……一、兩個人也就算了，十二個人，包括狐狸先生在內就是十三個人，搞不好還更多，想靠耍嘴皮子打贏這許多人，我覺得有點難……」

子荻小妹妹的話就可以。

以戰鬥能力而言，她還在一般範圍之內，並未超出正常水準，然而她的聰明才智——技壓群芳。沒有任何堪稱特殊的特殊技能，就能站上澄百合學園頂點的人類——

她恐怕是史無前例的第一人。

既是空前，亦屬絕後。

嗯……要跟那位獨一無二的子荻競爭，根本是痴人說夢嗎……那是無與倫比，例外中的例外中的例外。

不，話說回來，仔細一想，好好地回想當時情況，我至少打贏了子荻……當時究竟是使用什麼方法呢？

嗯～～所以說，也不是全無可能嗎？

「啊啊——有一個！」出夢冷不防說道：「只有一個方法——而且只能用一次，在某種極度受限的條件之下——你有辦法對抗包括『殺之名』那群戰鬥人員的『十三階梯』。」

「……有嗎？」

「對，嗯——方法是有……雖然幾乎等於自我毀滅……不過倒也不是沒有。」

「教我。」

「反應還真快啊……這個嘛，唉……」出夢似乎在打量我。「唉……如果是你，或許行得通……因為你相當有勇氣和毅力。」

「我不覺得自己有這麼了不起……不過，如果有方法的話，就教教我吧。」

「十秒。」出夢停頓一下，才又說道：「有一個大幅提升能力的方法——但只有十秒。」

「十秒？」

「就是最初的十秒，十秒過後就失去效力的奇招。要用理論來說明的話……咱們『殺之名』的宿命基本上就是『不停殺戮』——『不停戰鬥』，並不是殺死一、兩人，殺死三、四人那種剎那性的作為——而是終其一生。除非是像我這樣退隱，或是像理澄那樣從世上消失——前提就是持續到那時的殺戮，你明白嗎？」

「我明白。」

零崎人識是如此。

紫木一姬亦然。

「這固然是我們的優勢——但反過來說，就不適合短期決戰。既然不是剎那性，**就不適合剎那性的殺人**。當然——這是**比較**的結果，實際能力依舊不是你們的常識所能想像，哎，不過弱點就是——弱點。」

「……哦，原來如此。」

「總之，我們是長跑選手，前提就是要跑長距離。所以，對你們而言，要跟我們對抗——就只能比短跑，對吧？」

「短跑……」

是故——十秒嗎？

只有十秒的短跑比賽。

「獲得能力——因為我們已經獲得長跑的**本領**，面對有一度程度的對手，就忍不住選擇那種戰鬥方式、那種殺戮方式——這就是你的機會。」出夢說道：「具體來說——首先，在十秒內的前兩秒，絕對不可以呼吸。」

「意思是要停止……呼吸？」

「跑百米的時候，選手都沒有呼吸吧？兩者是一樣的道理。呼吸其實相當——浪費能量。如果是短期間、非常短的時間，不呼吸反而可以提升能力，而且是——大幅提升。」

「……」

短跑——

沒錯，聽他這麼一講，確實如此。人類全力奔跑的時候，確實沒有在呼吸。不光是跑百米，人類極度集中於某件事時，自然就會停止呼吸。歸根究柢，呼吸就是「供給氧氣」。十秒左右的存量——體內當然綽綽有餘。

「你以前或許沒有特別留意，不過我想下意識肯定有這樣做——你現在就刻意停止呼吸吧。更加徹底、用比過去都更強烈的意識來停止呼吸。意識與否將造成非常大的差異。身體會像空氣般輕盈——力量也會有所提升。」

「可是——對方一定也——」

「我們基本上——**不會這樣做**，呃，不過這不包括瘋狂的『零崎』。我剛才不是說過了？我們有『下次』。沒錯，我們早已習慣這種生活，因此學會更有效率的呼吸法，就是游泳所說的『換氣』；不過，如果是非常短暫的時間，比起『換氣』，不換氣的人游得更快吧？如果是百米賽跑，就算對方是世界級長跑選手，你縱使沒贏，也不會輸得太難看。不過——」出夢又補充道：「不用說一跑完百米，就會陷入呼吸急促的狀態，肯定不是能夠應戰的狀態。而我們的方法就是為了防止變成那種狀態，避免陷入那種狀態——」

「意思就是——只有一次機會嗎？」

「對，而且——這個方法也不能保證絕對成功。頂多只能縮短原本的差距……與其這樣，或許還不如全力逃亡。面對壓倒性的力量，就算這樣以死相搏，也不過是耍耍小把戲。例如我自己，就可以在不呼吸的情況下活動十分鐘。」

「……」

妖怪一個。

那麼嬌小的身體，是如何……

「不過，這是因為有次遇見『無呼吸』的傢伙，才習得這種防禦性的獲得能力，不是天生就有的，而且我想有這種想法的傢伙也不多——所以呢，要不要用，就看你的勇氣和毅力。」

「原來如此……嗯，多謝你教我這招，很有參考價值。」

「不客氣。」

「沒想到出夢你人挺好的。」

「想瞭解我的好處，是需要時間的啦。」

「看來是這樣。」我說完，嘆了一口氣。

「唉——到底是怎麼一回事……」

我當時心想——到底是怎麼一回事？

那是——三天前，二十七日的半夜。

如今是——九月三十日。

在澄百合學園的校舍中——

我又想著相同的事。

牽著崩子的手。

沒有搭理前方的——「十三階梯」。

「十三階梯」的第三階——

繪本園樹。

——醫生。

「你沒聽見嗎，阿伊？那我再說一次——跟我一起來，我想讓你見一個人。因為對方非常想見你。」

繪本園樹是——女性。

跟凜然的聲音十分相稱，知性——端正的五官。時髦的眼鏡。以女性而言，相當高挑的體型，苗條的身段。外表看起來約莫二十五歲，跟哀川小姐差不多。穿著一看就知道是醫生的白袍。全身散發的那股氛圍，不用自我介紹，一眼就能猜出她是醫療人員。我想起ＥＲ計畫的三好心視老師，如此尋思。

然而……

她——繪本小姐的打扮，她的穿著有一個非常致命的錯誤。

白包底下穿著泳裝。

非常可愛的連身泳裝。

腰際圍著一圈薄紗裙。

「……………………！」

「……大哥哥，你該不會是因為白袍和泳衣的意外搭配而心跳加速吧？」

「哪、哪有？妳別瞎說，很失禮耶。」

聽見崩子不留情面地低聲指責，我同樣小聲反駁，況且……現在也不是心跳加速的場合。面對這種非常情況，她的打扮就某種意義而言相當可怕。匂宮兄妹以前的束縛衣裝扮也很驚人，但繪本小姐的駭人度遙遙領先。唔，並不是完全沒有心跳加速的感覺，不過還是戒心大於色心。

崩子似乎也很緊張，握住我右手的左手更加用力。

繪本園樹——醫生。

從名字來看，還以為一定是男性——因為這種先入為主的想法，結果沒有向出夢確認，或許是一大失策。

總之——

現在只能靜觀其變。

只能保持沉默。

既然是醫生，戰鬥能力應該不強，加上繪本小姐並不迷戀狐面男子——出夢是這麼說的。

視情況發展，也許可以請她帶路——不過，「我想讓你見一個人」這句話倒是令人有點在意。假如是指狐面男子，應該會直接明講，因此有可能是其他人——

「嗚、嗚嗚。」

我正在思考的時候——

繪本小姐說了下一句話。

不——那不是話。

而是嗚咽。

「嗚、嗚、嗚、嗚嗚嗚嗚嗚嗚嗚嗚嗚嗚。」

淚水撲簌簌地流下——她咻的一聲蹲在原地，也不掩面——就這樣哭了起來。

「為、為什麼、為什麼、為什麼嘛……人、人家、不、不是說得很清楚了嗎？人、人家都說、叫、叫你跟我走，明明、拜、拜託你了……可、可、可是、為什麼、為什麼為什麼不肯、跟我、跟我、跟我走嘛……也許是說得不太好，也、也許說話有點打結，就算這樣，為、為什麼一句話都、都不肯跟我說嘛？為什麼悶不吭聲？為什麼、為什麼對人家、視而不、不見呢？你、你說句話呀……」

「…………？」

端正的五官糾結扭曲。

她絕望似的號啕大哭。

不理會瞠目結舌的我和崩子。

「為、為什麼大家都、都不、不肯聽我的、我的話？討厭啦！討厭啦！討厭啦！什、什麼嘛？跟人家走不就好了？喂！你說句話呀？嗚、嗚、嗚嗚嗚嗚嗚嗚嗚嗚嗚嗚嗚嗚。」

「……」

「……」

「嗚、嗚嗚嗚、你、你你你你你、你、你們、你們也討厭我對不對？一定很討厭我。哼，一定覺得我是奇裝異服的瘋女人！什、什麼嘛？不要用那種眼神看我，我、我就是喜歡穿這樣，不行嗎？我又沒有造成別人的困擾，還是你們覺得我很礙眼？這樣的話，你們是要我去、去、去死嗎？為、為什麼？你、你們果然也認為我、我這種人死、死、死掉最好吧？你們一定這樣想，就算不說我也看得出來。不要把我當白、白痴，這種事，我、我也看得出來……為、為什麼隨隨便便、就要別人去、去死呢？真、真叫人難以置信。好，我就死給你們看！不過我也會詛咒你們，我一定會咀咒你們，我、我要在你們的毛細血管裡種下蛆卵。嗚、嗚、嗚哇、哇哇哇。」

左看右看都是二十多歲的成熟女性——而且還是相當標緻的美女，居然這樣不知害臊地放聲大哭，叫人見了毛骨悚然。我迄今也見識過各式各樣的人類——不過，這確實是前所未有的角色。

不是單純——情緒不穩定。

「那、那個——」

「不、不要啊！對不起對不起對不起，請不要生我的氣！不、不要打我，不要扁我，我怕、怕怕、怕痛！我、我不哭了，我保證不會哭了，抱歉抱歉，剛、剛才說的都是假的！請、請原諒我！不、不不不、不要、不要啦、不要啦、不要啦，我好怕我好怕，我、我什麼都肯做，請、請不要生氣。啊、啊啊嗚，爹、爹爹、媽媽、不要啦、來人哪……來人哪、來人哪、來人哪、救命呀、救救我呀……嗚、嗚哇哇哇。」

「……」

「你、你們為什麼、不說話？為什麼站在那裡不說話？討、討厭啦，你們說話呀？是、是我不好，求、求求你們，不要討厭我、不要討厭我、不要那樣討厭我。我、我會、乖乖的，我會乖乖、乖乖聽話，不、不要啊、不、不要那樣、不要那樣討厭我嘛，我、我不、不哭了，我會乖乖的，我、我會乖乖、乖乖聽話，我會乖乖聽話、我會乖乖聽話、我會乖乖聽話。我、我笑，我、我笑給你們看，喏、喏、喏、喏、喏！你、你們看，我、我也會、也會笑耶。我、我笑起來也很可愛的……嘿、嘿嘿、哈、哈哈哈……嘿嘿嘿！」

那是神經錯亂似的笑臉。

………

出夢。

這件事——你為什麼不告訴我？

唉……或許是難以啟齒吧。

而且他又說自己受過她的照顧。

「那個……我們不會傷害妳，所以，妳先站起——」

「騙、騙、騙騙騙、騙人！你騙人！你、你故意說那種話想騙我，每、每次、每次都是這樣，我、我很清楚、我最清楚了。不、不要把我當白痴！只、只會說這種花言巧語，你、你們大家做的事、都一樣。什、什麼嘛？這、這次又想從我這裡，搶、搶走什麼東西？我、我早就一、一無所有了，一無所有，真、真的嘛，你相、相信我呀？」

「……」

「不、不要啊！不、不是的，那、那個，我、我沒有懷疑你，對、對不起、對不起對不起！我、我、我就是這麼討人厭的女人，難、難得你好心對我，我、我卻還懷疑你，可、可是可是，不要擺出那種表情呀，又何必擺出那種表情？不、不要討厭我，我、我、平常不是這樣的，是、是現在有一點、混亂，不、不是的，這不是真正的我，對、對不起、對不起……不是的不是的不是的……」

她這時捲起身子。

捲起身子，抽抽噎噎地哭泣。

怎麼勸她都不肯動。

我沒有處理這種狀況的經驗。

「……」

就在此時。

崩子默默鬆開我的手，大刺刺地走到她身邊。我正猜她要做什麼，只見她伸出纖細的手臂，猛力拉起繪本小姐，接著伸出另一隻手，賞了對方一巴掌。

啪的一聲，火辣辣的聲音響起。

「妳別在大哥哥前面哭了。」

「……」

「他這個人很容易被影響的。」崩子說完，又用相同的速度走回來，重新牽起我的手。

一臉什麼事都沒發生過的表情。

繪本小姐——

愣愣地注視崩子好一會兒，最後終於——從地面站起。白袍下襬沾滿灰塵，露出來的雙腿也是，但當事人一點都不在意。

「對不起。」她這次簡短致歉。

儘管聲音和身體顫抖不已——

不過，似乎暫時恢復鎮定。

「……那個，你們可以——跟我走嗎？」

「我知道了。」我不假思索地答道：「要去其他地方的話，就麻煩妳帶路。」

「好，請往這邊。」繪本小姐小跑步越過我們，背對我們向前走。如果只看背影，就是普通的白袍打扮。

「謝謝妳……崩子，我一個人的話，就真的一籌莫展了。」

「不客氣……」

我們輕聲交談，以免被繪本小姐聽見。

「可是——不知道她打算帶我們到哪裡去。」

「天曉得……哎，反正我們確實沒有其他事，完全沒有目標，跟她走也不是什麼壞事——」

「阿伊。」繪本小姐頭也不回地說道。

「是、是……」

「你肚子……受傷了吧？」

「啊，嗯……」

那是崩子的傑作。

雖然有些疼痛，倒也不至於影響行動——不過，真不愧是「大夫」，見面沒多久就察覺出來了嗎？

「會、會痛的話，告訴我一聲……我身上有帶止痛藥。」

「……」

「要多少，有多少。」

還要多少，有多少咧！

大夫啊……

「如、如、如果嫌我、多管閒事、的、的話——」

「啊！不不不，那請給我，越多越好。」

不能隨便陷入沉思。

狐面男子為何將這種人收為部下……就算是那個人，我想也不免要對這種性格感到有一點兒棘手吧……

「如、如果還有、其他需求，請隨時告訴我，我會想辦法。啊，商量心事也可以。我不但是醫生，也是精神科醫生。」

「……」

先把妳自己治療一下吧！

「醫生反而容易忽視健康」就是指她這種人嗎？

「那個……繪本小姐。」

「是、是的，什、什麼事呢？」

「是誰想要見我？」

「……對、對不起，對方要我保密，可、可是——」

「沒關係，不能說就算了。」

「你、你又何必用……那、那種大失所望的說法。或許我的確很冷淡……」

「……」

我明明特別小心不讓自己的說法聽起來有那種感覺……

麻煩死了。

要是年紀比我小的話，還比較容易應付……

「要不然，可不可以告訴我要去哪裡？這間學校的建築錯綜複雜，很容易迷路，不是嗎？」

「我、我們是要去這棟校舍裡的美、美術室。我、我們前一陣子開始，就把這、這裡當指揮所了，不、不會迷路的。」

「是嗎——原來狐面男子一直躲在這裡。」

……這麼說，我見過諾衣茲君之後，直接來此亦是一個方法。不過，因為後來被崩子刺傷，無論如何到今天為止都沒辦法行動……

「呃、那個——」這次換繪本小姐主動開口。「阿伊……你、你看起來人不錯，我、我有件事、想先告訴你……」

「……好。」

嗯……這麼輕易就判斷對方人不錯，我大概知道造成她這種性格的原因了。

「我、我——在『十三階梯』裡待、待得時間、很、很長。啊，我沒有騙你，是真的。」

「聽說是。」

「要說原因的話，呃、這個……因為狐狸先生周圍，常常有人受傷。」

「……」

「我、我喜歡替人療傷。」繪本小姐說道：「因、因為這樣有幫助人的感覺。」

「所以——才待在狐狸先生身邊？」

「嗯、對，從以前開始——狐狸先生周圍，就有很多受傷的人。從跟我相遇以前開始，就一直是這樣。不但受傷的人很多，死亡的人也很多。可是，只要我在，死亡的人，就可以減少一點。」

「……」

「我、我也偷偷讓出夢殺死的人復活。」

原來她還做過那種事……

出夢聽了也會大吃一驚吧？

「所以——你放心。」

「放心……是指？」

「在這裡，在這個校園範圍內，不、不管受什麼傷——我、都會救你們。」繪本小姐悄悄回頭。「阿伊也好，另一位女生也好。」

「……那真是感激不盡……不過，妳應該是我們的『敵人』吧？」

「『十三階梯』是……狐狸先生隨便湊成的組織……我、對那些沒興趣……我只要可以療傷就好。」

「……」

「治療對象是誰都沒關係，總之我想療傷，就只有這樣。」

「……原來如此。」

的確——這種想法。

正如出夢自己說的，他們倆有一點類似

只要可以殺人就好的出夢。

只要可以療傷就好的繪本小姐。

兩人有——共通點嗎？

「呃……繪本小姐。」

「什……什麼事呢？」她怯生生地問道：「你、你問什麼都可以……我、我一定照你的吩咐做，哪，不要扁我唷。」

「……『世界的終結』——關於狐狸先生所說的『故事的終局』，妳有什麼看法？」

我問奇野先生這個問題時——

他說自己沒有興趣。

他告訴我，他只對狐面男子有興趣。

「我、我哪有什麼看法——」繪本小姐答道。

「我從一開始，就覺得大家死了最好，所以無所謂……我希望世界最好趕快結束。」

「……妳……不是喜歡療傷嗎？」

「療傷……是因為……我看不下去。」

因為看不下去。

因為不想看見——傷口。

因為無法忍受他人受傷。

「我、我討厭有人受傷——雖然喜歡替別人療傷，雖然這會讓我感到生存的意義，雖然會覺得自己是有用的人；可是，我討厭有人受傷，我不喜歡傷口，我也討厭——鮮血．討厭討厭討厭。」

「……」

「死掉的話，就不會受傷……死掉的話、死掉的話，就再也不會有人受傷……如果還活著，現在去死就好了，為什麼大家都不去死呢……好奇怪、好奇怪、好奇怪耶……」

這時有人猛力拉扯我的右手。

是崩子。

崩子悄聲規勸我。

「大哥哥，請你不要再跟那個人說話。」

「咦……可是——」

「對方應該不是能夠用語言溝通的人……從剛才開始，她說的內容就支離破碎。套句那個雜音先生的話……大哥哥的戲言沒辦法適用——即使能夠適用，如果運用得不夠巧妙，在她耳裡都成了反話。」

「反話……」

這就——不妙了。

沒有什麼事比言不由衷的戲言更加麻煩。

「啊……對了，我想起來了。」繪本小姐停步，回頭。我和崩子不由得擺起架式，但她對我們的反應視若無睹，伸手在白袍口袋掏了掏。「給你。」接著，將某種東西朝我扔來。

我反射性地準備接下，但被崩子搶上前接過。她用手確認完那個東西，再伸手遞給我。

那是——包裝好的藥丸。

什麼？

是止痛藥嗎？

「那個藥……可以治療奇野君的毒。」

「……嗄？」

「服用那個藥……馬上就會痊癒。」

她是指——美衣子小姐嗎？

換言之，這是可以治療美衣子小姐的藥？

這是——解毒劑？

「妳在騙人吧？」崩子說道：「妳沒理由在這裡把解藥交給我們。」

「我……我才沒有騙人……」

「就算妳哭，我們也不會上當。」

「我、我才沒有騙人我才沒有騙人我才沒有騙人我才沒有騙人……為、為什麼大家都不肯相信我……連、連小孩子都瞧不起我……我、我根本、沒、沒有說過謊，從來沒有、騙過人，我、我明明是一片好心，我、我——」

「我相信妳。」我對繪本小姐說道。

「大哥哥——」崩子用力拉我的手。「你怎麼又隨便——」

「沒關係的，崩子。」我先安慰崩子，然後又重複說道：「我相信妳，繪本小姐。」

「騙、騙人……」繪本小姐嬌軀顫抖。「你、你一定是假裝相信而已……我、我很清楚的。什、什麼嘛？這次又想利用我做什麼……我、我絕對不會、屈服在你的暴力之下……就、就、就只會騙人——」

「我沒有騙妳，不過，妳先告訴我理由。繪本小姐，妳在這裡給我解毒劑是什麼意思？」

「……生病也是受傷，我想治療。」她說道：「因為……看不下去。」

「不過這是——」

這是妳的理由。

絕對不是狐面男子的理由。

想要目睹終結的男人——想要目睹世界終結的那個男子，對於他人的傷口，根本不屑一顧。

然而，他為何——

「這是妳的自作主張嗎？」

「唔～～」她像幼兒般搖晃腦袋。接著，轉身繼續前進。「狐狸先生——要我一見到你們，就把那個藥交給你。」

「是……是嗎？」

他在想什麼？

攻擊美衣子小姐，是為了激起我，是為了激起本人的鬥志——不是嗎？到了這個關頭，卻又讓我失去鬥志，他究竟意欲為何？

「他說……已經沒必要了。」繪本小姐說道：「他說那個叫……淺野小姐的女人已經不重要了，那種事其實——都一樣。」

「……」

「狐狸先生說，故事加速到這裡——你就算取得解毒劑——也不會離開。」

她說完就默默地——朝校舍後方不斷前進。

……

我剛才對她那麼說——只是為了防止她哭鬧不休，我並不確定這個藥丸是否就是解毒劑。若要確認真相，就必須直接詢問奇野先生——或狐面男子。

是故，我跟在繪本小姐的後面走。

就是這麼簡單。

這是為了解毒劑。

純粹是為了美衣子小姐。

沒有其他理由——只要確定這個解毒劑是真的，我立刻就會轉身離開這種校園。我之所以在這種地方的理由，就只有一個。

狐面男子的言論——

大錯特錯。

我是你的敵人——話雖如此，我並不打算永遠依照你的計畫行動。

一點都不想。

「……狐狸先生在哪裡？」

「我不知道……」

登場時佯裝出來的那種嘹亮凜然的聲音，不知道跑到哪兒去了？總之繪本小姐用幼兒般模糊難辨的語氣回答。從聲音判斷，她八成又因我的質問而噙淚。

「我、我沒有騙你唷，我是真的不知道……為、為什麼大家都不相信我說的話呢……呼、呼嗚，我、我是小咖，就像垃圾、廢物一樣沒用的女人，怎麼可能知道那種事……你、你是明知故問吧？對不對？狐、狐狸先生……本來就是神出鬼沒的人……不過他一定在校園裡某處……」

「原本跟我在一起的那兩個人呢？」

「我不知道……」

「……」

「我、我真的不知道嘛。那、那種事要問木之實……因為下手的是木之實。就連我剛才找到你們，都是偶然……」

「……偶然嗎？」

是故——套句狐面男子的話，這亦是命運嗎？

「那……可以告訴我關於其他『十三階梯』的事嗎？姑且不管解毒劑，可以的話，我想再見奇野先生一面……」

「那、那個……」

「什麼事？」

「我、我說，不過你不能生氣呦。因、因為這、這不是我的錯……啊，可、可是，這樣說反而好似在辯解嗎？不、不是的，真的不是我的責任……啊，你不要誤會！我不是想把責任推給別人，搞、搞不好真的是我不、不對……對不起。」

「那個……繪本小姐今年幾歲？」

「咿！」

……她不知為何捲起身子。

繪本小姐戰戰兢兢地轉向我，先是確認彼此間的距離，接著調整呼吸，又若無其事地開始前進。

「二十七歲。」

「……是嗎？」

原以為她可能只是外表成熟，但似乎表裡如一。

二十七歲的話……跟光小姐差不多嗎？

一點都看不出來啊……

以性格來說，崩子比她更像大人。

嗯……

這樣不行啊，正如崩子所言，我正一點一滴地被繪本小姐影響。不注意的話，將讓其他「十三階梯」──「操想術師」時宮時刻、「空間製作者」一里塚木之實，有機可乘。

對了。

「繪本小姐，那其他『十三階梯』呢？妳都沒有跟他們聯繫嗎？」

「不是這樣……呃，雖然沒有，但不是這樣……喏，阿伊，關、關於奇野君。」

「是。」

「奇野君今天不在。」

「不在？」

「不光是奇野君……『十三階梯』沒有全部到齊，因為狐狸先生說那樣很危險。」

「危險是指……」

搞什麼飛機？

本人可是抱著必死之心前來赴約耶。

「**因為狐狸先生好像不打算做危險的事**——奇野君、古槍先生……還有架城先生和宴小姐都沒來。」

「那反過來說——」

目前在澄百合學園內的成員，除了諾衣茲君以外，就是繪本園樹、一里塚木之實、澪標高海、澪標深空、闇口濡衣、時宮時刻，以及右下露蕾蘿嗎？

「不過，原本是計算大家一起迎接狐狸先生的『敵人』——阿伊……」

「對，我聽說也是這樣。」

如果採信哀川小姐的說詞，架城明樂既已死亡，可以不必納入考量；話雖如此，居然有三個人缺席——而且還包括奇野先生在內，著實令人意外。

這是怎麼一回事……？

剛才又爽快交出解毒劑。

狐面男子……西東天。

莫非……

不打算在此結束一切？

事及至此，還不是時機嗎？

還不是——

還不到報上姓名的時候嗎？

「總之——校園裡的『敵人』，」崩子說道：「包括繪本小姐妳在內——就是九個人囉？」

「嗯……啊，你們擊敗門口那個少年了嘛。」她忽然想起似的說道：「我替他療過傷了，你們不必擔心。」

「我並沒有擔心……」

唉，我們畢竟把他扔在那裡不管，或許有些在意。

「可以替人療傷，我覺得很開心。被車子碾過的傷勢，治療起來又有一番不同的風味，感覺就像登峰造極……啊～～」

「……」

「啊，到了，就是這裡。」繪本小姐——停下來，指著右側教室門上的牌子。

上面寫著「美術室」。

……可是，這間學校的美術室。

澄百合學園的美術室。

到底是在教些什麼呢……

儘管如今已無從得知，但要說在意，仍舊有些在意。

「我……帶他們來了。」

繪本小姐從容不迫地，甚至沒有看我們的反應，就那樣從容不迫地——打開美術室的門，進入室內。我和崩子略感遲疑，但還是隨她踏入那間教室。

室內共有——三個人。

2

澪標高海、澪標深空。

以及——

匂宮出夢。

澪標姊妹——

我立刻知道那兩個人是澪標高海和澪標深空。我不知道她們外觀特徵，單獨相遇的話八成認不出來；可是，同時出現兩個人，五官又完全相同的話，答案只有一個。

服裝完全相同。

外貌完全一致。

不可能區分出誰是誰。

誰是澪標高海——

誰又是澪標深空？

然而——沒有區分的必要。

因為她們兩個人等於一個。

那該怎麼說？她們的那身裝束……就是所謂的僧袍嗎？設計多少改良過，不過我和美衣子小姐去神社佛寺巡禮時，曾經見過那種衣服。那是僧尼穿的「三衣」，從尺寸來看，應該是「僧伽梨」。

在廢棄校園算是奇裝異服，可是……唉，魄力還是贏不過白袍搭泳衣，比較容易讓人接受。

問題是——她們倆都翻白眼躺在美術室的地板上，兩個人交疊——昏迷不醒。

另外，更大的問題是——

在澪標姊妹後方的少女。

不，是「少年」。

匂宮出夢。

「喲——」出夢率先開口，他看著我說道：「好久不見。」

「沒多久……吧？」

「是嗎——喲！大夫，謝啦，妳還真的帶他到這裡來。」

「嗯、嗯。」大夫——繪本園樹應道。也許是我神經過敏，她看起來有些羞澀，頭低到不能再低，瀏海完全遮住眼睛。「那個、我也沒想到這麼快就找到人，偶然碰見……其、其實也不能算偶然，因為地上有足跡，我就跟著鞋印——」

「那妳還沒見到木之實囉？」

「嗯，要我去叫她來嗎？」

「饒了我吧，我最討厭那傢伙了。」

「說、說、說得也是，對不起。」

「不用道歉啦……啊，對了、對了，我差點忘了。」出夢用腳指著倒在自己眼前的澪標姊妹。「我請大夫幫我找大哥哥之後，她們突然襲擊我，反正閒著沒事，就把她們擊退了。」

「啊，原來是這樣……」繪本小姐說道：「我還想高海和深空為什麼在這種地方睡覺……我可以替她們看看嗎？」

「隨便妳，可是我不但沒有殺死她們，也沒有打傷她們。**今天的殺戮**——必須暫時保留哪，喀哈哈！」出夢笑道。

「出夢……」

「嗯？」

「殺戮奇術集團・匂宮雜技團團員編號NO.18，第十三期特殊實驗會議的副產物，一人等於兩人，兩人等於一人的匂宮兄妹。『漢尼拔』理澄的相對人格——『食人魔』出夢……上個月的事件結束後，就一直過著隱居生活，被世人視為死亡的你，為何在此出現？」

「……你這些話是要解釋給誰聽的？」

「呃，沒人。」

其實這是在解釋給崩子聽。

應該從外表特徵就猜得出來，不過還是以防萬一。

「那麼……說正經的，你為什麼在這裡？」

「嗄？當然是來幫大哥哥的忙囉。想說你一個人大概很寂寞——呃，咦？」

出夢這時發現崩子。由於身材嬌小，再加上一直站在我的影子裡，剛才好像都沒注意到她。

「這是大哥哥的小孩？」

「我看起來有那麼老嗎？」

「你看起來很像那種人。」

「……」

嘴皮子挺溜的嘛。

言歸正傳……情況不太妙。

我記得出夢很討厭「闇口」……崩子已經跟老家斷絕關係，我還是不曉得該不該向出夢介紹「闇口」出身的她……

「啊～～莫非是幫手？雖然是個小鬼，不過身上散發出異於常人的氛圍，啊～～原來如此、原來如此呀，你太過分了，大哥哥。有夠無情！有夠見外！虧我還像英雄一樣趕來搭救你。」

「你是很會照顧別人——可是我想不可能照顧到這種地步，出夢。」

「……也對。」出夢不懷好意地笑道：「不過，我確實是來幫你的——至少我現在打算跟狐狸先生為敵。」他再次用腳指著——仰倒在地的澪標姊妹。「打倒她們倆就是最佳證明，不是嗎？」

「……繪本小姐。」我呼喚不顧衣服弄髒，直接蹲在地上替澪標姊妹看診的繪本園樹「大夫」。

「是、是！」繪本小姐的答聲猶如被暴力老師點名的小學生。「有、有什、有什麼事……我、我只是、看診而已……我、我什麼壞事都沒做。可、可是，說得也是，我、我的言行很礙眼吧？我這種人在眼前晃來晃去一定很礙事吧？是我太遲鈍了，對、對不起。」

「……」

不妙。

我開始覺得有點好玩了。

「繪本小姐——那兩個人的情況如何？」

「情況如何是指——」

「**她們是真的昏迷嗎？**」

「是、是的……雖然不知道你這樣問是什麼意思……啊，對不起，我不是要多管閒事，可、可是，你又何必這樣瞪我？就、就算再怎麼討厭我，好、好過分，你為什麼要這樣對我？好過分、好過分，為什麼老是有人欺負我……為什麼就只有我會遇到這種事情？我一直、一直都很努力，都很認真生活，我只是想當醫生而已啊。」

「……昏迷的原因是？」

「腦、腦震盪。」

「謝謝。」

我重新轉向出夢。

出夢嘻皮笑臉地看著我們。

「這樣就夠了嗎？搞不好大夫跟我是一夥的，咱們以前可是吃同一鍋飯的夥伴，感情好得很咧。」

「我無意懷疑到那種地步，總之……嗯，凡事小心為上。畢竟你和澪標姊妹是本家和分支的關係，我想懷疑一下比較好，如此而已。」

「哈——正因為是本家和分支，她們才淪落成這樣，畢竟分支那些人最討厭咱們。呿！我都已經退休了……話說回來，我現在又重新體會狐狸先生是多麼無情，竟把這種蝦兵蟹將跟我放在同一個天秤上……大哥哥搞不好都能打敗她們。」

「可是——」我看了一眼專心替她們看診的繪本小姐，接著對出夢說道：「——你沒有殺死她們。」

「因為殺戮時間是一天一小時。」

「我覺得還有其他理由。」

「我啊，累了，不想做無謂的運動。」出夢無精打采地說：「我不想跟這種三流角色打架。我有勸過她們，要跟我比還差五十九億九千九百九十九萬九千九百九十九人，叫她們重新練過再來，到時我會稍微陪她們玩幾手，可她們就是不聽。」

「你的美妙勸告聽起來只像是挑釁……不過，你說你累了？為什麼累了？」

「我剛到這間學校沒多久。沒想到地點這麼隱密，我只好在附近挨家挨戶尋找。剛才聽見撞車的聲音，那是大哥哥你們吧？我比你們早到一點，偏偏又在校園裡迷路。因為偶然遇見大夫，就請她幫忙找人，一個人在這裡休息一下。我那時真的是累得要死，全身流了很多汗，應該說是『汗得要死』。我還以為你們先走了呢。」

「出夢的冷笑話實在超有個性。」誰能跟上他的品味呢？「這麼說來，嗯，從福岡到這裡確實很遠，可是，既然如此，為什麼不早一點出發？」

「沒辦法再早啦！你一衝出我家，我就馬上追來了。」

「……」

我想想……

福岡到京都。

跑步要花三天——他好像說過這種話？

那是兩天前的事，所以……

……

他是跑過來的嗎？

「開什麼玩笑……就算跑直線，肯定也超過五百公里——」

「關門海峽（註9）那段真的好驚險啊。」

「你還游泳？」

「喀哈哈，大哥哥有夠笨的，我豈會做那種浪費體力的事？關門海峽的海底隧道有鐵軌，你也稍微用一下大腦嘛。」

「喂，你也搭一下電車嘛！」

歷經那番波折——還跟澪標姊妹戰鬥？

而且，還擊敗對方？

這個殺手……果然是異於常人。

「可是……」崩子指出對方最基本的錯誤。「根本不必冒那麼大的險去跑鐵軌，關

9 日本本州島與九州島之間的海峽。

門海峽有專供人類行走的人行海底隧道。」

「…………………」

啊！

出夢別開目光了。

他好像不知道這件事。

他在害羞……

真、真可愛……？

「那、那個……可是，出夢君。」繪本小姐開口道：「你既然來了，要不要回『十三階梯』？狐、狐狸、狐狸先生告訴我，你和理澄都死了……我現在很驚訝，不知道怎麼說才好，可是既然還活著——」

「理澄已經死了，死在我體內。」出夢斬釘截鐵地說，那語氣彷彿在說服自己。「理澄不在的話——待在狐狸先生底下也沒有意義。」

「為、為什麼……原、原來出夢君也討厭我，原、原來是這樣……原來是這樣。我還以為只有出夢君不同，對、對不起，我自作主張地相信你，你一定覺得很麻煩吧？我、我這個笨蛋，到、到底要重複幾次相同的失敗才甘願呢……嗚嗚嗚。」

「……不要哭啦！我又沒那樣說，啊～～真是傷腦筋的性格。大哥哥你也這麼覺得吧？」

「不……我倒是有點喜歡……」

這是什麼……

從胸口湧起的這股癢滋滋的感情是什麼？

目光完全無法從她身上撤離。

「莫非這是戀愛……」

腳尖被人用力一踩。

準確命中我的小指尖。

犯人是崩子。

「……大哥哥。」

「……是。」

嗚哇啊！

超可怕的面無表情。

「那個……該怎麼說呢？請改掉跟誰都能情投意合的壞習慣……太欠缺警覺性了。」

「我、我絕對沒有那種壞習慣。」

「誰管你！」

崩子奮力狂踩我的鞋子。

真痛。

出夢看著我們鬥嘴，「咦？」一聲側頭問道：「這個女生是你妹妹嗎？你不是說你妹妹死了嗎？」

「啊，不，她是附近的小孩——」

「我叫闇口崩子。」崩子爽快地——報上自己的名字。「你好，匂宮出夢先生。」

「……闇口嗎？」笑容——從出夢的臉上消失。

不，冷靜……光憑姓氏，絕對無法斷定她的身分。我到前天為止都沒察覺，初次見面的出夢，不可能那麼容易識破。目前的心境應該是處於半信半疑——

「原來如此，我就覺得妳不是普通人，原來是『暗殺者』嗎？」

「……」

瞬間看穿。

……果然，這才是普通反應啊。

「這是怎麼一回事，大哥哥？」出夢將矛頭轉向我。

既然被看穿，那就無可奈何，我於是善盡解說義務，並且再三強調、極力堅持崩子業已跟「闇口」家族斷絕關係，如今跟「闇口」這個姓氏毫無關聯。

「哦——」出夢饒富興味地睥視崩子。

崩子則是泰然自若地回視他。

「……哎，也罷。」出夢終於開口道：「既然是大哥哥的幫手——就不是我的敵人。」

「出夢——」

「不過呢，崩子小妹妹。」出夢對她說道：「我一定會卯足全勁消滅大哥哥的敵人『闇口』——闇口濡衣喔。」

「請便。」崩子淡淡地應道：「那跟我一點關係也沒有。」

「……同樣是『妹妹』——跟我的『妹妹』卻是截然不同的類型哪。」出夢似對崩子的反應感到詫異，仰天嘆道。我儘管想說「哥哥」的類型也差距頗大，但現在最好避免繼續東拉西扯，最後還是隱忍不說。

嗯……

幸好出夢有戀妹情結。

我心下暗想。

「……總之，現在光就校園內來看，剩餘的『十三階梯』……加上繪本小姐也只有五個人……嗎？」

我們什麼事都沒做，就減少了這麼多。

這就是所謂的以德服人嗎？

「這就是所謂的狗運當頭。」崩子直截了當地說。

不過，她說得很對。

這五個人之中，我想有幾個正在對付哀川小姐，因此我接下來必須解決的頂多只有一、兩個。而且既然有崩子和出夢參戰……

照目前情況來看——大概不成問題。狐面男子的事情雖然尚未解決……反正已經取得解毒劑（應該沒錯），剩下就是如何脫逃的問題嗎？老實說，由於破門而入的撞擊，哀川小姐的敞篷車事後開始冒火花。八成是新買沒多久的備用車，那種下場也太過悽慘，總之，目前回程沒有任何交通工具……

然而——就只有這樣嗎？

狐面男子將我視為「敵人」。

他的能耐，就只有這點程度嗎？

若是這點程度——我六年前亦曾經歷。

六年前，並不是這樣。

話雖如此——

這就是狐面男子期望的結果嗎？

這就是西東天渴望的故事嗎？

倘使這點程度，就是世界的終結。

倘使這點程度，就是故事的結局。

這種事——我早就看到反胃了。

「大哥哥，怎麼了？」

「不——沒事。」我若無其事地對她攤開雙手。「所以呢——出夢你打算怎麼辦？或者說，你想要怎麼做？我反正是決定去找狐狸先生。」

「我也是。」

「要跟我們——同行嗎？」

「可以嗎？輕易相信我。」

「無所謂，我很習慣被人背叛。」我答道：「如果一開始就有被人背叛的心理準備，相信別人一點都不難。」

「好一個戲言。」

「就是戲言。」我說道：「我愛你，出夢。」

「……這可是最低劣的甜言蜜語哪，咯哈哈哈！」出夢大笑，閃避澪標姊妹和繪本小姐，邁步穿過我們身旁，離開美術室。「大夫，她們倆可以交給妳嗎？」

「咦……啊，嗯，請交給我，我會盡力。」

「拜託囉。」出夢說完，當先逕自離去。一方面擔心「空間製作」的阻撓，再加上他一直朝沒有電燈的地方走，我連忙準備追上前，卻被崩子一把拉住。

「嗯。」

「……？」

「嗯，嗯。」

「什麼？」

「……嗯，嗯，嗯。」

「妳怎麼了？幹麼用手指頭戳自己的臉。」

「……嗯！」她猛力朝地板一踩。

我勉強避開攻擊。

還以為自己指骨不保咧……

「什麼啦……從剛才開始就好可怕耶。」

「……戲言大哥哥是對上鉤的魚兒就不再餵食的類型嗎？」

「咦？不，我很少釣魚，最後一次釣魚是什麼時候呢……」

「……不用想了。」崩子牽著我的手，動身離開美術室。「喏，走吧。」

「啊，等一下。」

實在搞不懂她。

真是莫名其妙。

……話說回來，這間學校——澄百合學園廢校之後，仍是怪人集合地。我一個人在那裡認真，反倒像是傻瓜一樣。

我們離開美術室，關上門。

「……」

「大哥哥？」

「等一下。」

我側耳貼著門扉，偷聽室內的聲音，結果傳來：「嗚嗚嗚，大、大、大家都走掉了，大家都離開了，一、一定是因為討厭我，大家才跑走的。我、我為什麼這麼不懂得察言觀色？明明知道大家不喜歡我，為、為什麼不懂得自己先避開？我真笨，還以為大家喜歡我。大、大家只是因為善良，才勉強應付我而已。啊，啊哈哈，不、不行，我不能哭，出、出夢叫我不要哭，我、我一定要笑。啊哈、啊哈哈，嘻、嘻嗚嗚，可是可是，大家都排擠我，好過分唷，反、反正大家現在一定在說我的壞話，一定在笑我穿得很奇怪，我、我我為什麼老是這樣呢……」

「……」

下次再見面吧。

總有一天，兩個人好好談談。

我在內心悄悄立下重逢之誓，離開門扉，牽著崩子的手，追逐出夢的足跡。

我們很快就追上他。

一里塚木之實說不定已經不在這附近。

「對了，大哥哥。」

「什麼事？」

「哀川潤有來嗎？」

「嗯，有。」

「是哦，果然。」

「果然什麼？」

「我只跟她說過幾句話，不過我覺得自己相當瞭解她。」出夢說道：「那女人——絕對不可能錯過重要場面。」

「你很瞭解嘛。」

「可是——原來在這裡嗎？」

「什麼？你果然是想報仇？」

「不，都說我已經放棄了嘛。可是——」出夢沉吟一會。「我覺得不要見面比較好。」

「……？你是說狐狸先生和哀川小姐嗎？為什麼？」

「你說呢……」

「你說呢？還真是敷衍的答案。」

「我上次也講過，因為我沒有父親。可是——父親是什麼樣子，我也是略知一二。」

「嗯。」

「就我的看法——狐狸先生才不是什麼父親。」他的聲音不帶一絲感情，非常冷靜。

「就各種意義而言——那個人不是父親，那個人根本沒有養育這種感情。」

「……這我也明白。」

「不養育，不教導，而且——不在乎。我看那個人搞不好早就忘記自己的女兒了，我幾乎沒聽過那個人提起『女兒』這單字。」

「嗯……」

我也幾乎沒聽過。

就我所知，狐面男子只有一次用「女兒」這個詞彙稱呼哀川小姐。

「那個人對這種事很冷漠。或許不是冷漠……而是偏執，就是偏執過頭所致。過度集中於一件事情，造成眼裡完全容不下周圍的事物。喏，上個月不也是？那個副教授和不死之身的少女，那兩個人一直掛記著狐狸先生，可是狐狸先生到你提醒為止都沒想起來吧？」

「沒錯。」

「照理說不可能這樣吧？」

「照理說確實不可能。」

哀川潤——

對狐面男子而言，哀川小姐是早在十年前就結束的事情，那個男人並不執著於過去。

不，豈止是過去，就連現在、未來亦然。

對那個男人而言，過去、現在、未來都一樣。

有的只是——結束而已。

面對世界終結這個單字，養育兒童這種詞彙太不搭調。

「對——所以那個人，才不執著於過程。副教授、不死之身的少女、哀川潤、MS-2，當然也包括我和理澄……以及零崎人識，都不過是半途經過的一個點而已。」

「……出夢。」

出夢一馬當先，我和崩子手牽手緊追在後。他彷彿非常清楚目的地的位置，步伐沒有半分猶豫，一路前行。

我以前就有這種感覺……出夢果然認識零崎嗎？我幾乎沒有跟零崎談過「殺之名」的話題，亦未曾聽出夢親口承認這件事；話雖如此，有許多令人生疑的發言……出夢告訴狐面男子有零崎人識這號人物的那件事也是，假如他們彼此認識，箇中意義就完全不同……

這純粹是我的第六感。

出夢到這間學校來的理由——說不定跟零崎人識有關。

這純粹是我的第六感——不過我有根據。

三天前。

我在出夢的公寓告訴他，狐面男子沒有找零崎人識，而是選本人戲言玩家當「敵人」的時候——出夢顯得異常鬱悶。

那或許不是鬱悶——而是不愉快。

再加上——出夢上次說的那句話。

「大哥哥和零崎人識完全不一樣嘛。」

完全不一樣。

並不相同——

「……對了，出夢。」

「什麼事？」

「你走得那麼快，好像已經有明確的目標，是要去哪裡呢？」

「體育館。」

「咦？為什麼？」

「『哀川潤差不多快到第二體育館了，死過一次的殺手』、『一定要乾脆通快地喀嚓一刀殺死你。就由我們替你拉下引退之幕吧，匂宮兄妹』——剛才澪標姊妹一直說這種跑龍套的臺詞，所以我決定先到那裡看看。」

「喔——」

跑龍套……我想不至於這麼差勁。

唉，畢竟對手是出夢。

腦震盪的話，至少今晚就不必應付她們倆，暫且可以放心。

……

仔細一想，就連負責照顧澪標姊妹的繪本小姐都是敵人。

交給她好嗎……

「嗯，原來如此，怪不得你走得這麼快。這樣我就放心了，還以為你是打算碰碰運氣，隨便亂闖。」

「怎麼可能？我累得要死，哪可能故意浪費力氣？」

「這倒也是，所以你當然也從澪標姊妹那裡問出第二體育館怎麼走囉？」

「沒有，不過我猜大概是這邊。」

我從後面踹了他一腳。

出夢滾下樓梯。

「……大哥哥，我知道你很生氣，可是對方是殺人不眨眼的殺手。」崩子瞠目道。

不用說，出夢漂亮著地，從下方抱怨道：「喂喂喂，你這是幹什麼？」他甚至不覺得自己遭受攻擊。我和崩子走下樓梯，跟他一起站在平臺上。

「出夢。」

「什麼啦？」

「……要去體育館的話，得先離開校舍。」

「原來如此。」

「要離開校舍的話，就不能一直上樓。」

「喲，大哥哥真精明。」

「出夢。」

「幹麼？」

「你走後面。」

我開始希望他走在後面時，被一里塚木之實的「空間製作」掃到其他世界。

真是的……

再迷路下去還得了？

而且，這裡是幾樓？

我想起放在背包裡的小姬專用「線」。上次就是靠這種「線」垂降脫身……呃，不過崩子和出夢大概沒有「線」也有辦法跳樓，而我則是不願意再來一次。是故，本提案在對方提出前暫且擱置，「線」的事也暫時保密。

可是——哀川小姐在體育館倒是非常有用的資訊，萌太一定也在。體育館在校園內是相當顯眼的建築，就集合地點來說，並不算差。反正對方人數減少這麼多（要說的話，已經可以排除繪本小姐——那個人應該不會與任何人為敵，只是專門負責「治療」），亦沒有分頭行動的必要。

話雖如此……

這裡還真像一座迷宮。

太快擊破接待人員諾衣茲君（還真是擊破啊，畜生），搞不好是一大失誤。那個人，無論做什麼都很誇張……

——就在此時。

對了——**既然如此**。

這個情勢——乃是絕佳時機。

龍套——淘汰出局。

主角——齊聚一堂。

最重要的——

女兒的失誤就是——父親的失誤。

即便遭到因果放逐——

接待客人的工作，應該由主人負責。

「**喲——我的敵人。**」

狐面男子站在——更下方的樓梯。

不愧是主人——

熟稔出場時機嗎？

絕對不可能錯過——關鍵時刻。

咕——這對父女真會折磨人。

「派對——好玩嗎？」

「我——什麼都還沒做。」

「既然這樣——」狐面男子說道：「——跟我來吧？**我就讓迄今毫無作為的你——終於有事可做。**」

第九幕——沒有後續的終結

0

思索未來時，就設想過去。

大多時刻，人類稱過去為未來。

1

六年前——

我想要變成什麼呢？

我想將玖渚變成什麼呢？

我究竟打算做什麼呢？

我想破壞——她。

我想殺死——她。

我想毀滅——她。

我想推開——她。

我想愛上——她。

我大概是想當英雄。

想成為正義使者的孩子。

想透過保護玖渚友。

來對抗玖渚機關。

儘管沒有這種自覺——

就當時而言，只是一時興起，但我肯定是想透過保護玖渚友，消化自己體內的某種事物。

想要消化、消除、消滅。

我想要遺忘。

那既是復仇，亦是贖罪。

結果——

一開始是妹妹。

我不認為玖渚友是替代品。

不認為她是妹妹的替代品。

她——對我而言，是獨一無二的。

然而——

我破壞她了。

我殺死她了。

我毀滅她了。

我推開她了。

我，無法愛上她。

玖渚友——

比我想像得更加巨大。

她是例外。

當時的我，不明白這件事。

我不明白。

因為不明白——所以恐懼。

我害怕玖渚友。

我——並非因為輸才逃走。

我是因為怕才逃亡。

我逃走了。

逃到海枯石爛。

逃向天涯海角。

然而——我——

縱使在逃亡地點，都在重複相同之——

「呵、呵、呵。」狐面男子——看著我們，喜不自勝地笑了。

他看著闇口崩子、匂宮出夢和——我，笑了。

「真是陣容堅強——『殺之名』的第一名和第二名當幫手嗎？就連我自己，十九歲的時候也沒有這麼厲害的夥伴。」

「……我想是欠缺人望吧？」我說道：「還是……品格？」

「那種東西——有或沒有都一樣。」

狐面男子背轉過身——

也不確認我們有沒有跟上去，就逕自下樓朝第二體育館前進。

我們當然毫無選擇。

他知道我們毫無選擇。

「……」

可是——

他分明有看見昔日的部下出夢——居然一句話也不說？這種結果我大略料到，但這與其說是冷漠，總覺得必須說是異常。就算是狐面男子，不可能對出夢的出現一點都不意外——

……一點都不意外嗎？

難不成——要我去福岡的目的，就是為了讓出夢前來此處？

「大哥哥……」崩子悄聲對我說道：「他就是……你的敵人嗎？」

「應該說……那個人的敵人是我，除了美衣子小姐以外的話。」

「……全身上下都是破綻耶。」崩子說道：「現在的話……我當然不會在大哥哥面前殺人，不過要讓他無法行動——我想不是不可能。」

「……」

「怎麼樣？」

「……不。」我用力握住她的手。「不要輕舉妄動，那個人是不能隨便出手的角色。」

「可是……一旦讓他跟其餘『十三階梯』會合，情況就更加棘手。從大哥哥的談話判斷——那個人是能夠將他人潛力發揮至最大極限——能夠影響他人內在、干預他人內在的人。」

「換句話說——」

換句話說——就是我的相反嗎？

我是——阻礙他人內在。

「總之，崩子，還有出夢也是，暫時……先不要出手。」

「哼——手啊？」出夢聞言嗤笑，接著朝狐面男子的背影說道：「喏——狐狸先生，老實說，我對你不是很有興趣啦。」

「……」

「不過呢，因為理澄非常喜歡你，共有相同身體的我只好服從你——可是，話雖如此，我也不是對你一點都不感恩。但是啊——要這個大哥哥代替零崎人識當『敵人』，到底是怎麼一回事？這樣的話——**理澄做的那些**，又算什麼？」

「……啊啊。」狐面男子忽然回頭，接著像是終於想起似的說道：「好久不見，出夢。」

「……！」

「把引退的你拖出來，真是抱歉——我本來也打算依你和理澄的期望，不去打擾你——可是我們這裡也發生一些意外，必須借助你的力量。」

「你說——必須？」

「嗯啊，你要當『敵人』也沒關係，就待在我旁邊吧。」

他理所當然地訴說那大言不慚的話語。

接著，又開始前進。

在旁聆聽兩人對話的我，其實非常怕出夢會突然發飆。這麼說來，我雖然看過理澄和狐面男子說話，這倒是第一次目睹——出夢和狐面男子交談。這種結果我也猜到五成……但好像也不能算是感情融洽。

不過——那句「發生一些意外」實在啟人疑竇。

他是指什麼？

是指……哀川小姐嗎？

「呃……狐狸先生。」

「什麼？怎麼了，我的敵人？」

「你見過——哀川小姐了嗎？」

「……」狐面男子頭也不回。「搞什麼？那傢伙也在嗎？」

「什、什麼也在……你——」

「我是看你想去第二體育館，才出來帶路——喔，所以說，我女兒也正前往體育館嗎？這樣的話——計畫又必須稍加變更了。」

「……你就只有這些話嗎？」

「『你就只有這些話嗎』，呵。」狐面男子說道：「那……其他還應該說什麼呢？那個女人——我女兒，跟我一樣早已被因果放逐——跟故事結局沒有任何關係。」

「哀川小姐嗎……？」

被因果……放逐？

他在說什麼？

那麼有存在感的哀川小姐？

「所以，那傢伙才是承包人（Alternative）嘛。」

「……」

「若是我這樣原本就沒有力量也就算了——我那理當是終極、理當是最強的女兒，被因果放逐之後，居然變成如此七顛八倒的人。**虧她還是最強**，**一個人卻一事無成**。唉，不過我女兒的情況比較特殊——別說是放逐，一開始就計畫在故事外側製作，說當然也是理所當然。」

「外側……？」

「我之前沒有稍微提過嗎……我女兒是朽葉的下一個階段，**是為了破壞故事而製作的存在**。」

下一個……階段。

他使用這個詞彙。

「可是失敗了——而且是徹底失敗。所以我才被因果放逐——直到現在。被放逐之後，我另外又進行許多嘗試，不過那次的失敗太慘重，至今仍深受影響。我壓根沒有重新來過的念頭，話雖如此，就算有意重來——也是不可能的任務。」

「為什麼？」

「我和我女兒的緣分已經徹底斷絕，也就是所謂的——絕緣。」

絕緣——

不知何時，我曾經用這個詞彙形容零崎人識。

我說他就像是——絕緣體。

換言之，我也是一樣嗎？

我也是絕緣體嗎？

「不，不是。」狐面男子說道：「你不是絕緣體，你——**恢復了和我和我女兒的緣分**，以自己為仲介，以自身為觸媒——哪。」

「……」

「我女兒那傢伙怎樣都無所謂……不過，你這個人有其意義，因此你是——我的敵人。」

「……你太自私了。」我說道，語氣帶著煩躁。「居然說自己的女兒——怎樣都無所謂。」

「『居然說自己的女兒怎樣都無所謂』，呵。」狐面男子興致索然地哂笑。「要我說的話，父母要把孩子怎樣，都是父母的自由吧？畢竟她原本就是我的一部分。」

「她不是——親生女兒吧？」

三人——一起養育。

而且，又不是那三人之中任何人的孩子。

哀川小姐——

「哀川小姐不是你姊姊的孩子嗎？」

「**是我姊姊的孩子——也是我的孩子。**」狐面男子說道：「**不過，到底是哪個姊姊——到最後還是不確定。**」

「……？……？」我一時間不明白他的意思——一瞬間又理解那個含意。「你、你……跟自己的姊姊……」

「搞什麼？我女兒沒有告訴你嗎？什麼？故意隱瞞嗎——那傢伙。呵、呵、呵——那我就告訴你一件有趣的事吧？我姊姊啊——兩人名字的漢字雖然不同，可是讀音一樣，西東準和——西東順。」

「……！」

「我女兒繼承純哉的——就只有姓氏。」

「……你瘋了。」

「這有什麼好驚訝的？又不是跟父親或母親發生關係——對你而言是妹妹，對我而言則是兩位姊姊，如此而已……呵、呵、呵，你應該就能明白吧——出夢。」

「……呸！」出夢叱道：「別把我跟你混為一談。」

「一樣啦，我和你們——沒有任何不同。哎呀……這故事對小朋友來說，好像有點辛辣嗎，闇口崩子小妹妹？」

崩子聞言——「哼！」一聲別開頭去。

「我好像被小妹妹討厭囉。」狐面男子毫不在意地輕笑。「啊，對了、對了……我的敵人。我有一件事，首先有一件事要向你道歉。那個……叫什麼來著？對了、對了……那個叫七七見奈波的女人——」

「……是淺野美衣子吧？」

「啊啊，是嗎？哎，哪個都好。抱歉牽連到那個叫淺野美衣子的女人，我打從心底反省。」

「……」

睜眼說瞎話大王。

我甚至懶得反脣相識。

「你應該已經從大夫——園樹她那裡取得解毒劑，或者還沒有？如果還沒有——」

「我有——拿到。」我答道：「可是，就算拿到——我也不打算原諒你。」

「『我也不打算原諒你』，呵，隨你便——原諒也好，不原諒也罷，那種事其實都一樣。不過呢，呃……那件事的確是多此一舉。不但沒有加速，反而造成停滯，大大背離我的目的。所以，我想向你道歉。」

「……」

「你叫我跪下的話，我就跪下。**要是因為這種無聊的爭執——**決定跟我一決勝負的話，那可就傷腦筋了。」

「你說……無聊？」我感到——自己的聲音在顫抖。「你還要說多少自以為是的言論……你究竟以為自己是誰？」

「彼此彼此吧？而且我——一直沒發現你**知道**。」狐面男子語氣平淡地說道：「我一直以為你不可能有機會得知**我和你的因緣**——所以，**我原本打算親口告訴你**；可是，你——**不是早就知道了嗎？**」

「……」

遭受奇野先生的襲擊是——九月十六日。

那天，美衣子小姐被轉移「毒物」。

而且，的確——

那時，我仍一無所知。

我知道的時候是——

光小姐（或是明子小姐）在那間飯店告訴我西東天和哀川潤的關係時。

我成為狐面男子的敵人乃是必然。

既定的命運。

我體認到——這些事實。

「我花了好長一段時間，終於掌握你和那個下女在那間飯店的談話內容——你們倒是相當謹慎。這種時候，理澄不在就很不方便。暗殺者怎麼說都是暗殺者——適才任用嘛。我一直到昨天才**發現你知道這件事**。雖然大概猜得出你在調查我，可是，沒想到你居然查到這種地步。我本來也想修改計畫，可惜那時諾衣茲已經跟你見過面，無異是——派對前的馬後炮。」

「……你現在還有心情說這種冷笑話？」

「不過，就算不是這樣，因為賴知轉移的『毒』是屬於比較輕微的種類——不會造成什麼嚴重的影響。生命力強的人，一星期就能排除那種毒。你回去就趕快給她服下解毒劑，應該沒多久便能恢復健康。」

「……你這個人除了自己，還真是對任何事情都無所謂。」

「我連自己的事情都無所謂，我想你也一樣。」

「我——不是，我跟你不同。」

「一樣啦，不過，嗳——你還年輕嗎？」狐面男子說道：「可是，有些事情要趁年輕趕快做……這是我的切身經歷。妳記好了，崩子小妹妹。」

「……請不要叫得那麼親密。」崩子這次並未置若罔聞，開口回答。而且態度十分——不留情面。「正如你所言——我最討厭你這種人。」

「喲！」狐面男子聳聳肩。「這倒怪了，我可是相當受年輕女子歡迎的男人。莫非妳真的太幼齒了嗎，**崩子小妹妹**？妳不懂我的魅力嗎？」

「我最討厭你這種人——沒有任何應該保護的事物。」

「這是——『闇口』的臺詞吧？一點都不像蹺家少女。」狐面男子呵呵笑道：「千萬不要感情用事、錯估大局啊。應該隨波逐流的只有——命運而已。」

「想目睹故事結局的話，就請你趕快自殺。要我們隨著你這種行尸走肉的亡靈四處飄浮——實在很礙事，你的存在對任何人都很礙眼。」

「別生氣，崩子小妹妹——太潑辣的話，小心被**妳最喜歡的大哥哥**討厭喔。」

「……」崩子——沒有回應。

怎麼了……不還嘴嗎？

既然是兄妹，崩子喜歡萌太也很正常，不過她應該知道萌太不可能討厭她。

真是奇怪。

呃，換句話說，狐面男子已經發現萌太在這間學校嗎？嗯，畢竟崩子在此，這也很容易猜測。

我們這時終於——離開校舍。

「這邊，從後面繞過去。」狐面男子朝校舍旁的花圃小徑前進。花圃——由於無人照顧，任其荒廢，話雖如此——花朵仍舊十分茂盛。

花團錦簇。

「穿過這裡就是體育館，話說回來——」狐面男子這時一個人喃喃自語：「還真是不可思議。」

「不可思議——是指什麼？」

「你們——是有你們的理由，才想去第一體育館吧？」

「沒錯……」

為了跟哀川小姐——會合。

「對，至於我女兒，則是基於她的理由——才想去體育館，沒錯吧？」

「嗯……」我轉頭看出夢。

出夢彷彿在生悶氣，散發一股「別跟老子講話」的氛圍，我旋即將目光轉回前方。

嗯，光從澪標姊妹的那席話聽來，儘管無法確定理由，畢竟是那個人的決定，哀川小姐想必是基於某種理由而採取這種行動。

「至於我……」狐面男子說道：「則是基於我個人的理由——才想去體育館。」

「……咦？」

「計畫必須稍加變更——我剛才不是說過了？就是這個理由。我是看你們好像想去體育館，才出來帶路的。不過，事情都到了這個地步，我就告訴你們吧——我也是基於某種理由，才想帶你們……或者該說是想帶我的敵人去體育館。」

「……」

「很不可思議吧？每個人的理由都不相同——最後所有人卻齊聚一堂。」

「既然如此，為什麼不一開始就——」

「我一開始就打算帶你們到體育館，是你們自己要撞飛諾衣茲的。」

「……」

「真是的！居然做出那麼荒唐的行為——對吧？我根本就沒有對『十三階梯』下什麼命令——最多只是告訴他們，無聊的話可以稍微跟你們玩玩。」

「還真是……隨便。」

「他們那群人本來就不可能乖乖聽令。澪標姊妹她們早就……不，這也沒什麼好說的，總之——先到體育館去。」

我們一轉彎——

一棟巨大建築轟然映入眼簾。

看樣子——那就是體育館。

該怎麼說呢？比起體育館，那棟建築更像室內競技場……不過，那棟高聳的建築頂端，清楚標示著「澄百合學園第二體育館」。

我們沿著外牆繞到那棟建築後方。

「出夢。」狐面男子站在體育館後門的前面說道：「你要破壞也沒關係，這扇門有上鎖，我也沒有鑰匙。」

「……別找我。」出夢看也不看他一眼。「要是現在出手，我肯定會忍不住一拳——朝你的臉揮過去。」

「是嗎？這就不敢領教了。」狐面男子滿不在乎地說：「既然如此，我的敵人，就有勞你的開鎖小刀。」

「……為什麼？」

為什麼知道——我有帶開鎖小刀？不過，我最後還是將後半段問句吞回肚子裡，默默取出開鎖小刀遞給他。狐面男子先是興味昂然地盯著小刀。

「喔——原來如此。」

「什麼事？」

「一想到這是零崎人識用過——最後輾轉落入你手的刀子，就覺得感慨萬千。」

「我倒不曉得這是——零崎的東西。」

「原本應該是他的東西。我女兒**殺死**零崎的時候——再趁火打劫取得，雖然一度交給那個超級小偷石丸小唄——最後還是落下你手裡。這真是有趣。」

「……」

「因為——優秀的工具會選擇主人。」

「……這只是偶然。」

「『這只是偶然』，呵，你還是這麼認為嗎——不過，這把刀其實是出自『十三階梯』之一的古槍頭巾。」

「……是嗎？」

「嗯啊，頭巾另外還製作了『自殺志願』，是這方面相當出名的老人……不，嗯，算了，這件事以後再說。」

狐面男子解開門鎖之後，將小刀還給我。我收好小刀，快步進入體育館，追在狐面男子後方。

一進入體育館，內部是一個倉庫似的狹窄房間——不，或者該說是準備室。這裡大概是體育館的舞臺後方。因為遠方的小樓梯後方可以看見大型布幕，應該沒錯。

「現在幾點？」

「啥？」

「時間啦，時間——現在幾點？」

「呃……」我看了一下手錶，小姬給我的手錶。「現在是……十一點五十分。」

「『現在是十一點五十分』，呵，當然是晚上囉。」

「當然是晚上。」

一個不留神，時間已經這麼晚了。今天是九月三十日，再過十分鐘——

再過十分鐘。

「再過十分鐘，就是十月。」

「……嗯。」

「我的敵人，我喜歡九月。」

「……嗄？」

這個人在說什麼？

沒頭沒尾的。

「因為不會死人。」

「……」

「而且，我討厭十月。十月——人死得太多……為什麼會這樣呢？我的人生——向來如此。到目前為止，我周圍都沒有人在九月死亡，可是——就算撐過九月，能熬過十月的也微乎其微。」

「……莫非這就是——」

這就是——

奇野先生說的那句「絕對不會死」的意思？

明知被殺的危險性很高，毅然將我送到出夢那裡，就是這個理由嗎？

……無聊。

實在——有夠無聊。

那不過是統計而已嘛。

沒有任何根據——

就基於如此無聊的理由下令嗎……

的確——沒有人死亡。

今天也還沒有人喪命。

占卜師姬菜真姬小姐遇害是在——八月。

玖渚機關的內訌聽說九月之後就幾乎沒死什麼人——就連傳說既已死亡的哀川小姐——當然也活得好好的。

然而，這種事，這一切——

絕對都是偶然，不是嗎？

純粹只是——運氣好罷了。

「那麼。」他呵呵笑道：「下個月結束的時候，『十三階梯』——會剩下幾個人呢？還有——我的敵人，你周圍的人會剩下幾個人呢？」

「……」

「這邊。」他說完，沿著小樓梯往上走。「時間差不多了。」

「……好。」

不過……狐面男子也不喜歡有人死亡嗎？不，聽起來不是那種語氣，聽起來不是厭惡——那種說法，彷彿有什麼不便。

不便。

對他不便。

不利——的情況。

……十一點五十一分。

四個人登上舞臺。

布幕並未降下。

體育館——相當寬敞。兩側亦有觀眾席。比起體育館，看起來更像競技場。從舞臺往下看，儘管位置不高，卻有一種詭譎奇幻、猶如浮游、宛如墜落的感覺。

狐面男子這時終於摘下狐狸面具，在舞臺正中央盤腿而坐。我一言不發地在他旁邊坐下，崩子在我旁邊坐下。出夢沒有坐，站在跟我們相隔一段距離的地方。

舞臺正面。

正面最遠處——

有一扇鐵門。

緊緊關閉。

阻擋似的緊閉。

拒絕似的緊閉。

體育館內部相當昏暗，可是跟剛才的校舍不同，窗戶很大，採光方面沒有問題，雙眼適應之後，不至於深手不見五指。

「好——本月高潮即將來臨。」狐面男子開口道：「我再告訴你最後一件無聊事吧。」

「無聊——」

「關於我以前的失敗。我的敵人，關於你好像非常喜歡的……我女兒。」

「……」

「朽葉的下一個階段——下一個世代。幫手有兩個——架城明樂和藍川純哉。」

「架城明樂——」我有些擔心前「十三階梯」的出夢，但仍繼續說道：「我聽哀川小姐說——他已經死了。」

「……」

「嗯啊，沒錯。」狐面男子爽快承認。「可是，在我心中還活著。」

「明明死了——卻還活在我心中的，就只有他一個，其他人死了就是死了；不過，像木賀峰和朽葉這種明明活著，在我心中卻已經死亡的例子也不少……」

「……我聽你的言論，總覺得你——對人類很冷淡。」

「『總覺得你對人類很冷淡』，呵，現在或許是，不過以前可不是這樣——至少我那時還有朋友。」

「架城明樂和——藍川純哉嗎？」

「嗯啊。」狐面男子說道：「這件事我記得以前跟你和出夢說過，不過崩子小妹妹是初次見面，就來簡單復習一下好了。以前有一個擁有不死之身的少女園朽葉——」

「我聽過了。」崩子簡短應道：「不必顧慮我。」

「……反應很快嘛，不過我這個人越被討厭，就越想捉弄對方——我偏偏要說，這件事無可轉圜。」

「……」

這種個性倒是跟哀川小姐如出一轍……

「不死之身的少女。被排除於因果之外，**跟任何人都毫無關係**，猶如故事裡誤植的角色——就是她讓我發現有一個名為世界的故事。雖然最後沒有從朽葉身上找到結果——不過，她給予我靈感，因此，我後來決定——毀滅因果。」

「毀滅……？」

「我認為毀滅與結束同義，可是我錯了。眼看著即將成功毀滅因果——想不到那跟故事終局一點關係也沒有……真是大失敗。」

「大失敗——那個結果是什麼？」

「那個結果就是——我死了，純哉死了，明樂死了——還有，那時為了『毀滅因果』而製作的我女兒——也死了。」

「……」

「沒想到我和我女兒死裡逃生。明明死了，明明應該死了，卻死裡逃生。呃……那是九月的事嗎？還是十月？」狐面男子露出若有所思的表情。「總之——死裡逃生的代價很大，我和我女兒都被因果放逐——分道揚鑣，從此絕緣。」

這是——框架。

我知道這件事的框架。

「然而，我的敵人。該怎麼說呢……這樣說連我自己都有些不好意思，不過，有時候就是忍不住想要誇讚以前的自己，對吧？某些沒有特殊理由、一時興起的行為——一旦事後發生效用，在感到驚訝的同時，也會對無意識的先見之明感到害怕。」

「……你在說什麼？」

「例如……木賀峰和朽葉。被我視為死亡的那兩個人——這或許正是我沒有殺死他們的原因。這是失敗，再怎麼想都是失敗，非常嚴重的失誤；然而，多虧這個失誤——我才能遇見你，我的敵人。」

「……」

「因為時間收斂——就算沒有那兩個人，我八成也會遇見你，但是她們的存在——肯定將我們的相遇加速至最佳狀態。」

加速。

加快故事的速度。

「這次也是，我女兒對我而言是不良品——卻成功協助你成長。」

「何止是協助。」

因為哀川小姐——我究竟加速了多少？

「還有一件事——將我女兒製作成『毀滅因果的存在』時不可或缺的組織……不，應該說是機構嗎？對，就是現在ＥＲ３系統的ＭＳ－２部門——又有誰能料到它居然——**再次出手相助？**就算有，大概也只有純哉——」

「再次出手相助是指——」

「別裝傻了，我的敵人。」狐面男子——露出挑釁的笑容。「**那裡是我和你的——因緣之地吧？**」

「……」

「你應該知道才對。」狐面男子說道：「只要是跟遭到因果放逐的本人扯上關係的人類——每個都是瘋子，『十三階梯』其實就是瘋子集團；可是，就連這種『十三階梯』——到我們相遇以前，都還湊不到一半，這是為什麼呢？」

「要跟你——要跟被因果放逐的你，結下深厚的緣分非常困難吧？」

「正是！所以——我很難預測我們的因緣有多深厚。對我而言，你肯定是『敵人』——可是，現在的我甚至無法跟『夥伴』締結因緣，究竟能否跟『敵人』維持『敵人』的關係？不不不，這個答案我早就知道了，因為我有經驗，絕對無法維持。畢竟我們之間的因果，充其量也只有我女兒——哀川潤。」

正如我撮合西東天和哀川潤。

哀川潤亦撮合西東天和我。

然而——

這樣還不夠。

「……所以，你才對美衣子小姐——」

「不是，那個，呃……只是以防萬一。正如我剛才說的，我從很久以前——就知道我和你的因緣。雖然我一直很想親口告訴你——不過無所謂，一點都無所謂，反正這也只是芝麻小事。真是的——為什麼、為什麼MS-2會在這種地方出手相助——真是萬萬想不到。」

「……」

狐面男子想說什麼——

我已經知道了。

我知道。

我知道。

然而，我不願去想。

然而，我不願想起。

別再——繼續說了。

不要說出口。

不要說出——

不要說出那傢伙的名字。

「我十年前離開ＥＲ２……也就是現在大家說的ＥＲ３系統——既然死了，就不得不離開——可是，那群書呆子……那群狂人，居然讓ＭＳ－２**繼續**。純哉、明樂和我明明都不在了——還想用我們的殘渣繼續研究。」

「……」

「絕對不可能成功，少了我們，不可能繼續下去。別說是那裡的傢伙，這種事就連未成年的小鬼都心知肚明——然而，唉，我也不是不能理解他們的心情，因為我女兒是——最強嘛。」

哀川——潤。

人類最強的承包人。

「他們的行為就像——守株待兔嗎？話說回來，他們向來對純哉、明樂和我看不順眼，肯定是樂得手舞足蹈。可是——」狐面男子宛如在眺望孩童的惡作劇，以摻雜苦笑的口吻說道：「少了我們，九成九九不可能成功。所有資料都在我們的腦袋裡，換句話說，就連我也只能製作出三分之一個哀川潤，更何況是MS－2。我認為他們不可能成功——絕對做不出來，完全不把他們放在眼裡，置之不理。」

「置之不理——嗎？」

「跟木賀峰和朽葉不同，**我對他們沒有任何同情的感覺**，再加上，老實說……」

「什麼事？」

「我忘了。」

「……」

「何必擺那種臭臉？我聽說你也是非常健忘的人，不是嗎？」

「你比我厲害多了……」

而且——

我忘不了想遺忘之事。

甚至無須想起——牢牢記得。

「這件事先不管——」狐面男子毫不在意地續道：「可是，那個ＭＳ－２……數年前成功創造奇蹟。**絕不可能重新製作的我女兒——居然讓他們化為現實**，這件事——

「**這件事你是最清楚的吧？**」

我——只能沉默。

說不出話來。

完全說不出任何——戲言。

面對尚未在我面前報上姓名的狐面男子——戲言無法溝通，毫無效果。

「他們之所以能夠**創造那種奇蹟**——我認為是因為你在那裡擔任ＥＲ計畫研究生，我是如此判斷。因為你——**天生擁有創造奇蹟的才能**。」

「你太看得起小弟了。為什麼你和哀川小姐都這麼容易給予他人過高的評價？我根本什麼都沒做——」

「**我倒是覺得——你的才能正是什麼都沒做**。」狐面男子說道：「你這次不就深刻體會到了嗎？」

「深刻體會是指——」

「我正式對你出手是——九月十六日，將賴知送到你住院的醫院那天。從那天到現在，你**什麼都沒做**。或許有做過什麼，但具體來說——**什麼都沒做**。」

「……」

「明明什麼都沒做——結果卻變成如此，許多人都挺身相助。各種傢伙——都幫助過你吧？這半個月來，你到底接受過多少人的幫助？包括在這裡的出夢和崩子。」

「……」

「你跟我一樣。」狐面男子說道：「可是，你明明沒有被因果放逐，卻袖手旁觀——這可不行。」

「我並沒有……袖手旁觀。」

「你就是袖手旁觀，現在是這樣，就連ER計畫研究生時代，**跟我女兒的次世代一起作亂的那個時候**也是——**你什麼事都沒做**。」

「……姑且不管現在。」我——勉強反駁道：「計畫研究生時代——是很久以前的事，跟現在的我一點關係也沒有。」

「你根本不覺得一點關係也沒有——真是的，你應該非常清楚才對。不過，你跟我女兒還真有緣——零崎人識只怕也比不上你，有你當敵人真好。」

「……一直到最近聽說你在MS-2**做什麼事情**以前，我完全不知道**那傢伙——是哀川小姐的次世代**。我遇見哀川小姐——純粹只是偶然，還有——遇見**那傢伙**也是。」

「這就是——我跟你的因緣。」狐面男子下結論似的說道：「這樣就可以百分之百確定——你是我的敵人。」

「……」

「事情就是這樣，妳聽懂了嗎，崩子？」狐面男子跳過我，詢問崩子。

「這都是你自說自話。」崩子還是一副興致缺缺的表情說道：「總之——你的過去和大哥哥的過去，通過一個焦點連接——只是這樣吧？這點程度的事情居然鬧得這麼大……就跟那些老愛吹噓自己的某某親戚是名人的無聊人士一樣。就算你和大哥哥都認識你女兒、就算她的次世代是大哥哥的朋友——那又怎樣？」

「沒怎樣。」狐面男子說道：「呵、呵、呵，沒想到妳這麼討厭我，真令人開心啊，崩子小妹妹——如何？要不要加入『十三階梯』？」

「……人數已經超過了吧？」

「無所謂，不過是把『十三階梯』變成『十四階梯』。就把崩子小妹妹的名字刻在第十四階吧，反正原本就是隨便決定的數字。而且，諾衣茲暫時也派不上用場……」

「……我不是說過我討厭你嗎……不，等一下！」

「妳改變心意了嗎？」

「……你剛才說——要把我的名字刻在第十四階？」

「嗯啊，我是這麼說的。」

「那……**第十三階梯到底是誰？**」

崩子那句話——

令出夢和我一陣戰慄。

沒錯——即便包括「退休背號」的架城明樂，那封邀請函所附的名單上，只記載十二個人的名字。我當時猜想十三個人也許是加上狐面男子，可是——

實則不然。

「……哇！我說溜嘴了嗎……」狐面男子罕見地蹙眉。「我真是粗心……哎呀呀，虧我還一直隱藏得很好。」

「隱藏——」

「食玩附贈的玩具一定都有隱藏版吧？我平常就是非常重視劇情發展的人——當然會準備讓觀眾驚喜的高潮。『十三階梯』是**十二個人加一**——嗯，不是十三個人。」

「那……最後一個人是？」

我有不好的預感。

我一直有不好的預感。

我早就——知道了。

我並非一無所覺。

然而——我佯裝不察，故作不知，裝傻充愣。

出夢對人數不足提出質疑時，我故意用三言兩語帶過，假裝說那不是什麼大問題。

因為我——

因為我那時已經知道。

因為我已經知道——狐面男子在ＭＳ－2的作為。

「ＥＲ3系統雖然抹去我的名字，不過我有許多舊識，想查還是查得出來——包括ＭＳ－２也是。『十三階梯』的成員——都叫你『阿伊』吧？因為我是這麼告訴他們的，所以他們應該是這樣叫你。」

「……」

「你可能以為那是在揶揄玖渚友，其實不是，當然那也不是要暗指你妹妹——**還有一個人吧？另一個叫你『阿伊』的傢伙**——」

提示——顯而易見。

然而，

然而，那傢伙。

然而，那傢伙死了。

就在本人——眼前。

慘遭紅蓮烈火燒燬。

體無完膚地——死亡。

「要說死亡的話——我女兒和我也一樣，早在十年前就已死亡。對我而言，還有對你而言，死或沒死都無所謂——生也好、死也罷，那種事其實都一樣，問題在於——」

狐面男子——

伸手拾起一旁的面具。

再度——戴上面具。

「對方是否活在自己的心中。」狐面男子說道：「**我女兒的次世代**，目前仍然**活在你**

心中吧？既然如此——」

喀啦的聲音響起。

那是前方的——門扉。

有人正在開啟——前方的門扉。

光線從門縫間——

光線——微微射入。

「時間到了嗎？」狐面男子嘻嘻笑道：「我和我女兒相隔十年的重逢——原本絕不可能發生的再會。我想沒有人期待這種發展，不過輕輕擁抱一下的話，也許會是一幅美麗的圖畫——」

「哀川——小姐。」

門扉後方出現——兩個人。

哀川潤和——石凪萌太。

從我們這裡看過去，兩人身影就像剪影般異常清晰——不過，現在雖然是半夜，畢竟是從室外進入室內，即便是他們倆，視覺恐怕也要數瞬才能適應。

不過，至少兩人看來平安無事。

他們倆——談了些什麼呢？

死神和承包人。

此外，為何又會到體育館——

「……？」

兩人的……後方。

還有另一個人。

還有——**另一個剪影。**

兒童般嬌小的剪影。

反戴的棒球帽。

身穿浴衣——臉上戴著卡通圖案的狐狸面具。

是我在那座停車場見過的——

某人。

「咦……啊……？」

而且——對於那個某人的存在……非常詭譎的是，哀川小姐和萌太——彷彿都沒有察覺。

宛如在兩人身後的鬼影，兩人對其視若無睹，就這麼踏入體育館。

猶如同行一般。

恰似三人結伴而來。

若從這個距離觀察——只能如此判斷。

彷彿沒有其他解釋，**那個浴衣小孩**，就這麼緊緊跟著他們。

可是——實則不然。

哀川小姐和萌太——

並未發現那個浴衣小孩的存在。

「啊……哀川小姐……？萌太……？」

我開口呼喚兩人的聲音——顯得極度無力。

這種感覺是什麼？

我知道——這種感覺。

非常厭惡。

畏懼。

害怕。

害怕。

害怕害怕。

害怕害怕害怕。

然而——這種令人懷念的揪心感。

彷彿與妹妹——相會的時候。

彷彿與玖渚——相會的時候。

以及——彷彿與玖渚重逢的時候。

那種苦澀。

明明很痛苦——

不可原諒。

此刻的我——湧起一股不可原諒的感情。

內心湧起——不能容忍的感情。

我即將，

跟那傢伙見面——

能夠見到那傢伙。

真是豈有此理。

如果這是惡夢——**請千萬不要讓我醒轉**。

「那麼——日期也差不多要更新了，就讓我對我女兒的次世代——**我的孫女**下第一個命令吧。」狐面男子——非常公式化地說道：「妳聽得見嗎……我可愛的小狐狸（Fennec）——

「——**隨妳喜好去做**。」

那是——結束的暗語。

幼稚的狐狸面具——應手揭開。

浴衣——應聲撕裂。

同時，

那雙手——

伸向石凪萌太和，

哀川潤。

「啊……啊啊啊啊啊啊啊啊啊啊啊啊！」

我——厲聲慘叫。

聲音拉至極限——慘叫。

同時，我終於明白。

過去並沒有結束。

過去一直在繼續。

以及——

以及接下來的景象，

既已結束，無法繼續。

這就是——終結。

世界的終結。

故事的終局。

沒有後續，是故結束。

我打從心底明白了。

這正是苦橙之種。

代替之朱——想影真心。

《Party》is the END.

後記——

一般會將「幸福」與「不幸」視為兩相對立的概念，事實上大致正確，但若非幸福即是不幸，又或者，若非不幸即是幸福，我倒認為全然非也。應該說，無論再快樂之事都伴隨著相對應的不快樂之事，又或者，人類內心的構造是**唯獨**對幸福感受不到。世界級大文豪歌德有句名言：『世界上什麼事都能夠忍受，但唯有一連串幸福的日子最難以消受。』，簡直一語中的。然而，癥結點在於，這樣的關係是單向而非雙向的，換言之，若說快樂之事都伴隨著相對應的不快樂之事，其實並非如此，甚至是不可能的。「不幸」是無邊無際的，而且搭配成一組而來的並非「幸福」，而是其他的「不幸」，尤其是通常一來就直接賴著不走了。幸福是一種只要習慣就會消失的東西，但不幸是即使習慣仍不會消失。這個差異相當大，而且可說是具決定性且致命性。「幸福」與「不幸」的關係正是如此錯綜又複雜。簡單來說，幸福雖有極限，但不幸卻沒有，應該可說是這樣吧？如果說，人類生存的目的是追求幸福以及脫離不幸的話，但那其實如同一開始就不可能達成的目標一般，究極來說應該要保持中立，更進一步來說，是將「幸福」與「不幸」維持在最佳的平衡狀態，或許才是最為理想的。

本書是戲言系列最終三部曲的第一集。故事進行到這邊，已經沒有特別要說的話，內容就跟各位所閱讀的一樣。開始的終結，的的確確是終結的開始，但終結的終結，不等於是開始的開始。即使如此，文章仍必須劃下休止符。只要沒有誤讀那是句號或頓號，之後回過頭來看，應該不會感到有什麼不對勁的地方。本書《完全過激（上）十三階梯》就是這種感覺。

最後一段要向插畫家竹老師，講談社文庫出版部獻上感謝之意。離戲言系列的完結尚有兩集，請繼續指教。也請各位讀者繼續支持。下次再會。

西尾維新

浮文字
完全過激上 十三階梯
（原名：ネコソギラジカル（上）十三階段）

作者／西尾維新　插畫／take　譯者／常純敏、李惠芬
發行人／黃鎮隆　副總經理／陳君平
副理／洪琇菁　國際版權／黃令歡
執行編輯／呂尚燁　美術編輯／李政儀
企劃宣傳／邱小祐
發行／英屬蓋曼群島商家庭傳媒股份有限公司城邦分公司　尖端出版
台北市中山區民生東路二段一四一號十樓
電話：（〇二）二五〇〇—七六〇〇（代表號）
傳真：（〇二）二五〇〇—一九七九
中彰投以北經銷（含宜花東）／楨彥有限公司
電話：（〇二）八九一九—三三六九
傳真：（〇二）八九一四—五五二四
雲嘉經銷／威信圖書有限公司　嘉義公司
電話：（〇五）二三三—三八五二
傳真：（〇五）二三三—三八六三
客服專線：〇八〇〇—〇二八—〇二八
南部經銷／威信圖書有限公司　高雄公司
電話：（〇七）三七三—〇〇七九
傳真：（〇七）三七三—〇〇八七
一代匯集／香港九龍旺角塘尾道六十四號龍駒企業大廈十樓B&D室
電話：（八五二）二七八三—八一〇二
傳真：（八五二）二七八二—一五二九
馬新經銷／城邦（馬新）出版集團　Cite(M)Sdn.Bhd.
E.mail：Cite@cite.com.my
法律顧問／王子文律師　元禾法律事務所
台北市羅斯福路三段三十七號十五樓
二〇二〇年八月二版一刷

■中文版■

郵購注意事項：
1. 填妥劃撥單資料：帳號：50003021戶名：英屬蓋曼群島商家庭傳媒（股）公司城邦分公司。2. 通信欄內註明訂購書名與冊數。3. 劃撥金額低於500元，請加附掛號郵資50元。如劃撥日起 10～14日，仍未收到書時，請洽劃撥組。劃撥專線TEL：(03) 312-4212 ・ FAX：(03) 322-4621。E-mail：marketing@spp.com.tw

國家圖書館出版品預行編目資料

完全過激上 十三階梯 / 西尾維新 著 ; 譯.--1版.
--臺北市：尖端出版, 2020.08
面 ; 公分.--(浮文字)
譯自:ネコソギラジカル. 上, 十三階段
ISBN 978-957-10-8938-6

861.57 109004981